ÉBLOUIE PAR L'ARGENT

LACEY SILKS

MY LIT PUBLISHING

MyLit Publishing

© 2013 Lacey Silks [version anglaise] : Dazzled By Silver, ISBN : 978-1-927715-04-8

© 2017 Lacey Silks (traduction française), ISBN : 978-1-927715-59-8

Traduit de l'anglais (américain) par Jade Baiser

Relecture : Valérie Dubar

Lacey Silks
P.O. Box 29123 Hespeler PO
Cambridge, ON N3C 0E6, Canada

Pour Nathalie.

Merci de votre aide

Il n'est pas prêt à s'impliquer.
Elle ne cherche qu'une aventure.
Mais à cet excitant jeu du chat et de la souris, les enjeux vont bientôt monter.

Le détective privé Gabriel Silver se remet d'une perte tragique. Cherchant désespérément à oublier le passé, il aide un ami à rester sur les rails, sans se rendre compte que ce geste altruiste est sur le point de l'entraîner dans une histoire d'amour intense.

Samantha Connor veut oublier son ex toxique et cherche à se remettre de cette déception amoureuse. Lorsqu'elle rencontre Gabriel Silver, elle croit avoir trouvé le coup d'un soir idéal, mais découvre que cet homme séduisant et mystérieux est plein de surprise. En tombant sous son charme, elle se retrouve impliquée dans l'affaire périlleuse dont il s'occupe.

En fuite, cherchant par tous les moyens à assurer leur sécurité, Samantha et Gabriel testent les limites de leur relation torride et jouent au chat et à la souris. Les sentiments se développent, le danger les guette et la séduction est de la partie : tout peut arriver, en particulier lorsque leur provocante amie Kendra intervient, nouvel ingrédient enflammé dans un mélange explosif.

Gabe et Sam parviendront-ils à se débarrasser du cartel de la drogue et à mettre de côté leurs expériences malheureuses suffisamment longtemps pour découvrir le grand amour ?

CHAPITRE 1

S'il y avait un endroit où je pouvais trouver une aventure d'un soir, c'était bien ici.

Une voluptueuse serveuse blonde était à l'œuvre derrière le comptoir de marbre. Des roches cristallisées bleues et argentées brillaient sur le fond sombre, reflétant les lumières suspendues au-dessus. Les seins de la blonde tressautaient à l'intérieur de son débardeur moulant, le coton noir étreignant chaque courbe et ondulation. Elle pourrait pousser n'importe quel riche client de New York à abandonner son portefeuille dans son décolleté. Elle allait se faire de jolis pourboires ce soir.

Je plissai les yeux en me demandant si elle avait des implants. Aucun sein ne pouvait avoir une si bonne tenue sans soutien-gorge, à moins d'être un peu plus petit. Les siens rebondissaient presque au ralenti alors qu'elle tendait le bras pour placer une bouteille sur une étagère élevée.

De l'eau condensée coulait sur le verre givré contenant mon Virgin Mary. Je pris une autre gorgée, jetant furtivement un coup d'œil à sa poitrine épanouie toutes les deux secondes.

L'odeur douce et âcre des roses me chatouilla les narines. Je fermai les yeux. Le parfum enveloppa ses serres autour de mon cou avant de glisser sur ma joue et vers mon nez, plongeant dans mes poumons. *Kendra.* Mon cœur se mit à battre la chamade et je me mordis la lèvre. Je me reculai du bar et me tournai sur mon tabouret.

— Sam, tu es en avance.

Kendra me scruta de haut en bas comme un prédateur affamé, puis se pencha pour m'étreindre.

— Je ne pouvais pas rater ta soirée d'ouverture.

J'enfouis mon nez dans le cou de Kendra tandis que nous nous étreignions, capturant une bouffée de son parfum de roses. Ses cheveux lissés chatouillèrent ma joue, la senteur fraîche de sa coloration auburn s'y attardant. Mes paumes se pressèrent sur son dos nu et je luttai contre l'envie de le caresser alors qu'elle s'écartait.

La soie de son corsage dos nu drapait ses seins de manière provocatrice. À en juger par la façon dont ses mamelons tendaient le tissu fin, ressemblant à de petits cailloux, elle ne portait pas de soutien-gorge. Ma peau frissonna devant le délicieux spectacle. Je n'avais pas fait l'amour depuis si longtemps que ma magnifique meilleure amie réveilla un profond désir dans mon bas-ventre en quelques secondes.

Ses yeux noisette envoûtants avaient une nuance bizarre de rouge, comme si elle avait fumé de l'herbe et n'avait pas dormi depuis trois jours. La préparation de cette soirée avait laissé des séquelles sur le visage de Kendra. Ouvrir une boîte de nuit sur la Cinquième Avenue était son rêve depuis des années. Et maintenant, le Kissed Club, bâtiment de trois étages avec un salon chic et un jardin sur le toit avec vue sur Manhattan, allait être la coqueluche de la ville.

— Qu'est-ce que tu bois ? demanda Kendra en pointant un doigt sur mon verre.

— Un Virgin Mary.

— Les vierges, c'est très bien, mais pas dans une boisson.

Elle me fit un clin d'œil comme pour insinuer que je serais le plat du jour ce soir.

Je serrai les genoux. Depuis que j'avais rompu avec Casey et parlé à Kendra de mon manque de sexe avec un petit-ami qui ne voulait que des fellations, elle avait fait le serment de m'aider à m'envoyer en l'air. Elle disait que c'était comme si j'étais vierge à nouveau et s'était lancée dans une quête pour me trouver un homme. À vrai dire, à ce stade, j'étais prête à me taper tout ce qui bougeait. D'accord, peut-être pas *tout*. Mais je devais admettre que le désespoir devenait de plus en plus insupportable chaque jour qui passait.

— Gabe, deux orgasmes, s'il te plaît, lança Kendra.

Un autre barman, un qui ressemblait à un surfeur avec ses cheveux chocolat foncé, arriva de l'autre extrémité du bar et plaça deux verres à liqueur sur le comptoir. Le sourire qui s'étendit sur son visage suintait le sexe et la confiance. Et quelle que soit l'eau de toilette qu'il portait, elle avait dû être préparée par Cupidon lui-même. Il manipulait les bouteilles comme s'il faisait l'amour à chacune d'elles.

Je ne pouvais pas m'empêcher de fixer ses bras musclés. Un tatouage d'épines dépassait sous le bord de sa manche courte. Il encerclait son biceps, semblant percer sa peau à quelques endroits où des gouttes de sang avaient été dessinées. Il caressa le col de la bouteille comme un pro, puis la jeta en l'air. L'emprise ferme de ses doigts attrapa le fût, et il versa l'alcool dans les verres à liqueur, traitant chaque goutte comme l'or.

Kendra avait raison, j'avais besoin de m'envoyer en l'air.

— Gabe est adroit de ses mains, n'est-ce pas ? dit Kendra en s'asseyant sur le tabouret à côté de moi.

Elle avait l'air plutôt calme et enjouée pour une soirée d'ouverture.

— Oui.

Ma voix rêveuse me trahit tandis que je prenais pleinement conscience des battements de mon cœur. Sortir ce soir pour m'amuser était une chose qui n'avait que trop tardé.

Les doigts de Gabe nettoyaient méticuleusement l'intérieur d'un verre et je les imaginais en train de caresser ma chair tandis qu'il en découvrait chaque centimètre.

— Où l'as-tu trouvé exactement ?

La cohérence de ma question m'étonna.

— Au paradis.

Kendra gloussa.

— On dirait qu'il te veut, dit-elle alors qu'il regardait à nouveau dans ma direction. Elle est toute à moi Gabe, dit-elle en enroulant son bras autour de moi d'un geste possessif.

Je voulais enterrer ma tête dans le sable comme une autruche. N'était-elle pas censée essayer de me trouver un homme ? Gabe aurait très bien fait l'affaire, mais à la façon dont elle s'accrochait à moi, personne ne serait intéressé.

Gabe poussa les verres à liqueur vers nous, attirant mon attention sur ses mains talentueuses.

— Aux bons orgasmes. J'espère qu'ils vous satisferont autant que j'aime satisfaire.

Il me fit un clin d'œil.

Comment pouvait-il dire de telles choses en gardant un visage impassible ? Mes joues me brûlèrent en pensant aux différentes façons dont il pourrait effectivement me satisfaire. Même les lointains souvenirs d'une vie sexuelle épanouie que j'avais choisi d'oublier, se ravivèrent. La remarque de Gabe était suffisante pour amener une douce palpitation dans mon bas-ventre. J'allais très certainement avoir besoin de temps pour moi après cette soirée, et j'espérai que les nouvelles piles étaient chargées au maximum. Je commençais à penser que quand j'achetais des piles ordinaires au supermarché, le vendeur savait exactement à quoi elles allaient servir.

Je jetai un autre coup d'œil à Gabe. Pour la première fois dans la pénombre, je remarquai ses yeux argentés. Ils brillaient comme des diamants avec un éclat lumineux singulier au centre, comme du feu.

Avec son teint sombre, ils étaient comme deux joyaux, presque irréels et éblouissants.

Kendra lui jeta un regard noir.

— Reste convenable ce soir, Gabe. C'est un grand soir.

L'intensité du regard sexy de Gabe rejoignit le petit rire de Kendra au-dessous de mon nombril, et tous mes muscles perdirent de leur tension. Le duo d'hormones qui voulait me dévorer vivante me rappela des désirs oubliés depuis longtemps. Seigneur, comme je voulais être dévorée ! Casey ne m'avait jamais rendu la pareille malgré le fait que je m'étais occupée de son membre un soir sur deux. Chaque caresse que je lui prodiguai avait empli mon cœur de l'espoir que, peut-être, cela nous conduirait à faire l'amour. Je le léchais et le tourmentais en accélérant le rythme. Je voulais en finir le plus vite possible, priant que mon tour vienne, mais il se mettait à ronfler quelques secondes après avoir joui. J'avais perdu deux ans de ma vie avec ce pauvre type !

Était-ce trop demander qu'un homme s'occupe de moi, me remplisse au plus profond de moi-même et me dévore en entier ? Y avait-il quelque chose qui clochait chez moi ?

Je laissai échapper un long soupir et jetai un autre coup d'œil à Gabe. Ses yeux, fixés sur les miens, me surprirent et je détournai rapidement le regard, les joues en feu.

Kendra avala le contenu de son verre. La peau nue de son cou se tendit jusqu'à son décolleté.

J'imitai le mouvement et dès que le liquide toucha ma langue et glissa le long de ma gorge, je compris pourquoi ce cocktail s'appelait un orgasme. Il me fit penser au sperme de Casey, mais en plus sucré. Si Casey avait eu un goût aussi délicieux, je lui aurais offert de lui faire une fellation tous les soirs.

La chaleur de la liqueur se répandit dans mes veines, et je commençai à devenir humide entre mes jambes. La combinaison des regards lubriques de Kendra et de Gabe titillait chaque terminaison nerveuse de mon corps. Le tissu fin qui bruissait contre la poitrine de Kendra n'aidait pas. Une forte envie de toucher, tenir et posséder ses seins voluptueux picotait mes paumes et je rejetai mes épaules en arrière pour permettre aux deux bosses sur mon torse de pousser contre mon bustier.

Le regard brûlant de Gabe me pénétra. Chaque fois que je lui jetais un coup d'œil, la faim dans ses yeux me consumait et le petit éclat d'argent qui y brillait s'enflammait.

À cet instant précis, j'étais prête à m'allonger sur le bar et le laisser faire ce qu'il voulait de moi. Ma nouvelle devise 'sans attaches' semblait très prometteuse ce soir. Le seul problème serait de lui demander *'veux-tu coucher avec moi ?'* sans avoir l'air d'une traînée.

Kendra fixa Gabe et prit ma main dans la sienne. Ses doigts s'entrelacèrent aux miens, en les tenants fermement.

Mes entrailles frémirent lorsqu'elle embrassa mon épaule. Tout en moi cria *'que fais-tu ?'*. Mais je ne pouvais pas m'empêcher de profiter de l'attention. Elle avait clairement indiqué que je lui appartenais et à personne d'autre. Ce serait un mensonge de dire que je n'aimais pas l'intérêt qu'elle me portait, mais j'aurais souhaité qu'elle ne soit pas aussi possessive. Pas devant l'aventure d'une nuit potentielle que j'avais choisie dans ma tête pour ce soir.

— Tu devrais lui donner un gros pourboire, lui dis-je. C'est un cocktail extraordinaire.

— Je lui donnerai un pourboire s'il peut faire durer mon orgasme plus longtemps que le temps qu'il m'a fallu pour l'avaler.

Mes yeux s'écarquillèrent. Kendra avait vraiment des nerfs d'acier et plus de couilles que n'importe quel homme. Peut-être était-ce la raison pour laquelle je me plaisais autant en sa compagnie. Avec elle, on ne risquait vraiment pas de s'ennuyer.

— Il suffit de demander, K.

Gabe sourit. Ses dents blanches comme des perles brillaient presque dans la lumière fluorescente. Était-ce vraiment tout ce qu'il faudrait ? Seulement demander ?

La pensée de recevoir un orgasme de Gabe m'assécha la bouche comme si je venais de traverser le Sahara à pied. J'en eus le tournis.

— Cette bouche va vous causer des ennuis un jour, dit-il en se penchant sur le bar pour me relever le menton.

Ce geste innocent excita toutes mes terminaisons nerveuses. La chaleur accumulée entre mes jambes se précipita vers mon visage.

Ses yeux sensuels rayonnaient et j'eus la certitude qu'il pouvait lire dans mes pensées.

La blonde voluptueuse qui avait placé les bouteilles sur les rayonnages vint à côté de Gabe, se pencha vers lui et lui murmura quelque chose à l'oreille. La manière provocante de glisser la main sur son bras et de lui prendre le cou me serra la gorge. Je détournai le regard.

Je jetai à nouveau un coup œil sous mes cils, juste à temps pour la voir lécher l'oreille de Gabe avant de l'embrasser sur la joue.

— Après le service, chérie, dit-il, les yeux fixés dans ma direction.

La blonde reprit son travail.

Un léger grognement vibra dans ma gorge alors que je réalisai que Gabe n'était pas disponible en fin de compte. Ce soir ne serait pas celui où il me délivrerait de ce nœud de désir au fond de moi. Oh mon Dieu, où avais-je l'esprit ! Des images de la perfection nue de Gabe m'aveuglèrent presque.

Il ouvrit la bouche pour parler, mais Kendra tira sur ma main.

— Viens, je veux te montrer quelque chose.

Je descendais du tabouret en hésitant.

— Merci, dis-je à Gabe en me promettant d'essayer un autre de ses orgasmes dans le futur.

Bien que j'aurais voulu rester au bar, je suivis Kendra à travers la piste de danse vers l'avant du club. Autour de nous, les ouvriers plaçaient les décorations de dernière minute, polissant les barres d'acier des cages installées sur des podiums aux quatre coins de la piste. Un homme vérifiait les câbles d'une balançoire suspendue au-dessus de nos têtes.

Sous le plafond, un miroir était accroché tout autour du périmètre du club. D'autres, plus petits, recouvraient le dôme au-dessus de nous, donnant une impression d'infini.

— C'est magnifique. Mais je ne comprends toujours pas où tu as pu trouver tout cet argent.

Kendra m'avait dit qu'elle cherchait un partenaire pour l'aider à financer sa boîte de nuit.

— J'ai trouvé un commanditaire.

Son ton indiquait qu'elle ne m'en dirait pas plus à ce sujet.

Je me suis retournée pour regarder le bar.

Gabe s'était accoudé. L'intensité de ses yeux me figea sur place jusqu'à ce que leurs coins s'adoucissent comme pour me supplier de revenir vers lui. Kendra me tira encore par la main et nous marchâmes jusqu'à un escalier en colimaçon caché derrière un mur au fond de la boîte, face au bar. En haut de l'escalier, elle déverrouilla une porte.

La pièce sombre avala ma vision. Il fallut une minute pour que ma vue s'adapte. Une faible lumière venant d'une paroi de verre surplombant la boîte illuminait l'espace. Le gigantesque miroir que j'avais vu d'en bas était en fait un miroir sans tain. En dessous, tout le monde semblait plus petit. La blonde continuait à ranger les bouteilles sur des étagères tandis que Gabe frottait le comptoir de marbre, chacun de ses gestes faisant saillir ses muscles.

Le son de la porte que l'on refermait me coupa le souffle et je me mordis la lèvre. Un frisson de plaisir me parcourut le bras.

— J'espère que ça te plait ? dit Kendra en appuyant sur un interrupteur.

Je me retournai. Une lumière rouge brillait au-dessus de nos têtes ; un tissu était drapé sur les abat-jour de chaque côté d'un lit à baldaquin.

Kendra enleva ses escarpins et s'éloigna de moi en marchant pied-nus sur l'épaisse moquette. À chaque pas, son postérieur se balançait de droite à gauche, et le tissu doré de son dos nu glissait le long de la ligne qui montrait presque le haut de ses fesses.

La texture légère et douce du mobilier absorbant la couleur et se fondant dans un même ton me détourna de l'agitation du rez-de-chaussée. Près de la baie vitrée se trouvait une large banquette recouverte d'une couverture moelleuse.

— Pourquoi as-tu besoin d'une chambre ici ?

Je laissai courir les doigts sur une commode. Le bois sentait la cire et le citron, un parfum qui s'harmonisait parfaitement avec celui de Kendra.

— Pour échapper à la foule. Et je pourrais ne pas avoir envie de conduire pour rentrer chez moi quand j'aurai fini de travailler. C'est mon foyer loin de mon foyer.

— On a en effet l'impression d'être chez toi. Qu'y a-t-il derrière cette porte ?

Je pointai un doigt sur le mur qui faisait face à l'entrée.

— Une salle de bain. Ça te plait ? demanda Kendra en passant d'un pied sur l'autre.

Le soupçon d'appréhension dans sa voix me rendit nerveuse et excitée en même temps. Il était rare d'entendre son anxiété.

— Oui, ça me plait. Ils ne peuvent pas nous voir ?

Je pointai le dôme de verre surplombant la piste de danse.

— Non, murmura Kendra.

Sa voix m'enveloppa. La douce odeur de son parfum de rose m'envahit à nouveau, et l'air gonfla dans mes poumons alors que je retenais mon souffle.

— C'est une belle vue, dis-je tandis que mon regard se posait sur Gabe à travers la paroi de verre.

J'aurais bien aimé qu'il soit là lui aussi.

— C'est vrai, acquiesça Kendra.

Quelque chose en moi s'agita, me disant qu'elle ne faisait pas référence au barman sexy.

CHAPITRE 2

Kendra fit traîner ses mains le long de mes bras nus. Ce contact m'envoya des frissons dans tout le corps pour finalement se concentrer juste sous mon bassin.

— Il te plait ? demanda-t-elle.

Je sentais son souffle sur mon oreille et sur le côté de mon visage. Les petits cheveux sur ma nuque se dressèrent. Ses seins s'aplatirent contre mon dos tandis qu'elle serrait mes bras. J'ai fermé les yeux de toutes mes forces en espérant que mon pouls allait ralentir.

— Oui, mais il est complètement hors d'atteinte pour moi, répondis-je.

Un homme comme Gabe pouvait choisir les femmes comme si elles étaient des fruits frais dans une épicerie qui lui était exclusivement réservée. Le produit avec la peau parfaite et la pulpe juteuse serait probablement son premier choix. Comparée aux femmes savoureuses qui viendraient dans la boîte de nuit ce soir, j'avais l'impression d'être un vieux pruneau desséché. Ou peut-être était-ce une fausse impression ? N'ayant fréquenté personne depuis si longtemps, je commençai à douter à chacun de mes mouvements. Et mon passé n'avait pas exactement aidé ma confiance en moi.

Chaque fois que je songeais à flirter de nouveau, je grimaçais. Craignant de me retrouver célibataire, j'avais choisi de rester avec Casey ; il avait été un choix prudent. Et maintenant, au lieu de finir la nuit avec l'homme qui avait attiré mon attention, Gabe pensait probablement que j'étais avec Kendra ! Si j'avais espéré avoir une aventure avec lui, cet espoir avait disparu quand la blonde s'était frottée contre son bras comme un chihuahua en chaleur.

— Ne crois-tu pas qu'il est temps que tu perdes ta virginité ?

Les mains de Kendra allaient et venaient le long de mes bras, y laissant une traînée de chaleur excitante. Le plaisir de ses caresses chassa Gabe de mon esprit.

— Tu sais bien que je ne suis plus vierge.

Ma voix tremblait et mes muscles tressautaient. Et même si je disais la vérité, j'avais quand même l'impression de dire un gros mensonge.

— C'est seulement que je n'ai pas encore trouvé l'homme qu'il me faut.

— Tu n'as pas besoin de trouver l'homme qu'il te faut, seulement celui qui sera partant. J'ai l'impression que ça ne posera aucun problème.

— Pour toi, peut-être.

— T'es-tu regardée dans un miroir ces derniers temps ? Tu es superbe, Sam. Ne sois pas aussi injuste avec toi-même.

Si c'était vrai, alors pourquoi étais-je si nerveuse à l'idée d'avoir une simple aventure d'une nuit ? C'était tout ce que je voulais. Pas de *'je t'appellerai demain'* ou *'pourquoi ne m'as-tu pas appelé'*. Juste du plaisir sans contrainte. Je ne pouvais pas m'engager, pas après ce qui était arrivé.

— Je peux t'aider à te débarrasser de certaines tensions, Sam.

Elle me retourna pour que je sois en face d'elle. Même dans la pièce sombre, le désir éclairait ses yeux.

— Sans attaches. Tu es mon amie ; une amie très séduisante à qui il faut rappeler combien le sexe peut être agréable.

Les lèvres de Kendra étaient à quelques centimètres des

miennes. Le parfum lourd de son chewing-gum caressait mon visage.

Je l'avais embrassée une fois, il y avait des années, lors d'un jeu 'action ou vérité' au cours d'une fête, et je me souvenais de cette nuit-là comme si c'était hier. Le contact doux de ses lèvres et sa langue curieuse avaient ravivé des désirs enfouis au plus profond de moi. Ma peau me picota alors que je revivais ce souvenir.

Ce soir, chaque bouffée du parfum de rose de Kendra me chatouillait de mon nez jusqu'à mon ventre. Son rire séduisant pulsait dans mes oreilles dans un rythme qui battait doucement entre mes jambes. Une femme pourrait-elle satisfaire mes besoins ? Était-ce étrange que je me surprenne à penser à Kendra plus intimement qu'à Casey, mon ex à qui j'avais fait beaucoup trop de fellations ?

— J'aime les *hommes*, Kendra.

Ma voix trembla sous le mensonge. J'avais souvent eu des fantasmes à son sujet alors que je me caressais la nuit, me demandant ce qu'elle faisait avec ses partenaires féminines. Le balancement suggestif de ses hanches lorsqu'elle marchait attirait mon attention chaque fois. La façon dont sa peau brillait me donna envie de la caresser pour voir si elle était réelle. L'odeur piquante de rose de Kendra me fascinait ; le parfum enivrant paralysait mes membres comme si j'étais une toxicomane en train de fumer de l'opium.

— Le dernier mec que tu as fréquenté était trop stupide pour goûter la délicieuse femme qu'il avait.

Mon sexe se contracta comme si elle avait dit un mot magique. Personne ne m'avait jamais goûté *là*.

Les mains de Kendra glissèrent à nouveau sur mes épaules, jusqu'à mon menton. Elle tint mon visage entre ses paumes et se pencha, appuyant ses seins contre moi.

Je n'ai pas cessé de penser à tes lèvres depuis notre baiser, mais j'avais peur de perdre ton amitié, murmura-t-elle, son souffle réchauffant mon oreille.

Seigneur, comme j'avais besoin de ses caresses pour me débarrasser de tout ce désir accumulé. La douleur atroce avait augmenté chaque fois que je m'étais masturbée et que je n'arrivais pas à trouver le soulagement complet qui ne pouvait être donné que par quelqu'un d'autre.

J'enfouis mon nez dans le cou de Kendra, faisant traîner mes lèvres sur sa peau caramel. Encore quelques inspirations et j'allais fondre complètement.

— J'ai aussi pensé à toi, répondis-je finalement, en prenant mon courage à deux mains. Oh mon Dieu, Kendra, est-ce mal de penser que tu es la femme la plus sexy que je connaisse ?

Je voulais ses mains sur mon corps.

J'avais besoin de sa peau brûlante contre la mienne.

Je voulais qu'elle me fasse l'amour jusqu'à en perdre la tête.

— Non, ce n'est pas mal, dit-elle.

Kendra fit glisser ses lèvres sur mon oreille, le long de ma joue, sur ma bouche, puis de nouveau sur mon oreille tout en tenant mon visage entre ses mains.

Mon cœur battait la chamade. Des pensées lubriques se condensèrent en gouttes entre mes jambes et enfin, elle m'embrassa. Son rouge à lèvres avait un goût de framboises mûres. Sa langue s'insinua en moi, se mêlant doucement à la mienne. Je me perdis dans son baiser, plus délicat et plus excitant que tout ce que j'avais reçu depuis bien longtemps.

Mes doigts s'enfoncèrent dans le dos de Kendra alors que j'enroulais mes bras autour d'elle. Chaque centimètre de son corps était collé au mien. La douleur en moi grandit et le besoin d'avoir ses mains habiles sur moi transforma mon désir en faim. Une pression sur une cordelette dans mon dos desserra mon bustier. Il glissa jusqu'à mes hanches, révélant mes seins qui pointaient.

Kendra se dégagea pour contempler mes tétons nus. Les veines sur le renflement de ses seins s'épaissirent.

— Nous allons y aller lentement, je le promets, murmura-t-elle.

Privée de son corps chaud, des frissons coururent le long de ma peau. J'acquiesçai. Mes mains nerveuses prirent ses seins parfaits en coupe et les tremblements s'atténuèrent. J'aurais voulu rester comme ça pour toujours. Leur rondeur remplissait mes paumes. Je fis passer mes pouces sur ses mamelons durcis.

Elle se tendit sous mon contact, puis leva les bras et je fis passer son haut par-dessus sa tête. La soie glissa, exposant sa belle poitrine.

Un nœud de désir se forma entre mes jambes.

— Embrasse-les, s'il te plaît.

La faim dans les yeux de Kendra reflétait la mienne.

J'abaissai ma bouche sur son mamelon, le prenant entre mes lèvres. La peau délicate fondit contre ma langue et je tirai sur le bout avec mes lèvres avant de le relâcher. Il se raidit et rebondit, et je me jetai de nouveau sur lui en le mordillant et en le relâchant encore. Je m'attardai sur chacun des mamelons à tour de rôle, les léchant tout autour. J'aurais pu aller et venir entre cette belle vallée et ces magnifiques sommets pendant des heures et des heures.

Kendra gémit. Elle tendit le bras et caressa mes seins tandis que j'embrassai et m'occupai des siens avec ma bouche. Sa poitrine se souleva et je fis remonter ma bouche le long de son cou, me déplaçant vers ses lèvres. Leur saveur me manquait déjà.

Nous nous embrassâmes et sa langue se mêla à la mienne tandis qu'elle faisait descendre mon bustier le long de mes hanches. Ses doigts glissèrent sur mes reins alors que le faible son de ma fermeture éclair emplit mes oreilles. Le pouce de Kendra glissa dans ma culotte puis la fit tomber par terre.

Mes genoux flageolèrent un peu et j'enjambai le tas de vêtements. C'était à mon tour d'enlever le pantalon de cuir moulant de Kendra. Alors que je me penchai, mon visage au niveau de sa minuscule culotte, je vis les lèvres pulpeuses de son sexe pousser contre la soie transparente

— Allonge-toi sur la banquette, m'ordonna-t-elle.

Avec les jambes écartées par-dessus le siège, j'abaissai mon dos sur la surface recouverte d'une couverture. À ma gauche, je voyais parfaitement la discothèque en contrebas. Mais Gabe n'était nulle part en vue. Les lumières étaient baissées et il semblait que les derniers préparatifs étaient terminés. Je me demandai brièvement si Kendra ne devrait pas descendre. Après tout, c'était sa soirée d'ouverture, mais l'avidité de mon désir l'emporta.

Un homme portant ses outils sur une ceinture autour de la taille vérifiait les serrures de la cage placée sur un podium. Son regard se porta lentement vers le haut et il regarda le miroir. La chair de poule recouvrit mes bras alors que je le regardais droit dans les yeux. L'espace d'un instant, j'eus l'impression qu'il me voyait, toute nue dans les bras de Kendra. Ses sourcils se froncèrent.

Peut-il me voir ?

Il reprit son travail sur la deuxième cage. Il y avait du monde en bas et de temps en temps, quelqu'un levait les yeux. Chaque fois, un étrange picotement dansait autour mon nombril.

Ils ne peuvent pas te voir. Détends-toi, Sam.

Mais au plus profond de moi, je les imaginais nous regardant Kendra et moi, et nos corps enlacés, à travers la fine paroi de verre. Feignant d'être offerte à tous les regards je sentis une poussée d'adrénaline. Ce spectacle leur plairait-il ?

Je fermai un instant les yeux, imaginant nos corps qui se contorsionnaient. Mes inspirations rapides soulevaient ma poitrine et je sentis ma culotte s'humidifier.

Kendra s'accroupit sur mon visage et se pencha en avant. Elle se mit à genou à côté de ma tête.

Je me concentrai sur l'endroit où la pointe rose de son clitoris se cachait entre ses lèvres gonflées sous sa culotte, mais je ne pouvais pas encore le voir.

— Fais-moi ce que je te fais, dit-elle, son souffle chaud traînant à l'intérieur de ma cuisse.

Son doigt écarta ma culotte sur le côté et je fis de même avec la sienne.

Admirant ses fesses blanches, je voulais explorer le petit orifice en premier, sans vraiment savoir pourquoi. J'effleurai du doigt le sexe mouillé de Kendra, la lubrifiant davantage et sentant ses cuisses se raidir.

La tache de couleur cuivre de ses poils pubiens taillés au sommet de son sexe brillait. Je tenais les fesses de Kendra, enfonçant les doigts dans sa chair ferme, massant son derrière rond. Avec curiosité, je caressai la vallée de ses fesses avec mon pouce, griffant légèrement la chair avec mon ongle du haut vers le bas.

Kendra gémit de plaisir et je me mordis la lèvre où je sentais apparaitre un léger sourire.

Sa respiration était lourde contre ma peau et lorsqu'elle me lécha, je frissonnai. Mes fesses se crispèrent. Son premier coup de langue savoureux m'électrisa. Je n'étais plus consciente de mon environnement, seuls comptaient nos deux corps se fondant l'un dans l'autre. Cet unique coup de langue détourna mon attention des belles fesses de Kendra vers le plaisir croissant que j'avais entre les jambes. Ça faisait trop longtemps que quelqu'un n'avait pas réveillé mes désirs.

Kendra lécha l'espace qui séparait le haut de ma jambe de mon sexe et je glissai à droite pour me centrer sous sa bouche, désirant être embrassée *là* encore une fois.

Elle enfouit son nez dans mes poils et je la sentis inspirer.

Je me tortillai. Chaque muscle de mon corps se tendit alors que je me concentrais sur mon point le plus sensible.

Au-dessus de ma tête, le parfum fleuri de l'essence de Kendra me rendit folle alors que je léchais son bouton de rose. Ses fesses se raffermirent sous ma paume. Délicatement, je laissai traîner ma langue sur sa petite avancée de chair. Mes lèvres s'emparèrent de son clitoris, tirant doucement tandis que je donnai de petits coups de langue comme je l'avais vu faire dans les films porno, mais en beaucoup plus lent, savourant son goût autant que je le pouvais.

Kendra referma sa bouche sur mon sexe et je levai les hanches plus haut dans son visage, désirant être dévorée. Je me poussai profondément dans sa bouche. Le sang qui coulait frénétiquement dans les veines afflua vers mon clitoris où il se mit à palpiter violemment. Je fis rouler mes hanches sous les provocations constantes, appuyant plus fort à chaque passage. Je ne pouvais pas me retenir plus longtemps. La flambée se propagea d'entre mes jambes à mon corps tout entier. Mes orteils se recroquevillèrent et mes jambes se mirent à trembler alors que Kendra me conduisait au-delà de ce que j'avais imaginé qu'un orgasme pouvait être. Je hurlai. Cambrant le dos et la relâchant, j'explosai dans sa bouche.

Alors que mes tremblements commençaient à se dissiper, ma bouche retourna sur son sexe. Ma langue savoura les plis délicats, les écartant comme elle l'avait fait avec moi. Les doux replis de sa chair lisse enflaient dans ma bouche à chaque coup de langue.

— Baise-moi avec ta langue.

Je sentais son souffle rauque contre ma cuisse.

Je trouvai son orifice humide et j'y glissai la langue.

— Oh oui, mon Dieu ! s'écria-t-elle.

Je poussai plus loin, laissant mon doigt caresser son passage.

— Un autre doigt.

Elle posa le visage à côté de mon sexe. Le sien se resserra sur moi. Ma bouche retrouva son clitoris. Ma langue le caressa vigoureusement, de plus en plus vite. Mes doigts allaient et venaient en elle avec facilité.

Elle s'appuya davantage sur moi, emprisonnant le dernier souffle que je pris avant de lécher sa chair tendre. Ses muscles se mirent à trembler et un chaud liquide jaillit sur mon visage alors qu'elle se mettait à crier. Je n'avais jamais vu autant de fluide s'échapper d'une femme auparavant et je la léchai jusqu'à ce que ses muscles se raffermissent à nouveau.

Mon regard vola de nouveau sur la piste de danse pour voir si quelqu'un l'avait entendu crier, mais il n'y avait pas assez de lumière et mes yeux brillèrent de satisfaction. Je lâchai les fesses de Kendra, mes bras retombant sur le côté, inertes comme la tige d'une fleur fanée.

Elle recommença à lécher mon clitoris, faisant soudain tournoyer sa langue sur moi. J'appuyai mes pieds plus fort sur le sol et mon corps réagit à ses caresses alors qu'elle ravivait mon plaisir. Comment était-ce possible ? Comment pouvait-elle me faire ressentir ça encore une fois ? Mais je n'eus pas le temps de me poser la question. Des vagues délicieuses nées entre mes jambes déferlèrent sur mon corps tout entier dans un supplément de plaisir inattendu, mais bienvenu.

Puis tout s'apaisa. Les nœuds se défirent et après n'avoir pourtant bu qu'un seul cocktail d'orgasme ce soir, je me sentais ivre.

Kendra s'avança et s'allongea à côté de moi, la tête enfouie entre mes cuisses.

Éperdue, presque en lévitation, je soupirai de plaisir.

Sa respiration se calma.

Mon pouls ralentit et retrouva son rythme normal.

Kendra roula sur le tapis moelleux, m'entraînant sur le sol avec elle. Elle se mit en cuillère derrière moi comme le font les amants.

Rassasiée, je laissai glisser ma main le long de ses bras nus.

— Tu as une bouche extraordinaire, dit-elle avant d'embrasser mon épaule.

— Toi aussi, répondis-je en souriant. J'ai eu un excellent professeur.

— Non, c'était seulement toi, Sam. Extraordinaire.

Ma poitrine se gonfla de fierté.

— Extraordinaire comment ?

— Tellement extraordinaire que ça me donne envie de t'enfermer pour que tu sois à mon usage exclusif.

Kendra resserra ses bras autour de moi.

— Mais il serait dommage de ne te servir de ta bouche que sur moi.

— Que veux-tu dire ? demandai-je en fronçant les sourcils.

— C'est d'une verge bien dure et bien chaude dont tu as besoin, pas d'un petit godemiché fragile.

Je me retournai pour lui faire face.

— Mon godemiché n'est pas fragile.

Elle fit glisser une mèche de mes cheveux derrière mon oreille.

— Mais Casey l'était.

Je gloussai.

— Oui, tu as raison.

— Sam, tu étais trop bien pour lui. Crois-moi, rien n'est meilleur que de faire l'amour avec quelqu'un qui tient à toi et qui t'aime comme tu l'aimes.

Pendant quelques instants, Kendra sembla se perdre dans ses souvenirs.

— J'ai l'impression que c'est toi qui cherches l'amour, dis-je en inclinant la tête.

— Je n'ai pas besoin de chercher. Je sais exactement où le trouver, mais je... je l'avais oublié.

Elle a fait un petit geste de la main.

— Qui est-ce ? demandai-je.

— Ce n'est pas important, Sam.

Pour la deuxième fois ce soir, Kendra refusait de me répondre.

— On pourrait avoir recours à un harnais godemiché, suggérai-je.

Elle haussa les sourcils.

— Arrête de me faire des offres irrésistibles.

Elle claque ses lèvres sur les miennes.

— Mais j'ai envie de toi, dis-je en lui rendant ses baisers avec la même intensité. J'ai envie de toi depuis longtemps.

Kendra sourit.

— Je sais. Moi aussi je t'ai résistée. Je n'avais pas l'intention de faire ça ce soir, mais quand j'ai vu la manière dont Gabe t'a regardée, je suis devenue jalouse. Je t'ai voulue pour moi toute seule. Même pour un seul soir, pour connaître au moins une fois ton goût.

Elle posa la paume sur mon sexe mouillé, me caressa, et je me poussai contre sa main. Lorsqu'elle la retira, je tournai la tête vers la gauche pour regarder de nouveau dans la boîte de nuit.

— Gabe m'a regardée de quelle manière exactement ? demandai-je.

— Comme s'il voulait t'allonger sur ce bar et te donner un autre genre d'orgasme, pas un cocktail.

Elle éclata de rire.

Un petit picotement se raviva en moi à la pensée de Gabe jouant avec mon sexe.

— Je croyais qu'il s'amusait seulement à flirter. N'est-il pas avec la blonde ?

— Elle aimerait bien. Je ne suis pas sûre qu'il soit prêt pour une relation sérieuse.

Parfait. On dirait qu'il a besoin d'être consolé.

— Eh bien contrairement à toi, je ne cherche pas à m'engager, moi non plus. Et ça me plairait de passer une nuit avec Gabe, je dois l'admettre.

Je haussai les épaules, mon corps se contractant avec anticipation en pensant à lui.

— C'est quelqu'un de bien, Sam. Et même si tu trouves celui qui te convient, ça ne veut pas dire qu'on ne peut pas s'amuser de temps en temps.

Kendra me caressa la cage thoracique, juste sous les seins.

— Je ne cherche plus l'homme idéal et je ne triche pas.

— Je ne te demande pas de tricher. Mais un petit plan à trois ne peut pas faire de mal.

Cette fois, mes sourcils se haussèrent et mes yeux s'écarquillèrent.

— Imagine un membre épais en toi pendant que je te sucerai jusqu'à la dernière goutte.

Elle me caressa à nouveau.

En entendant les mots crus de Kendra, sa main sur mon sexe, mon excitation revint.

— Resteras-tu pour la fête qu'on fera après ? demanda-t-elle en me faisant les yeux doux.

— Bien sûr. Ne devrais-tu pas descendre ? demandai-je en me pelotonnant encore plus près d'elle, ne voulant pas la laisser partir.

— J'ai une équipe de professionnels qui peut s'occuper de tout.

Sa bouche se baissa sur mes seins. À chacun de ses coups de langue, le plaisir allait de mon ventre à l'endroit encore gonflé qui n'avait pas encore eu le temps de se calmer.

Peut-être Kendra avait-elle raison. J'avais beau être comblée avec elle, je voulais plus. J'avais besoin de la peau moins douce d'un homme, de ses mains calleuses et de sa bouche vigoureuse.

Elle taquina mes mamelons avec des promesses de futures rencontres.

La simple mention d'une verge avec Kendra à mes côtés fit passer mon imagination à la vitesse supérieure. Les positions et les orgasmes hallucinants seraient illimités. Le seul problème était de trouver le bon mec.

Et je savais exactement où chercher.

CHAPITRE 3

Gabriel Silver pianotait sur son ordinateur dans son bureau et se pinçait l'arête du nez à intervalles réguliers. Il secoua la tête alors que davantage d'informations sur les ennuis de Kendra apparaissaient sur l'écran. Était-elle stupide ? Elle savait à quel point la drogue était dangereuse. La mère d'un de ses ex-petits amis était morte d'une overdose involontaire.

Kendra ne voulait pas accepter l'aide de Tristan, alors quand le cousin et partenaire de Gabe lui en avait parlé, il n'avait pas pu refuser. Lorsqu'il apprit que Kendra avait besoin d'un investisseur, l'appât était trop beau pour être ignoré – un moyen facile d'espionner son mode de vie.

Tristan et son frère Julian avaient fait de Gabe un partenaire à part entière dans leur entreprise de détective privé, ce qui augmentait son empressement à prouver qu'il en était digne. Responsable de la surveillance, son travail l'occupait trop pour avoir des relations sérieuses – et c'était une bonne chose. Il n'était pas prêt. C'était trop tôt.

Et maintenant, Samantha Connor était entrée dans sa vie. Il n'avait pas imaginé qu'une amie de Kendra lui resterait aussi loyale. Kendra était experte dans l'art de faire le vide autour d'elle, mais elle n'avait pas réussi avec Melle Connor. Quelque chose chez cette beauté avait permis à leur amitié de durer et l'avait fait se sentir chaud à l'intérieur d'une façon qu'il n'avait pas ressentie depuis longtemps. Le besoin de la protéger et d'assurer sa sécurité devint une partie de sa routine. Et cela ne faisait qu'une semaine qu'il l'avait rencontrée au club. Des rêves persistants dans lesquels il caressait sa douce peau pâle et où il empaumait ses seins parfaits le laissaient trempé de sueur et d'autres fluides chaque matin.

Mais Gabe avait beau vouloir garder Samantha pour lui tout seul et n'aimait pas l'idée que Kendra touche cette fille, il ne pouvait pas devenir trop proche – pas comme ça. Il ne voulait pas prendre le risque de la blesser.

Il aurait préféré ne pas recevoir ce coup de fil du bureau ce soir-là pour pouvoir rester à la fête, rien que pour regarder la bouche de Samantha s'ouvrir et se fermer. La voir rougir quand il l'observait ou disait le mot *orgasme* valait la peine d'y consacrer chaque moment de liberté.

Mais, comme toujours, son travail était une responsabilité qu'il ne pouvait pas ignorer. Des vies dépendaient de lui.

La vérification des antécédents qu'il avait faite sur Samantha dépeignait un style de vie simple. Elle l'ignorait, mais elle et lui avaient davantage en commun que Gabe voulait l'admettre. Pourrait-il faire face à cette situation ? Son âme était encore meurtrie, elle ne s'en rendait pas compte et il était la dernière personne à pouvoir l'aider à guérir. Elle essayait de vivre modestement, de s'occuper de ses propres affaires, sans se faire remarquer. Sauf qu'il ne voyait qu'elle dans le club. Kendra semblait être la meilleure amie de Samantha et *elle* était incontrôlable. Il avait besoin de quelque chose de simple pour une fois, comme Samantha Connor, mais pouvait-il vraiment attendre d'elle qu'elle accepte *sa* vie compliquée ? Son imagination débordante concernant les menaces qui rôdaient autour ? Était-ce qu'il désirait ? Quelqu'un d'humble comme… non, il ne pouvait comparer personne à Joanne.

Samantha accepterait-elle de se contenter d'un bon moment sans aucune attache ?

L'ex de Samantha avait été stupide de ne pas réaliser la chance qu'il avait. Sa bouche était le plus bel orifice que Gabe avait vu depuis très longtemps. Il ferait n'importe quoi pour la sentir sur l'extrémité de son sexe, mais d'abord il devait la protéger, s'assurer qu'elle était en sécurité. Il ne la laisserait pas sans surveillance. Ce soir était la septième nuit qu'il écumait son quartier à la recherche de la racaille qu'il s'attendait à y voir. Ce n'était qu'une question de temps avant qu'il y montre à nouveau son visage. Gabe surveillait Samantha lorsqu'elle revenait en voiture chez elle après son travail, portait ses courses à l'intérieur, se rendait à la bibliothèque, et tous les soirs, il se garait dans sa rue jusqu'au matin, s'assurant que personne n'établirait un lien entre Kendra et elle. Mais il savait qu'on le ferait. Ça se passait toujours comme ça.

CHAPITRE 4

Je m'étais souvent demandée si ma vie aurait été différente si Kevin, mon petit ami du lycée et mon premier amour, était resté avec moi.

Kevin était l'un des garçons les plus populaires à l'école. Il était athlétique, mais pas un grand sportif. Il se concentrait sur ses études plutôt que sur le basket-ball ou le football, mais il traînait quand même avec les gens cools.

Quand j'étais en dernière année, il m'avait dit que j'avais une beauté naturelle et qu'il avait eu le béguin pour moi depuis la première année. Je me souviens combien mes joues étaient brûlantes lorsque j'avais admis que je ressentais la même chose pour lui.

À partir de ce jour-là, nous sommes sortis ensemble et nous sommes partis à la découverte de nos corps. Je faisais entrer Kevin en cachette dans ma chambre avant que ma mère ne revienne à la maison. Nous nous embrassions pendant des heures, puis nous nous précipitions au rez-de-chaussée et étalions tous nos livres de classe sur la table, prétendant que nous avions étudié. Un jour, nous sommes sortis des limites de la ville pour aller à une fête foraine dans une petite ville. Kevin m'avait embrassée en haut de la Grande

Roue lorsqu'elle avait atteint le sommet. Nous avions l'impression que nous pourrions conquérir le monde de là-haut. J'avais ri jusqu'à en avoir des crampes lorsqu'il avait désespérément essayé de gagner une peluche pour moi et qu'il avait fini par tomber dans le bassin. Avec lui, j'étais heureuse et insouciante. La vie était parfaite, mais cela n'a pas duré ; Kevin m'a quittée.

Je l'avais appris une semaine avant la soirée de fin d'année. D'abord, j'avais cru à un canular, une blague idiote qu'on me faisait, mais non. Ses parents avaient demandé à ma mère de venir chez eux avec moi. Kevin était assis sur la banquette du salon, sous une couverture. Il était tombé malade quelques semaines plus tôt, mais sa famille était toujours sous le choc du diagnostic. Il avait une forme de leucémie aiguë, un cancer invasif du sang et de la moelle, qui s'était déjà généralisé. Il n'y avait aucune guérison ni aucun traitement possible. La seule chose que l'on pouvait faire, c'était atténuer ses souffrances.

Je n'ai pas voulu le quitter un instant et je suis restée avec lui pendant la semaine qu'il lui restait à vivre, si l'on peut appeler cela vivre. Ma mère m'apportait des vêtements et je dormais sur un matelas par terre à côté de son lit.

La mobilité et la capacité de communiquer de Kevin s'étaient rapidement détériorées. Sa peau avait pâli et les lèvres que j'avais embrassées autrefois étaient devenues sèches. Ses yeux s'étaient enfoncés dans leurs orbites. Le garçon plein de vie que j'avais connu s'était métamorphosé en un enfant perdu et terrifié. Deux jours avant sa mort, Kevin ne pouvait plus s'alimenter. On nous avait prévenus que cela arriverait, mais écouter les médecins le décrire et en faire l'expérience étaient deux choses totalement différentes. La nourriture coulait sur son menton lorsque nous essayions de le nourrir. Mais ni sa bouche ni son estomac ne voulaient coopérer et quelques minutes plus tard il vomissait. Il n'avait même pas assez de force pour prendre une paille entre ses lèvres afin de boire un peu d'eau. Une intraveineuse le nourrissait pendant que je lui rafraîchissais les lèvres avec une petite éponge imbibée d'eau en essayant de lui en faire couler quelques gouttes dans la bouche. Chaque fois qu'il me regardait, je le voyais lutter contre les larmes et contre l'émotion. Il essayait de rester fort pour sa famille et pour moi. La vie n'était pas censée être comme ça. Nous étions censés nous préoccuper de choses idiotes comme savoir à quelle université poser notre candidature ou ce que nous allions mettre au bal masqué de la fin de l'année, au lieu de choisir une pierre tombale.

— J'avais l'intention de t'épouser, Sam. Je voulais t'aimer jusqu'à la fin de mes jours, et c'est ce qui va se passer.

Ce furent les dernières paroles qu'il m'adressa en tête à tête.

Il commença à oublier mon nom ce soir-là. Lorsque ses médicaments avaient commencé à faire de l'effet et qu'il s'était endormi, je m'étais mise à pleurer en écoutant ses poumons mener éperdument leur dernier combat. J'avais prié pour que, par miracle, il puisse rester à mes côtés au lieu d'être six pieds sous terre.

La veille de sa mort, il était devenu incohérent et avait demandé ce qu'il y avait derrière la porte de la véranda.

— Le jardin, avait dit son père.

La mère de Kevin n'avait pas pu dire un mot. Comment l'aurait-elle pu ? Elle était sur le point de perdre son fils unique.

Nous l'avions emmené en fauteuil roulant dans la cour. Les parents de Kevin vivaient dans une propriété qui donnait sur le lac. Nous avions mis le fauteuil roulant sur la jetée au bord de l'eau et avions regardé ce qui allait être le dernier soleil couchant de Kevin. Une intense lumière avait éclairé son visage de ses derniers rayons puis s'était tamisée avant de disparaître. En serrant ma main dans la sienne, Kevin avait fermé les yeux pour ne plus jamais les rouvrir.

Les élèves du lycée avaient organisé une collecte de fonds en l'honneur de Kevin. Une boîte de don a été mise en place au bal auquel nous n'assisterions jamais. Et tandis que l'on entendait de la musique à des kilomètres à la ronde, j'écoutais les battements du cœur de Kevin faiblir jusqu'à ce qu'ils se taisent.

Je ne lui ai jamais dit au revoir.

Comment peut-on dire au revoir à celui que l'on aime en sachant qu'il ne lui reste qu'une semaine à vivre ? N'est-on pas censé avoir cette conversation quand on est vieux et qu'on a les cheveux gris ? Que dit-on à quelqu'un de dix-huit ans, une semaine avant sa mort ? Tu vivras dans ma mémoire ? Je n'aimerais jamais que toi ? Le supplier de ne pas vous quitter parce que la vie sans lui ne vaut pas la peine d'être vécue ?

Après en avoir voulu à Dieu, j'avais pris le fardeau sur mes propres épaules et je m'étais reprochée de ne pas en avoir fait assez pour soulager ses souffrances ou l'aider à mourir en paix. Les amours adolescentes sont à la fois bêtes et intenses, plus profondes que les profondeurs ténébreuses et inexplorées de l'océan. À dix-sept ans, j'avais aimé Kevin corps et âme. Lorsqu'il avait disparu, j'avais été incapable de parler ou de bouger pendant des semaines. Je savais que ma vie ne serait plus jamais la même. Je ne voulais plus jamais aimer et j'avais décidé de ne plus jamais donner mon cœur à quiconque.

J'avais enfermé cette semaine épouvantable passée avec Kevin dans un compartiment de mon cerveau que j'avais appelé *Je ne veux pas m'en souvenir* et j'avais tenté de passer à autre chose. Mais je ne savais pas que cet épisode aurait plus d'influence sur ma vie amoureuse que n'importe quoi d'autre dans ma vie.

J'avais été sous surveillance préventive et en thérapie pendant presque un an jusqu'à ce que je me perde dans mes études. Puis j'avais rencontré Casey qui semblait rassurant bien qu'il ait beaucoup de problèmes. Maintenant, je savais que j'avais été attirée par lui parce qu'il était simple et sans complication, et surtout, parce qu'il était un maniaque de la santé. Oui, je sais que ça peut sembler bizarre, mais pour moi cela avait été sa principale qualité. J'avais espéré qu'il m'aiderait à oublier et je m'étais promis de faire tout ce qu'il faudrait pour que notre relation soit durable, uniquement afin de pouvoir oublier ma douleur.

Je savais que personne ne pourrait être comparé à Kevin et ce n'était pas ce que j'attendais d'eux. Je ne pouvais autoriser mon cœur à être brisé une nouvelle fois alors qu'il n'avait pas complètement guéri. Je ne pouvais pas m'engager dans une relation sérieuse, surtout si elle avait une chance de s'épanouir. Je ne voulais pas revivre la peine de perdre une nouvelle fois quelqu'un que j'aimais.

Et maintenant, je me demandais si ma confiance en moi-même pourrait se développer comme celle de Kendra si je pouvais réussir à surmonter le deuil de mon premier amour. Et même si j'y arrivais, pourrais-je retrouver le genre de connexion que j'avais partagée avec Kevin ?

CHAPITRE 5

Je faisais la queue, attendant mon café du matin. Y avait-il un moyen de me défiler et ne pas aller au travail aujourd'hui ? L'envie de voir Kendra avant que le club ait trop de monde m'avait torturé le bas-ventre depuis ce matin.

Une semaine s'était écoulée depuis la nuit que nous avions passée ensemble. Les fesses nues de Kendra hantaient mes pensées. Son parfum de rose me suivait au travail et dans mon appartement. Le simple fait de penser à sa peau délicate effleurant la mienne mouillait ma culotte. Et pourtant, la graine qu'elle avait plantée dans mon esprit au sujet d'un trio m'excitait plus que jamais. Elle avait réveillé en moi un désir primitif. Jusqu'à présent, j'avais choisi la sécurité ; j'avais fait des choix qui ne risquaient pas de se retourner contre moi. Mais tout avait changé après cette nuit-là. Avais-je tort d'avoir ces sentiments ? Ne devrais-je pas mieux contrôler mes hormones et mes désirs ? Cherchant un partenaire convenable, mon radar féminin examinait tous les hommes potentiels, mais un seul visage me venait à l'esprit lorsque je fermais les yeux à la fin de la journée. Celui de Gabe.

Un café à la vanille et à la noisette tombait goutte à goutte dans un pot. La porte du café s'ouvrit et son carillon retentit dans mes oreilles. Son écho bruyant réveilla les souvenirs de la fête après la soirée d'inauguration de Kendra, de l'absence d'un certain mec et de mon intention de retrouver le beau barman ce soir.

Je n'avais pas revu Gabe du tout. La suggestion de Kendra de lui faire des avances m'avait mise en alerte. Mais comment pourrais-je lui demander de coucher avec moi ? Je le connaissais à peine. Une aventure devait sembler attrayante à un homme, non ? Et chaque fois que je pensais à Gabe, le souvenir de Kendra n'était pas loin. L'euphorie que m'avait donnée la nuit dans sa chambre rouge nuisait à ma lucidité.

Je me demandai encore pourquoi mon amie s'était montrée aussi audacieuse. La conduite de Kendra ne lui ressemblait pas, comme si elle avait voulu attirer mon attention sur son manque de sérieux. La douzaine de messages que je lui avais envoyés étaient restés sans réponse et j'avais arrêté de l'appeler – pour le moment.

— Vous venez ce soir ? murmura une voix familière à mon oreille, me faisant sursauter.

Je me retournai brusquement.

— Pardon ?

Des yeux argentés brillaient de joie dans ma direction.

Ma gorge se noua.

L'inconnu portait un costume d'affaires parfaitement adapté à son corps. Son après-rasage musqué couvrait les arômes de café. L'odeur familière que Cupidon avait concoctée pour cet homme me taquinait les narines. Mes genoux flageolèrent alors que je comprenais de qui il s'agissait en quelques secondes – bien que cela parut prendre plusieurs minutes. Gabe.

— Sam, c'est ça ? demanda-t-il. Désolé, j'ai l'impression que vous ne vous souvenez pas de moi.

— Si, mais vous avez l'air tellement différent.

Je le fixai. La tenue de Gabe n'était pas celle dans laquelle je l'aurais imaginé. Quand je pensais à lui, il était toujours derrière un bar en tee-shirt moulant, le gris qu'il portait ce soir-là et qui mettait en valeur ses biceps superbement musclés.

— J'aurais pensé que mon orgasme vous aurait laissé un souvenir impérissable, mais je suppose que j'avais tort.

— Chut !

Je jetai un coup d'œil dans le café pour voir si quelqu'un l'avait entendu.

— Mademoiselle ? m'appela la caissière. Votre commande est prête.

— Merci.

Je sortis mon porte-monnaie.

— Laissez-moi vous l'offrir.

Gabe tendit à la jeune fille un billet de dix dollars tout neuf.

— Je prendrai la même chose.

Casey n'avait jamais payé mon café.

— Comment savez-vous ce que j'ai commandé ?

Je trouvais Gabe encore plus intrigant que la semaine dernière. M'avait-il suivie ? Ce n'était pas possible.

— Je n'en sais rien. Mais ça ne peut pas me faire de mal, si ? demanda-t-il en haussant le sourcil.

— Non. Merci, dis-je en levant mon gobelet.

— Êtes-vous pressée, Sam ?

Il désigna un siège.

— Non.

Je secouai la tête en mentant comme un arracheur de dents. Dieu merci, mon patron était absent.

— Il me reste quelques minutes avant d'aller travailler.

— Bien.

Il tira une chaise.

Son ton impérieux m'aurait fait accepter n'importe quoi, même me déshabiller en plein milieu du café.

Je m'assis en prenant une profonde inspiration. Les battements accélérés de mon cœur n'en faisaient qu'à leur tête et malgré tous mes efforts pour les calmer, ils s'obstinaient. Je ne m'étais pas attendu à ce que Gabe soit aussi élégant. Je l'avais imaginé plus 'brut' en tant que barman, peut-être habillé en cuir et conduisant une moto. L'image que j'avais devant moi maintenant ressemblait à un homme d'affaires fortuné et séduisant qui pourrait obtenir n'importe quoi de n'importe qui.

— J'ai entendu dire que vous vous étiez bien amusée la semaine dernière. Je regrette de ne pas avoir été là pour en être témoin personnellement.

Mes joues me brûlèrent. Kendra n'avait rien raconté quand même ? Je me promis d'adresser à mon amie les pires menaces que je pourrais trouver, éventuellement même en chercher de nouvelles sur Google.

— Il paraît que vous dansez à merveille, dit-il.

La tension dans mon cou se relâcha. Maintenant, si je pouvais faire en sorte que mes mains tremblantes sous la table coopèrent, j'arriverais peut-être à prendre mon café et à en boire une gorgée.

— Merci. Que vous est-il arrivé ? Abandonner le club à la soirée d'inauguration n'est pas quelque chose que les patrons apprécient. Vous n'étiez plus au bar.

Étais-je trop impertinente ? *Merde ! Il allait savoir que je l'avais cherché.*

Une serveuse apporta le café de Gabe.

— Merci.

Sa bouche se courba dans le sourire le plus sincère que j'avais vu chez un homme depuis longtemps et ma colonne vertébrale rigide se détendit un peu alors que je m'enfonçais dans mon siège.

La serveuse ne pouvait pas non plus quitter Gabe des yeux, et je ne pouvais pas lui en vouloir. Mais Gabe reporta son attention sur moi.

— C'est vrai, sauf que c'est moi le patron, dit-il.

Le patron ?

— Vous êtes l'investisseur de Kendra ?

J'en restai bouche bée. Les yeux de Gabe s'embrasèrent et je fermai la bouche comme s'il venait de me donner un ordre.

— Oui, et je ne travaille pas là-bas. Je donne seulement un coup de main quand elle a besoin de moi.

Sa manière de prononcer le mot *besoin* me donna des frissons dans le dos. Je n'aimais pas l'idée qu'il travaille pour Kendra et je ne voulais pas que quelqu'un d'autre que moi ait besoin de lui. Je croisai les bras sur la poitrine en réprimant un élan de jalousie.

Pourquoi devrais-je être jalouse au sujet de Gabe ? C'était un bel homme et, pour autant que je sache, il était célibataire et libre de prendre du bon temps, du moins je l'espérais. Peut-être que beau était un euphémisme. Gabe était un homme alléchant qui faisait tourner la tête des femmes comme si elles étaient des chiennes en chaleur.

— Gabe est le raccourci de quoi ? demandai-je en m'éventant avec une serviette.

— Gabriel. Mon nom est Gabriel Silver.

Gabriel Silver. Le son de son nom se glissa dans mon esprit. J'aimais la façon qu'il avait de rouler sur sa langue, donnant l'impression d'être plus précieux que l'or, mais aussi toxique que de l'arsenic.

Il me tendit cérémonieusement la main et je la pris dans la mienne. Ce contact me fit frissonner de la tête aux pieds. Les gens dans le café semblaient s'être immobilisés.

Je retins mon souffle, ne voulant pas le lâcher. La chaleur de sa paume remonta de mon bras à mes lèvres avant que je me rappelle que je devais parler.

— Samantha Connor.

— Vous devriez toujours utiliser votre nom en entier. Il est sexy.

Je rougis de plus belle et serrai les genoux.

— Merci, mais Sam tout court me convient.

Je retirai ma main, craignant que cette douce poignée de main ne me conduise à plus, beaucoup plus, ici, sur cette table de café.

— Je suis désolé d'avoir dû partir la semaine dernière. La pire partie de ma soirée a été de ne pas vous revoir. Après que Kendra vous a emmenée au premier étage, j'ai eu des affaires à régler.

Qu'y avait-il en lui pour que je rougisse aussi facilement ? D'accord, il était sexy, mais c'était le cas d'une douzaine d'autres hommes. Pourquoi lui ? Était-ce son sourire ? Ou peut-être le fait que je me sentais en sécurité en sa présence, même si je ne le connaissais pas vraiment. D'une certaine manière, pour une fois, j'étais le centre de l'univers d'une autre personne.

— Alors, que faites-vous en plus d'investir dans des boîtes de nuit de luxe ? demandai-je avant de prendre une gorgée de mon café.

Le téléphone portable de Gabe vibra. Il fronça les sourcils en regardant l'écran.

— Toutes mes excuses, mais il faut que je parte. Je vous verrai ce soir ? Je vous donnerai un autre orgasme.

Il me fit un clin d'œil enjôleur.

— Oui, balbutiai-je sans savoir s'il parlait du cocktail ou de quelque chose de totalement différent.

Gabe se pencha et m'embrassa sur la joue. Le chatouillement laissé par ses lèvres se propagea sur ma peau, me prenant par surprise. Il plaça un doigt sous mon menton et le remonta, me fermant la bouche. Puis il tourna les talons et sortit du café.

Je le regardai disparaître au coin de la rue et je me précipitai sur la porte avant de traverser la rue pour me rendre à mon bureau. J'avais eu de la chance de trouver du travail dans cette banque il y a deux ans. L'état actuel de l'économie ne m'avait pas laissé beaucoup de choix. Avec les emprunts pour financer mes études et les factures à payer, quelqu'un là-haut veillait clairement sur moi. Deux heures après que ma journée de travail ait commencé, je fixai mon téléphone des yeux quand il se mit à vibrer. Je faillis le laisser tomber par terre. Le texto qui venait d'arriver avait été envoyé par nul autre que mon mystérieux barman.

G.SILVER : *Je suis désolé d'avoir dû partir si vite. J'espère me rattraper ce soir.*

— Comment as-tu eu mon numéro ? dis-je au téléphone en le secouant.

Quelqu'un frappa à ma porte. Je posai le téléphone sur mes genoux, sous le bureau.

— Entrez.

Cindy, la réceptionniste, passa la tête par l'embrasure de la porte.

— Désolée de te déranger, Sam, mais on vient de t'apporter quelque chose.

Elle ouvrit la porte, laissant entrer le livreur qui apportait un énorme bouquet de roses dans mon bureau.

— Je ne sais pas ce que tu as dû faire pour les recevoir, mais elles sont splendides.

Je recommençai à rougir. Je touchai le pétale d'une rose jaune. Un doux parfum embauma la pièce.

— Quelqu'un que je devrais connaître ? demanda-t-elle en me donnant un petit coup de coude dans les côtes.

— Ici, ce sera parfait.

Je débarrassai les papiers sur un coin de mon bureau. Mon cœur battait à tout rompre alors que je pensais savoir exactement qui les avait envoyées. Après tout, qui d'autre aurait pu l'avoir fait ? Mon téléphone vibra contre ma paume ce qui m'envoya des éclairs d'excitation dans le ventre.

— Ce sera tout, Cindy.

Je lui fis un sourire poli qui lui disait de s'occuper de son travail.

Dès que la porte fut fermée, je sortis mon téléphone.

G.SILVER : *J'espère qu'elles vous plaisent.*

Je tapai rapidement une réponse.

SAM : *Beaucoup. Merci ! Vous m'espionnez ?*

Ma réserve d'adrénaline allait être vide d'ici la fin de la journée. Gabe n'était pas seulement un barman sexy, mais également un homme d'affaires mystérieux et romantique au fond de lui. Une autre vibration.

G.SILVER : *J'essaie seulement de faire plaisir à une femme.*

Je tapai à nouveau sur les touches.

SAM : *Êtes-vous en train de dire que les orgasmes ne sont pas suffisants ?*

Cette fois-ci, la vibration résonna de ma paume à mon corps tout entier.

G.SILVER : *Voulez-vous que je vienne pour vous prouver que vous avez tort, Samantha ?*

Il n'oserait, pas, n'est-ce pas ? Je répondis en me mordillant la lèvre.

SAM : *L'alcool n'est pas autorisé au bureau.*

Lorsqu'arriva la vibration suivante, je n'arrivai plus contenir mon excitation. Mon cœur battait la chamade et mes mains tremblaient. La nuit avec Kendra devenait un lointain souvenir à chaque minute qui passait. L'écran afficha un nouveau message.

G.SILVER : *Je n'ai pas besoin d'alcool pour donner un orgasme extraordinaire.*

J'agitai mes doigts puis répondis.

SAM : *Des promesses, rien que des promesses...*

Le tic-tac de ma montre ressemblait à celui d'une vieille horloge tandis que j'attendais. Mais le téléphone resta silencieux. Je pressai mes mains sur les tempes. Peut-être étais-je allée trop loin avec Gabe ? J'aurais voulu continuer notre conversation. Il m'avait fait sortir de ma coquille comme personne d'autre n'avait pu le faire et j'avais l'impression de le connaître depuis des années, pas depuis quelques heures.

Vingt minutes plus tard, l'interphone du bureau retentit.

— Sam, il y a quelqu'un qui veut te voir, dit Cindy.

— Je n'ai pas de rendez-vous prévu, dis-je en fronçant les sourcils.

— C'est quelqu'un qui n'a pas de rendez-vous, je pense.

Puis elle se mit à murmurer.

— À ta place je le recevrais.

Se pourrait-il ? Mon cœur fit qu'un bond alors que je me levais en faisant presque tomber ma chaise.

On frappa à la porte avec insistance.

— Par ici, Monsieur.

Du désir à l'état pur suintait de la voix de Cindy.

J'étais sûre que j'allais être l'objet des ragots de la semaine à la cafeteria.

Gabe entra dans mon bureau avec un sourire diabolique sur le visage, puis il ferma la porte à clé derrière lui. On aurait pu croire qu'il venait de déjeuner avec Hadès lui-même. La flamme qui brillait dans ses yeux était plus éclatante que celle de la torche olympique.

— Que faites-vous ici ?

Ma voix trembla et ma main vint immédiatement couvrir ma bouche.

— Je tiens mes promesses.

Lorsqu'il se dirigea vers moi, j'eus l'impression qu'il avançait au ralenti.

Chacun de ses pas me donna des frissons et m'atteignit entre les jambes, au plus chaud de mon corps.

— Pas d'alcool au bureau, murmurai-je.

— Voyez-vous une bouteille dans ma main, Samantha ?

La façon dont il m'appelait par mon nom complet me faisait fondre. C'était comme s'il faisait l'amour à chaque syllabe. Mon regard se baissa sur ses mains vides, juste pour m'assurer qu'il ne tenait rien. Je me souvenais de son adresse avec les bouteilles d'alcool à la boîte de nuit et la façon dont ses doigts caressaient chaque verre.

Gabe n'était plus qu'à un mètre de moi. Le même parfum d'après-rasage que j'avais senti ce matin effleura mes narines et je respirai cet arôme de Cupidon, laissant la senteur envahir mes poumons.

— Gabe, c'est mon lieu de travail.

Même si cela semblait avoir de moins en moins d'importance à chaque minute qui passait.

— Et alors ?

— Je ne vous connais pas vraiment. Comment avez-vous su où

je travaillais ?

— Votre mallette porte le logo de votre société, dit-il en désignant le porte-document en cuir posé à côté de mon bureau.

— Bonne déduction, Magnum.

— Gabe, seulement Gabe.

Il posa les mains sur ma taille et ses pouces entourèrent l'os de mes hanches.

— Pourquoi êtes-vous venu ici ?

J'essayai de garder mon sérieux, mais la jeune fille rieuse qui se cachait en moi ne pouvait s'empêcher de sourire. Est-ce que cet homme pouvait vraiment vouloir de moi ?

— Qu'en pensez-vous ?

Il m'attira plus près de lui jusqu'à ce que mes seins se pressent contre son beau costume. La légère courbe de sa verge glissa le long du triangle de mon sexe sous ma jupe étroite.

— Gabriel, vous évitez mes questions.

— Et vous évitez les miennes. Voulez-vous que je vous prouve à quel point mes orgasmes sont délicieux ?

Son souffle me brûla les lèvres, un supplice de Tantale pour chacun des nerfs de mon visage.

Je voulais me perdre dans sa bouche. Voilà exactement ce dont j'avais besoin. Une aventure torride mais sans conséquence avec l'homme le plus séduisant de la ville. Alors pourquoi essayai-je de le décourager ?

Mon téléphone sonna.

— Je dois répondre.

Je tendis le bras pour l'attraper.

— Non, murmura-t-il en m'attrapant doucement le poignet.

Son emprise relança mon pouls ; il s'accéléra sous sa main.

— Et si quelqu'un entrait ?

Je respirai de plus en plus fort.

Ma menace avait dû ressembler à une invitation. Les yeux de Gabe brillèrent presque d'un feu intérieur.

— Qu'ils entrent.

— Et qu'ils vous regardent... ?

— Faire quoi, Samantha ? Qu'est-ce que tu aimerais qu'ils nous voient faire ? J'ai besoin que tu le dises.

La lumière qui brillait dans ses yeux était comme une porte ouvrant sur nos âmes, la sienne et la mienne. À ce moment-là, j'imaginai que nos âmes se rejoignaient tandis que je chevauchai Gabe de la manière la plus délicieuse qui soit. Je n'avais pas ressenti cela depuis des années : je ne m'étais jamais autorisée à penser que je pourrais de nouveau autant désirer quelqu'un.

L'interphone retentit.

— Sam, désolée de te déranger, mais tu as une réunion dans cinq minutes.

— Merci, Cindy. J'y serai, répondis-je.

Je maudis intérieurement la réceptionniste pour avoir planifié une réunion inutile, même si ce n'était pas de sa faute.

Gabe continua à me caresser les hanches comme si de rien n'était.

— Cinq minutes sont largement suffisantes pour que je goûte aux délices que tu as entre les jambes.

— Vraiment ?

J'écarquillai les yeux. Je n'avais pas eu l'intention de dire ça à voix haute.

— C'est ce que tu veux, n'est-ce pas Samantha ? Avec ta permission, je peux satisfaire tes désirs en trente secondes. Tu n'as qu'un mot à dire.

Ses yeux vacillèrent alors qu'il examinait mon visage.

C'était exactement ce que je désirais depuis si longtemps. Bien sûr qu'il avait ma permission ! Je fermai un instant les yeux, prête à satisfaire chacune de ses demandes.

Un coup à la porte me ramena vite à la réalité. Autant je voulais les mains de Gabe sur moi, sous moi et en moi, autant le besoin de ne pas perdre mon emploi pesa davantage que mes désirs.

— Je crois que cet orgasme devra attendre ce soir, dis-je.

Il s'immobilisa. Aucun mouvement de son corps indiquant qu'il allait sortir.

Je clignai des yeux.

Il me lâcha lentement la main.

— Pas un cocktail, j'espère. En général, les femmes qui en demandent ont des besoins insatisfaits.

Ma respiration s'arrêta alors que le feu dans ses yeux s'assombrissait.

Malgré la victoire provisoire que je venais de remporter et bien que Gabe ait dû reculer, j'avais l'impression d'être la perdante.

Avec un profond soupir, il finit par dire :

— Et je te promets que tu n'oublieras plus jamais la façon dont je peux te satisfaire.

Puis il se pencha vers moi.

Je fermai les yeux et sentis son léger baiser sur ma joue. Il aurait pu tout aussi bien m'embrasser sur la bouche. Quand il se retourna, mes fesses trouvèrent le soutien indispensable de mon bureau.

— Ce soir, Samantha.

Il m'examina une dernière fois de haut en bas comme un prédateur avant de sortir.

— Ce soir, murmurai-je en me passant la main sur le visage.

Le reste de la journée passa comme dans un songe. Je ne pus me souvenir d'aucun mot de la réunion.

Karlis, mon autre patron, frappa à ma porte juste avant dix-sept heures.

— Je suis désolé de vous faire ça un vendredi soir, mais j'ai quelques contrats de dernière minute qui ont besoin d'être vérifiés avant que les crédits soient accordés ; ça ne vous dérangerait pas de rester ?

Une demande de Karlis, peu importe combien elle était polie, était plus un ordre que vous ne pouviez pas refuser. Bien que si j'avais su que son 'quelques' voulait dire deux comptes de plusieurs millions de dollars dont les performances et les structures de gestion financière me feraient interroger chaque somme dans les rapports de crédit proposés, j'aurais certainement essayé de trouver une excuse, ou au moins de trouver quelqu'un pour m'aider. Mais les personnes les plus intelligentes avaient quitté le bureau à dix-sept heures pile, avant que je comprenne dans quoi je m'embarquais.

Ah, la vie d'une scribouillarde.

À vingt-et-une heures, j'en étais à la moitié lorsque mon téléphone vibra.

G.SILVER : *Personne n'a jamais posé de lapin à une de mes offres d'orgasme auparavant.*

Je tapai rapidement ma réponse.

SAM : *Je suis désolée. Je suis encore au bureau, et cela peut prendre encore un peu de temps.*

G.SILVER : *Tu as besoin d'aide ?*

SAM : *J'ai peur que si je dis oui, tu me distraies trop.*

G.SILVER : *La seule distraction dont je me souvienne est ta bouche. As-tu dîné, au moins ?*

Pourquoi était-il tellement fasciné par ma bouche ? Je tapai rapidement.

SAM : *Pas de temps pour dîner quand vous êtes pressée de rencontrer quelqu'un qui vous offre un orgasme. Je dois me remettre au travail. Je vais quand même essayer de venir.*

G.SILVER : *Des promesses, toujours des promesses...*

À vingt-trois heures, lorsque je rentrai chez moi pour me changer, tout ce que je voulais faire était de ramper dans mon lit froid et pleurer. À quand remontait la dernière fois que j'avais eu l'occasion d'être soulevée du sol par quelqu'un comme Gabriel Silver ? Jamais !

J'envoyai un texto d'excuses rapides pour l'avoir laissé tomber et me traînai sous la douche. Cela me demanda toute mon énergie pour me ressaisir et me laver. J'aurais pu rester là toute la nuit, mais mes paupières lourdes préféraient le lit. Lorsque j'arrêtai finalement l'eau, j'entendis des coups insistants à la porte.

— Sam, c'est Gabe. Tout va bien ? résonna la voix sexy.

Je serrai mon peignoir autour de mon corps et me précipitai en bas.

Lorsque j'ouvris la porte, il laissa échapper une longue expiration.

Mme Blight, de l'autre côté de la rue, ferma les voilages blancs à travers lesquels elle avait espionné. J'étais sûre que j'allais être le dernier sujet des potins du quartier, étant donné qu'une Bentley argentée était garée dans la rue où se trouvaient de banales voitures sans vitres teintées et qui n'étaient pas lustrées.

— Que fais-tu ici ? demandai-je.

À quelques rues vers l'ouest, les gouttes de pluie résonnèrent un peu plus fort.

— Tu n'as pas répondu à mon message. J'ai apporté à manger.

Il me montra un sac.

Je regardai vers la table de la cuisine où la petite lumière rouge de mon téléphone clignotait.

— Je suis désolée. J'étais tellement fatiguée. Je suis directement allée sous la douche.

— Tu m'as posé un lapin, finalement, dit-il en fronçant les sourcils.

La pluie commença à vraiment tomber, glissant sur le visage de Gabe. Mon nez se plissa alors que je prenais une grosse bouffée. Mes papilles se réveillèrent sous l'odeur délicieuse.

— S'il te plaît, entre.

J'ouvris la porte en grand.

— Et maintenant, tu ne me veux que pour ma nourriture.

Il laissa échapper un soupir moqueur. Baissant la tête, il pénétra à l'intérieur.

— Hé, une fille doit se nourrir. Je suis désolée. Je voulais vraiment venir, mais je ne suis rentrée que depuis quelques minutes.

Un des sourcils de Gabe se haussa tandis qu'il enlevait ses chaussures.

Je fermai les yeux et serrai les dents. Il n'y avait aucun moyen qu'il laisse tomber. Voulais-je qu'il le fasse ?

— Il n'est jamais trop tard pour venir, Samantha.

Et voilà. Exactement ce à quoi je m'attendais qu'il réponde.

— Ça te dérange si je mange en premier ?

— Pas du tout. Tu manges en premier, et je mangerai en second.

Chaque phrase qu'il disait avait-elle une connotation sexuelle ? Ou bien était-ce moi qui interprétais ses paroles ? Je regardai la portion unique de nourriture qu'il avait apportée et des papillons se mirent à battre des ailes dans mon ventre. Ils frappaient contre les parois de mon estomac, envoyant des vibrations délectables entre mes jambes.

— On dirait que tu as eu une soirée difficile. Assieds-toi et détends-toi.

Son ton impérieux me prit de court, mais je le trouvai réconfortant. Personne n'avait pris ma vie en charge à part moi. On m'avait laissé me débrouiller toute seule, et maintenant je devais également m'occuper de ma mère. Sa maladie inattendue m'avait laissée non seulement avec des prêts à rembourser, mais également avec ses factures d'hôpital. Mon père était mort dans un accident de bateau. Le souvenir de l'eau souillée de sang et d'un requin affamé m'avait tenue loin de l'océan pendant des années.

Et Casey n'avait pris les rênes que lorsque ses testicules étaient trop remplis.

Gabe ouvrit les barquettes et les posa devant moi.

Prenant une bouchée du rôti d'agneau au vinaigre balsamique avec des poires caramélisées, je me demandai si Gabe avait croisé Wolfgang Puck. Puis il sortit de nulle part une bouteille de vin et m'en servit un verre.

— Tu es un véritable magicien ce soir, dis-je la bouche à moitié pleine et en agitant des orteils.

— J'ai plus d'un tour dans ma manche.

Je n'avais aucun doute là-dessus. Gabe me surprenait plus que tout autre. Ce genre de traitement ne pouvait pas être normal, pas vrai ?

— Là, lève tes pieds.

Sans attendre, il souleva mes pieds et les posa sur ses genoux avant de commencer à en masser les plantes fatiguées.

Je m'affaissai contre le dossier du canapé en fermant les yeux, juste pour un instant.

— Tu sais qu'il va falloir que tu te fasses pardonner pour ce soir.

Je me redressai.

— Oh ?

Où cela menait-il et quand le mot *orgasme* sortirait-il de sa bouche ?

— Dîne avec moi demain.

Je secouai la tête en avalant la viande tendre.

— Je ne vais pas aux rendez-vous. C'est ma nouvelle politique. Pourquoi se compliquer la vie ?

— Parfait. Je ne le fais pas non plus. C'est juste un dîner, Sam. Je ne prends pas très bien qu'une femme me dise non, surtout après qu'elle m'ait posé un lapin.

Il appuya son pouce sur un point spécifique ; celui qui me donnait envie de hurler *oui*.

— Cela arrive souvent ? demandai-je à la place.

Pourquoi devrais-je m'en soucier ? Chaque instinct en moi me disait de céder à toutes ses demandes et de vivre cette merveilleuse aventure à laquelle j'aspirais. Mais en même temps, je me demandais juste combien de femmes Gabe influençait avec ses charmes.

— Non, pas du tout.

Je serrai les lèvres. Dans le passé, dîner avec Casey signifiait que j'allais devoir me démener pour payer le loyer du mois suivant. Il n'avait jamais payé lors de nos sorties. Mais Gabe n'avait rien de comparable avec Casey. J'étais sûre qu'il serait d'accord pour diviser l'addition. *Un dîner. C'était juste un dîner amical.*

— Sans attaches ?

— Aucune.

— Et je paie ma part.

Il fronça les sourcils, ses doigts s'immobilisant soudain.

— Tu me poses un lapin puis tu insultes mon invitation ?

J'abaissai mes pieds sur le sol.

— Insulter ? Je demande simplement que nous payions chacun notre part. Gabe, je suis fatiguée de payer pour les autres. J'ai des prêts, des factures...

— Sam, dit-il en reprenant gentiment mes pieds. Je suis celui qui offre le repas. J'insiste pour t'inviter.

— Oh.

Il était réel, pas vrai ? Je pensais que des hommes comme lui n'existaient que dans les films.

— Demain alors ? Dix-huit heures ?

Les doigts de Gabe pressèrent à nouveau ce point sur mon pied, comme si j'accepterais par magie tout ce qu'il dirait.

Ma tête se pencha en arrière contre le dossier du canapé, et je fermai les yeux pendant un moment.

— J'ai quelque chose de prévu demain. C'est la nuit entre filles, ajoutai-je avant qu'il se fasse de fausses idées.

Il fronça les sourcils.

— Je suis en voyage d'affaires la semaine prochaine.

Pouvais-je vraiment supporter d'être loin de Gabe toute la semaine ? Je me demandai si je pouvais faire impasse sur l'enterrement de vie de jeune fille, mais j'avais déjà laissé tomber les copines beaucoup trop de fois lorsque je sortais avec Casey. Je ne pouvais pas leur faire ça encore une fois.

— Si ça peut t'aider, je promets de ne pas oublier cet orgasme de toute la semaine.

Je bâillai avant de prendre une autre gorgée de vin qui avait un léger goût fruité. Il coulait sur ma langue comme un ruban de soie, laissant juste assez de son mélange fruité s'attarder jusqu'à la gorgée suivante.

— Tu ne m'as jamais dit quel était ton travail.

— Je possède une société de détectives privés.

— Est-ce comme cela que tu as trouvé où j'habitais ?

— Oui.

Au lieu de m'effrayer, cette affirmation m'apaisa. Un voile

d'honnêteté et d'intégrité que je n'avais pas vu sur le visage d'un homme depuis des années recouvrait celui de Gabe.

— Tu *es* Magnum après tout, pas vrai ?

La pluie battait contre les fenêtres dans un rythme qui me berçait.

— Non, c'est toujours seulement Gabe.

Mais pour moi, il était plus que seulement Gabe.

— Pourquoi tu ne me l'as pas dit avant ? demandai-je, mes paupières s'alourdissant à chaque seconde.

— Je ne t'ai rencontrée officiellement que ce matin.

Sauf que chaque heure qui s'était écoulée depuis que nous avions partagé notre premier café semblait avoir duré des jours entiers.

Je fermai mes yeux pour un moment. Ou plutôt, je pensai que c'était pour un moment, parce que le soleil filtrait à travers la fenêtre de ma chambre lorsque je m'étirai. Mes pieds étaient agréablement endoloris. Finalement, j'ouvris les yeux. Je m'assis sur mon lit, portant encore mon peignoir. Un mot écrit à la main était posé sur l'oreiller à côté de moi.

Samantha,

J'aurais aimé ne pas avoir à te laisser, encore une fois. Ton petit déjeuner est prêt.

Une odeur de noisette et de vanille me fit me redresser.

J'espère que tu te sens mieux. J'ai emprunté une de tes clés qui était dans un tiroir de ta cuisine et je te la rendrai quand je te verrai. J'ai pris un rendez-vous pour changer tes serrures à midi. Celle sur ta porte d'entrée est trop facile à forcer. (Si tu dois l'annuler, pas de problème, ne tarde pas à en reprendre un autre, c'est tout.) Garde des forces pour notre dîner la semaine prochaine (ce n'est pas un rendez-vous galant) pour que tu ne t'endormes pas encore une fois. Je vais devoir réévaluer la qualité de mes orgasmes puisqu'ils ne semblent pas avoir d'effet durable sur toi.

Amuse-toi bien ce soir.

Gabe (pas Magnum)

JE FERMAI les yeux et m'appuyai contre la tête de lit. Un vague souvenir de mon corps blotti sur les genoux de Gabe avant qu'il me porte au lit s'attardait. Les six jours d'attente pour notre dîner allaient ressembler à une année. Et si mon détective privé avait bien tort sur une chose, c'était sur le fait qu'il n'avait aucun effet durable sur moi.

CHAPITRE 6

L'appartement était rempli de soleil. J'ouvris les volets en grand dans toute la maison, dansant et chantant tandis que je nettoyais chaque pièce. Et pour la première fois depuis longtemps, je cuisinai pour moi et pour personne d'autre. Je n'avais pas fait une cuisine gastronomique depuis des semaines et le vin rouge laissé par mon détective privé me rappelait des souvenirs heureux de la prévenance de Gabe.

Savoir que je verrais Gabe à nouveau me donna le vertige. D'où ces sensations bizarres venaient-elles ? Comment diable allais-je être capable d'attendre une semaine entière pour avoir mon aventure ?

Au fond de moi, plus je pensais à notre dîner, plus je voulais le retarder. Une fois qu'il aurait eu lieu, ce serait fini. Il disparaîtrait et passerait à sa proie suivante, son dîner suivant, la femme suivante, peut-être même la barmaid blonde.

J'attrapai mon téléphone et envoyai un message à Gabe.

SAM : *Merci pour le petit déjeuner et pour hier soir. Où que tu ailles, j'espère que tu feras un bon voyage.*

Il ne fallut pas longtemps pour que mon téléphone vibre.

G.SILVER : *à la suite d'une ouverture sur mon calendrier et à quel-*

qu'un qui m'a posé un lapin, j'ai prévu une réunion avant de partir ce soir. Passe un bon moment avec les filles.

SAM : *J'ai l'impression que tu veux me faire sentir coupable.*

G.SILVER : *Absolument.*

Mon cœur se mit à battre la chamade.

SAM : *Si cela peut te consoler, je préfèrerais dîner avec toi, mais je ne peux pas annuler cette soirée.*

G.SILVER : *As-tu fait changer tes serrures ?*

SAM : *Oui, le serrurier de vingt-et-un ans était très habile de ses mains.*

G.SILVER : *Charlie travaille pour moi. Mais je lui dirais que tu le trouves sexy.*

Je fronçai les sourcils, surprise que Gabe connaisse le vieux gentleman qui était venu changer les serrures.

SAM : *J'espère que ta réunion sera productive. Je dois aller trouver une tenue.*

G.SILVER : *Merci. S'il te plaît, envoie-moi un message pour me dire ce que tu portes.*

Je me demandai où Gabe allait se rendre après ce soir et ce qu'il faisait exactement en tant que détective privé. Seigneur, je n'avais même pas demandé pour quelle société il travaillait, ou possédait, et je me fis une note mentale afin de le lui demander la semaine suivante.

Compte tenu du lieu où la soirée allait se dérouler, je mis une robe moulante, son ourlet étreignant mes cuisses douze centimètres au-dessus de mes genoux. Autant faire en sorte que je me fonde dans la masse quand mes amies glisseraient des billets dans les sous-vêtements du strip-teaseur. Reese, une de mes meilleures amies, se mariait avec son amour du lycée dans trois semaines.

Kendra ne pouvait pas venir, et je me demandais comment le deuxième week-end au Kissed s'était passé. Les critiques que j'avais lues ne tarissaient pas d'éloges sur ce nouvel endroit à la mode. Je lui avais laissé un autre message aujourd'hui, lui demandant de me rappeler.

Une limousine blanche pleine de filles hurlantes vint me chercher à vingt heures.

— Que t'est-il arrivé ? demanda Reese en me passant une flûte de champagne.

— Que veux-tu dire ?

Je pris une gorgée. Les bulles bon marché picotèrent ma langue et je regrettai le goût exquis du vin de Gabe que j'avais siroté toute la journée.

— Tu es super sexy ! Tu ne vas certainement pas rentrer seule ce soir.

Elle renversa la tête en arrière en éclatant de rire.

— Bien joué, ma fille. Sors-toi cet enculé de Casey de la tête.

Ce qu'elle ne savait pas, c'était que j'avais à peine pensé à Casey depuis ma rencontre avec Gabe. La seule personne que je voulais ramener chez moi était mon détective privé sexy, mais je n'en parlai pas aux filles. Mon petit secret m'excitait.

— Aux bons moments !

Je fis tinter mon verre contre le leur.

La zone que Reese avait réservée était en plein centre de la scène, près de l'arrière du club. Dans un box rond avec hauts murs latéraux, c'était assez intime. Les sièges en velours rouge et le bois fraîchement verni de la table et des balustrades donnaient à l'endroit une nuance burlesque.

Le serveur fut sur nous dès que nous nous assîmes. Il se dirigea droit vers Reese, le cœur évident de la fête portant un voile blanc. Son nœud papillon noir et ses manchettes blanches décoraient son corps bien huilé. Son short noir mettait en valeur chaque courbe appétissante.

— Que buvons-nous ce soir, mesdames ? demanda-t-il.

— Des orgasmes, hurla Reese.

Je souris, un léger picotement réchauffant mon estomac au souvenir de mon dernier cocktail orgasmique la nuit où j'avais rencontré Gabe. Mon regard vola vers le bar sur la gauche, mais mon détective privé n'était pas là. Alors que l'attrait des torses nus luisants aurait normalement captivé mon attention, tout ce que je voulais voir ce soir, c'était un tee-shirt gris.

Mes copines préoccupées agitaient leurs billets au premier numéro de la soirée, un policier avec une grande matraque à son côté.

Mon téléphone vibra et mon cœur s'arrêta de battre. À ma grande joie, il y avait un texto de la part d'une personne dont je voulais avoir des nouvelles ce soir.

G.SILVER : *Apprécies-tu l'enterrement de vie de jeune fille ?*

Je me rappelais avoir seulement dit à Gabe que c'était une soirée entre filles.

SAM : *Tu dois être très bon dans ton domaine, Magnum.*

G.SILVER : *Je suis bon dans tout ce que je fais.*

SAM : *J'ai déjà entendu ça, mais je n'ai pas encore pu être témoin de tes talents.*

G.SILVER : *Fais attention à ce que tu demandes, Samantha. Je dois retourner à ma réunion.*

— Pose ce téléphone et amuse-toi, dit Reese en tirant sur ma main.

Je me levai alors qu'un nouveau numéro commençait sur scène. Le danseur portait une paire d'ailes d'ange qui touchaient le sol. Un tissu blanc couvrait la bosse de son entrejambe. Il tenait un arc et des flèches pour compléter la tenue de Cupidon. Alors qu'il se déplaçait sur la scène, il tirait des flèches en plastique sur les femmes qui criaient. L'une d'elles près de l'estrade fit semblant de s'évanouir lorsqu'elle attrapa le bout en forme de cœur de la flèche.

La lumière de la messagerie de mon téléphone clignota à nouveau au moment où le serveur apportait un plateau plein de boissons. Ma main me démangeait de le prendre, mais Reese me tendit un verre et je fus forcée d'ignorer la lumière clignotante pendant quelques secondes. J'avalai le cocktail, appréciant la crème qui glissait dans ma gorge.

Reese me tendit un autre verre avant que le premier soit fini. L'alcool coulait rapidement à travers mon corps. Entre le vin que j'avais siroté, le champagne dans la limousine et ces cocktails, je commençais à ressentir les effets de ma consommation.

Le serveur dépourvu de smoking demanda :

— Appréciez-vous les orgasmes ?

Bien qu'il se soit adressé à toutes les filles, j'eus l'impression qu'il me parlait spécifiquement.

Le flash rouge distrayant de mon téléphone sembla briller plus intensément. Cette petite étincelle captivait toute mon attention ce soir. Lorsque j'eus enfin l'opportunité de regarder mes messages, j'avais déjà manqué deux textos. Gabe n'était-il pas censé être en réunion ?

G.SILVER : *Que portes-tu ? Je t'imagine dans une robe rouge.*

G.SILVER : *Tu bois quelque chose de spécial ?*

Mon téléphone se révélait plus divertissant que les hommes à moitié nus qui paradaient devant nous. Je tapai ma réponse, admirative devant l'intuition de mon détective privé.

SAM : *Je porte une robe moulante rouge et je bois des orgasmes.*

— Miam, fait-il partie du menu, Reese ? demanda Lin.

La convoitise dans la voix de Lin me fit lever les yeux pendant une seconde, mais le nouveau message ramena mon attention sur l'écran de mon téléphone.

G.SILVER : *Sont-ils meilleurs que mes orgasmes ?*

SAM : *Je ne le sais pas encore, n'est-ce pas ?*

Je me mordis la lèvre, attendant que le flash recommence à pulser.

Les filles autour de moi se turent, et quelqu'un enfonça son coude dans ma cage thoracique.

— Oh bon sang, il est sexy !

— Qui ? demandai-je en attendant que la petite lumière clignote.

L'odeur de Cupidon s'intensifia et je levai les yeux.

Les filles étaient toutes bouches bée. Personne ne se concentrait sur la scène, et comment aurais-je pu les en blâmer ? Gabe portait un jean déchiré et un tee-shirt gris d'une teinte plus claire que celui qu'il portait une semaine plus tôt. Celui-là était assorti à l'éclat de ses yeux dans la lumière du soir.

— Peut-être devais-je effacer tous tes doutes une fois pour toutes, dit-il en se plaçant devant moi.

— Tu le connais ? dit Lin.

Je m'éclaircis la gorge, me sentant un peu étourdie.

— C'est un ami, Gabriel Silver.

— Allez-vous monter sur scène pour nous, M. Silver ?

Lin se lécha les lèvres tandis que ses mains avides s'enroulaient autour du biceps de Gabe.

Il décrocha ses doigts qui s'agrippaient et embrassa sa main comme l'aurait fait un vrai gentleman.

Elle s'assit sur le siège rembourré en s'éventant le visage.

— Ça ne vous dérange pas si je vous enlève Samantha pour un moment, n'est-ce pas ? La prochaine tournée est pour moi.

Il désigna la table qui était jonchée de verres.

— Pas du tout, répondit Reese en me donnant un petit coup de coude. Enlevez-la.

Gabe m'offrit son bras. Avec tous les regards et les bouches qui salivaient autour de moi, il me sembla que je n'avais pas d'autre choix que de le prendre et d'aller avec lui.

— Je suis désolée, Reese. Je reviens très vite.

— Prends ton temps, dit bruyamment Lin.

Un sourire satisfait s'étendait sur le visage de Gabe. Aucune de mes amies ne pouvait douter de sa véritable intention.

Le manque d'air, ou peut-être l'alcool, faisait tourner la pièce dans ma tête. J'appréciai le soutien de son bras.

J'entendis le commentaire de Lin alors que nous nous éloignions.

— Ce n'est pas possible.

Les autres filles rigolèrent et crièrent. Quelqu'un s'exclama :

— Bien joué, Sam.

Mes joues s'enflammèrent.

— Tu m'as suivi jusqu'ici ? demandai-je.

— Non, c'est une pure coïncidence. Je fais la mise à jour du système de sécurité du club.

— Et tu prends une pause maintenant ?

J'essayai de savoir où nous allions et les picotements reprirent dans mon bas ventre.

— Je suis mon propre patron, Samantha.

— Par ici, M. Silver.

Un chef de salle presque nu ouvrit une porte qui donnait dans une pièce sombre. Les papillons s'agitèrent dans mon estomac. Le décor ressemblait à la zone VIP où les filles s'égosillaient, sauf qu'il y avait quatre murs et une porte fermée.

— J'ai un comportement grossier envers mes amies.

Le léger tremblement dans ma voix chatouilla ma gorge. Gabe me retourna et me plaqua contre le papier peint velouté alors qu'il entrait en collision avec mon corps.

J'inspirai bruyamment.

Il resserra ses mains sur mes poignets et les éleva au-dessus de ma tête, sa bouche planant délicieusement près de la mienne. Les sons à l'extérieur de la pièce s'estompèrent. Je ne pouvais entendre que sa respiration lourde et sentir sa poitrine qui se soulevait et s'abaissait au ralenti.

Avec mes bras étirés au-dessus de ma tête, ma robe remonta sur mes cuisses, son tissu doux contre ma peau. Il se pencha en chuchotant :

— Je suis sûr que tes amies comprendront.

J'avais déjà oublié ce pour quoi j'avais protesté. Mes jambes tremblèrent et Gabe pressa son corps un peu plus fermement contre le mien, son érection se frottant contre mon ventre. Sa chaleur m'enveloppa, apaisant les tremblements et faisant fondre ma nervosité.

— Si je me souviens bien, je dois te prouver la qualité de mes orgasmes.

L'odeur musquée de Gabe me fit saliver.

— Je... Je viens juste d'avoir un orgasme.

Que m'arrivait-il ? Pourquoi est-ce que rien n'avait d'importance à part le désir brûlant qui ravageait mon corps ?

— Les cocktails ne comptent pas. Veux-tu jouir, Samantha ?

Ses lèvres vibrèrent contre les miennes.

J'ouvris ma bouche pour répondre, mais la refermai aussitôt.

— Dis-le. Dis-moi ce que tu veux.

Sa bouche effleurait mes lèvres, planant au-dessus d'elles juste assez pour les chatouiller.

— Je veux jouir.

Il retint mes deux poignets avec sa main gauche, toujours au-dessus de ma tête. Sa paume droite glissa de plus en plus bas le long de mon bras. Le bout de notre nez se touchait, mais il me refusa un baiser. Passé mes seins, plus bas que ma hanche, Gabe glissa sa main sur ma jambe, puis l'insinua sous ma robe. Sa paume douce traîna le long de ma cuisse et mes jambes s'écartèrent pour lui.

La pièce se mit à tourner. Mes poumons bataillèrent pour obtenir suffisamment d'air en eux.

Il poussa ma culotte sur le côté et glissa son doigt contre mon ouverture humide, étalant mon essence sur mes replis.

— Tu es tellement humide et prête, Samantha. Est-ce pour moi ?

Je hochai la tête.

— Dis-le.

— C'est pour toi.

Il tira sur le rebord de ma culotte, la déchirant. Il mit le tissu imbibé dans sa poche comme si c'était un trophée avant que sa main retourne entre mes jambes.

— Je t'en achèterai une autre.

Avec ma robe remontée sur mes hanches, je ne m'étais jamais sentie aussi exposée, mais également excitée. Le doigt de Gabe me fit perdre la tête à nouveau alors qu'il redessinait mes plis et touchait mon clitoris. Son gros doigt pourrait éteindre ma brûlure en quelques secondes.

— J'aime une femme rasée avec un petit nid avec lequel je peux jouer.

Il enfouit son nez dans mes cheveux, inspirant profondément.

Son doigt tourna autour de la petite protubérance. Dehors, les filles applaudissaient un nouveau numéro.

Je me raidis.

— Et si quelqu'un entrait ?

— Eh bien, ils pourront se rincer l'œil. Détends-toi, Sam. Je suis là.

Il agita son doigt dans un mouvement précis et fit taire mon gémissement suivant avec sa délicieuse bouche.

Je me pressai contre sa main. L'euphorie atteignit des sommets et Gabe approfondit notre baiser, me privant de l'air dont j'avais besoin pour nourrir mon pouls affolé. Mon cri de plaisir résonna à travers ma gorge et mon corps tout entier jusqu'à ce qu'il rompe notre baiser. Le motif exquis de son pouce qui décrivait des cercles mit mes hanches en mouvement. Juste un peu plus de frottements, juste là, et je m'envolerais, mais Gabe se retira, me refusant la libération.

— Ne t'arrête pas, dis-je, sentant mon excitation flotter tout autour de nous.

De la sueur perlait sur ma poitrine.

Son érection poussa sur le côté de ma hanche gauche, aussi dure que mon os.

— Peut-être que tu aimerais un autre cocktail ? me taquina-t-il.

Je secouai la tête.

— Non, non. Ceci est beaucoup mieux. Il *faut* que je jouisse. *S'il te plaît*, fais-moi jouir.

Son doigt revint sur mon ouverture et il glissa facilement, mon essence recouvrant mon entrée. Son pouce de retour, il le fit tourbillonner en rythme tandis qu'il m'étirait de l'intérieur. Dedans, dehors, chaque pression devenait plus intense que la précédente. J'en perdis toute inhibition alors que je me poussais sur son doigt. Je serrai mes mains en poings, fermant les yeux, me concentrant sur la partie la plus sensible de mon corps tandis que le plaisir me consumait. Ma peau se contracta puis se relâcha. Des sensations incroyables se propagèrent à travers moi, s'apparentant à la fois à de la douleur et du soulagement.

— Oh mon Dieu !

La béatitude coulait en moi comme de l'électricité. Il agita une fois de plus son doigt, relançant la rupture du plaisir, et me tordis à nouveau. Il empauma lentement mon sexe, laissant mon orgasme féroce se réduire à de douces chatouilles de plumes.

— Non, seulement Gabe, chuchota-t-il en me tenant dans ses bras et en embrassant le haut de ma tête.

Ma main toucha mes lèvres en signe d'incrédulité. Je venais de permettre à Gabe de me stimuler comme personne ne l'avait fait auparavant. La façon dont ses doigts m'avaient titillé alors qu'il retenait mes bras dans un assaut divin et agressif réveilla mes besoins les plus profonds. Casey n'avait jamais pris la peine de me toucher. Pas comme ça. Je devais le sucer en premier, et même après que je l'ai fait, je devais forcer sa main vers ma culotte pour qu'il joue avec moi, juste un peu. Gabe s'était assuré que je sente le plaisir de ses doigts avec leur plein potentiel.

— Tu vas bien ? demanda-t-il en soulevant mon menton avec son doigt.

— Oui.

Je baissai ma robe, me servant de son bras comme soutien.

Gabe embrassa le bout de mon nez.

— Je voulais faire ça depuis le jour où je t'ai rencontrée.

J'expirai.

— Vous êtes très doué avec vos mains, M. Silver.

— J'aime la façon dont tu prononces mon nom, Samantha.

Il fit glisser son doigt le long de ma lèvre inférieure et je pus sentir ma récente excitation.

— Idem.

— J'aurais aimé rester pour que nous ayons plus de plaisir ensemble, mais j'ai un avion à prendre.

La jouissance que m'avait fournie Gabe me rappela ce sur quoi je m'étais toujours concentrée lorsque Casey et moi batifolions – l'autre personne.

J'appuyai ma tête contre le mur en sentant les larmes me venir aux yeux. Cet homme s'était assuré que ce soir ne soit que pour moi. Il aurait pu me baiser et me ravager, se satisfaisant lui aussi. Au lieu de cela, il s'était concentré uniquement sur mon plaisir.

— Quel est le problème ? demanda Gabe en me prenant dans ses bras.

Je tremblai.

— Rien, dis-je en secouant la tête.

Comment pourrais-je lui expliquer qu'aucun homme n'avait fait passer mes besoins avant les siens ?

— Ai-je fait quelque chose de mal ? demanda-t-il en plissant le front.

— Non, tu as tout fait correctement. C'est juste que je ne m'attendais pas à ça, ce soir.

— Et j'avais peur, en voyant combien tu étais belle ce soir, de devoir faire la queue pour seulement te toucher.

Il n'avait aucune idée que mes pensées n'avaient été que pour lui ce soir. Tout ce que j'ai vu, entendu, et même senti, m'a fait penser à lui. J'allais avoir du mal à expliquer ma disparition aux filles, mais là encore, mes joues rougies fourniraient suffisamment d'explications.

— Nous sommes toujours d'accord pour un dîner le week-end prochain, n'est-ce pas ? Sans attaches.

— Oui, je suis impatiente d'y être.

Sans attaches, pensai-je, bien que mon corps me donne l'impression d'être lié de façon permanente à Gabe.

— Penses-tu pouvoir te souvenir de mon orgasme maintenant ?

Je savais que son souvenir ne me quitterait jamais.

CHAPITRE 7

La semaine sans Gabe s'étira en longueur. Il m'envoya des textos tous les jours, me demandant comment j'allais. Comment pouvais-je lui dire que chacun de mes muscles n'aspirait qu'à son contact ? J'essayai de me perdre dans le travail, restant même tard deux soirs de suite pour aider. Le mercredi, après le déjeuner, Cindy frappa à la porte de mon bureau.

— Il y a une livraison pour toi.

Je me redressai. Je n'attendais rien.

— Je ne pense pas que cela ait quelque chose à voir avec le travail, dit-elle en souriant avant de déposer une petite boîte argentée sur mon bureau.

L'excitation me ravagea le ventre.

— Il n'y a pas de nom, et le livreur portait un costume.

Cindy plana au-dessus de moi, attendant comme si j'allais ouvrir la boîte tout de suite

— Merci Cindy. As-tu besoin de quelque chose d'autre ?

Je laissai la boîte où elle l'avait posée. Mes genoux rebondirent sous le bureau alors que je tapotai mes doigts sur le bois. La belle boîte n'avait pas besoin d'un nom pour que je sache exactement de qui elle venait.

Résignée, ma réceptionniste indiscrète finit par partir.

J'attrapai la boîte, la secouant doucement à côté de mon oreille. Un léger bruissement retentit à l'intérieur. Mes mains commencèrent à transpirer tandis que je dénouais le ruban.

À l'intérieur, une note manuscrite reposait sur du papier de soie blanc. Je mordis ma lèvre. Même l'écriture cursive de Gabe respirait le sexe. J'inhalai l'odeur naturelle du papier, souhaitant que ce soit la peau de Gabe, puis lus la note.

SAMANTHA,

Je suis désolé d'avoir déchiré ta culotte (pas vraiment). Peut-être peux-tu réfléchir à la manière dont je pourrais me faire pardonner. En attendant, j'ai embrassé chaque millimètre de celle dans cette boîte. Si tu choisis de la porter, s'il te plaît, pense à l'endroit où se sont trouvées mes lèvres. J'attends avec impatience notre dîner (pas un rendez-vous) ce samedi.

Gabriel Silver

M'AVAIT-IL ACHETÉ UNE CULOTTE ? J'enlevai le papier de soie blanc. En dessous se trouvait la plus sexy des culottes en dentelle noire que j'ai jamais vues. Je regardai ma porte de bureau pour m'assurer qu'elle était bien fermée, puis examinai de près le sous-vêtement. Un papillon noir décorait le dessus avec une petite gemme blanche en son centre.

Un soupçon de parfum de Cupidon s'échappa du tissu.

L'avait-il vraiment embrassée ? Sans hésitation, je remontai ma jupe et échangeai rapidement les dessous en coton que je portais pour enfiler le cadeau de Gabe. Mon postérieur bruissa sur la chaise alors que je sentais la dentelle douce étreindre mes hanches. Je fermai les yeux en pensant à Gabe l'embrassant de partout. La pensée de sa bouche caressant les contours de ma chair me rendit humide. J'étais impatiente de rentrer chez moi pour me voir dans le miroir et je me promis de la porter ce samedi quand je le retrouverai pour dîner. En fait, je la laverais tous les soirs, juste pour pouvoir la porter chaque jour jusqu'à ce que Gabe revienne.

À VINGT-ET-UNE HEURES le vendredi soir, une foule faisait la queue dans la rue de Kissed et se prolongeait au coin de la rue suivante. Je me tenais à la fin, m'inspectant dans la devanture d'une vitrine. Le haut de ma robe dévoilait un peu mon soutien-gorge en soie, suffisamment pour attirer l'attention d'un homme, bien que je n'étais là qu'à cause du silence continu de Kendra. Elle n'avait répondu à aucun de mes messages depuis la soirée d'inauguration, et cela m'inquiétait. Je suivis la foule qui avança de trois pas avant de s'arrêter. Je me hissai sur la pointe des pieds, mais le début de la file disparaissait au coin de la rue. À ce rythme, il me faudrait une heure pour entrer.

Mon téléphone vibra dans mon sac et mon ventre fit un flip-flop.

G.SILVER : *Tu es sur la liste des invités. S'il-te-plaît, ne fais pas la queue.*

Je fis volte-face, cherchant mon détective privé, puis tapai rapidement.

SAM : *Comment as-tu su ? Où es-tu ?*

Sa réponse fut instantanée.

G.SILVER : *C'était une déduction logique.*

SAM : *As-tu fait tes classes à Hogwarts ?*

G.SILVER : *Non, j'ai un sens un peu plus pratique. J'aime quand tu portes une robe, Sam. Elles ont un accès si facile. Dommage que je ne sois pas là.*

Je fronçai les sourcils, tournant sur moi-même pour finalement lever les yeux et voir la caméra de surveillance.

SAM : *Bien joué, Magnum. Ce n'est pas juste que tu puisses me voir et pas moi.*

G.SILVER : *C'est toujours seulement Gabe. Je dois encore assister à une réunion. Va au début de la file. Et Sam, s'il-te-plaît, n'essaie pas d'avoir un orgasme sans moi.*

SAM : *Me demandes-tu de ne pas boire ?*

Je gloussai en regardant la caméra comme si c'était le visage de Gabe. Il me faisait sentir vivante, étourdie comme personne avant lui.

G.SILVER : *Non, je te demande seulement d'éviter la chambre de Kendra. J'aimerais être le seul qui te fasse jouir. Je dois y aller maintenant.*

Gabe était-il au courant de ma nuit avec Kendra ? Je ne pouvais plus respirer. Comment avait-elle pu ? Et pourquoi ? Toute couleur avait dû quitter mon visage alors que je m'avançais au début de la file jusqu'à l'entrée.

À l'intérieur, le club pulsait avec plus de vie que deux semaines auparavant. Les lumières flashaient et la musique à pleine puissance pilonnait mes tympans tandis que je me dirigeais vers le bar. Des filles en tenues provocantes bougeaient par vagues en rythme. Je commençai à sourire et à comprendre pourquoi Kendra n'avait pas retourné mes appels.

Je m'assis au bar, au même endroit où j'avais rencontré Gabe.

— Que puis-je vous servir ? demanda le barman en me souriant.

Ses yeux bleus me rappelèrent Gabe. Il y avait quelque chose de gentil sur son visage, contrairement à l'attitude 'je-suis-tellement-sexy' de la plupart des barmans. Il avait l'air d'une personne à qui il était facile de parler.

— Un Fuzzy navel, dis-je en déposant un billet de vingt sur le bar.

— C'est déjà payé.

Il poussa l'argent vers moi.

Je me demandai qui avait été si gentil et scannai les fêtards sur ma droite.

— Merci, répondis-je. Savez-vous par qui ?

— Par la maison.

Kendra ?

Je me tournai face au bar et sirotai ma boisson fruitée, perdue dans la musique. La barmaid voluptueuse travaillait à l'autre bout du bar ce soir, alignant plus de vingt verres de Sambuca. Le parfum anisé flotta vers moi tandis qu'un soupçon de roses se joignait à l'arôme.

Kendra tenait une Sambuca flambée dans la main alors qu'elle buvait et se mêlait à la foule. Je plissai le front devant son attitude ludique. Et moi qui pensais qu'elle était trop occupée pour me rappeler ! Prête à sauter et attraper mon amie afin d'avoir une explication, je pivotai sur le tabouret de bar.

— Hé Sam, dit une voix familière qui me glaça le sang.

Casey, mon ex-petit ami se tenait à moins d'un mètre de moi en souriant.

— Je ne t'ai jamais imaginée dans un club comme celui-là. Tu as l'air de t'amuser.

Il me détailla de la tête aux pieds, son regard se posant sur mon décolleté. Son haleine alcoolisée me frappa de plein fouet.

— Salut, réussis-je à sortir en retenant mon souffle.

Je cherchai rapidement une porte de sortie et souhaitai que Gabe soit ici. Une partie de moi voulait l'exhiber devant Casey. L'autre partie ne voulait pas parler à l'homme qui m'avait fait me sentir maladroite et utilisée. À ce stade, j'étais sûre de n'être restée avec lui que par loyauté. Et alors que le temps passait, ma mission était devenue de faire en sorte que notre relation fonctionne. J'avais oublié qu'un chien serait toujours un chien et que Casey... eh bien, il serait toujours un chien.

— Mon amie possède ce club. Je suis ici pour la soutenir.

Casey se balança sur ses pieds.

— Si j'avais su que tu aimais aller en boîte, je t'aurais appelée. Nous pourrions nous amuser en souvenir du bon vieux temps.

Le dos de sa main effleura mon épaule nue.

Ma sueur se transforma en glaçons sur tout mon corps alors qu'il s'approchait.

— Casey, je ne suis pas intéressé, et je suis ici avec quelqu'un, mentis-je.

— Je ne vois personne.

Il se pencha pour murmurer à mon oreille.

— Et ma queue doit manquer à ta bouche. Qu'en dis-tu, Sam ? Une pipe de plus ne fera de mal à personne.

Il tira ma main jusqu'à son entrejambe pour la poser sur le muscle mou.

Je retirai mon bras comme si j'avais été brûlée.

— Tu es saoul.

Je posai ma main sur sa poitrine pour le repousser, mais il se rapprocha encore plus près.

Qu'avais-je trouvé à ce type ?

— Oh, allez. Tu sais que tu en as envie.

Il m'attrapa par la nuque et commença à attirer ma tête vers son entrejambe. Je fus sortie hors de mon siège et, suivant mon instinct, sentis mon genou connecter avec son aine.

Il se plia en deux et je fus certaine d'avoir meurtri mon genou et tué des millions de ses petits nageurs.

— Salope !

Il balança son bras dans ma direction.

Je fermai les yeux, prête pour l'impact, mais il ne vint jamais. Au lieu de cela, je sentis le doux musc de Cupidon mélangé avec de la cannelle et j'ouvris les yeux.

— Tu oses lever la main sur elle ?

Gabe tenait le poignet de Casey, le tordant lentement dans l'autre sens, lui faisant plier les genoux.

— Cette salope m'a donné un coup de genou ! dit-il entre ses dents en tenant son entrejambe.

Les muscles du bras de Gabe ondulèrent tandis qu'il remettait Casey à sa place.

— Elle aurait dû te castrer. Excuse-toi !

Il força le bras de Casey en arrière jusqu'à ce qu'un cri de douleur s'échappe de sa gorge.

— Très bien. Je suis désolé.

Gabe le relâcha.

— Je te vois encore une fois tourner autour d'elle, et tu ne pourras plus te revendiquer du sexe masculin.

Casey se releva lentement et maladroitement, la douleur sur son visage apparaissant de plus en plus évidente à chaque mouvement.

— Tu vas bien ? demanda Gabe en passant une main apaisante sur ma joue.

Mon corps se mit à trembler.

— Oui.

Une ombre se déplaça derrière la tête de Gabe alors que Casey balançait son bras.

— Attention ! criai-je, mais Gabe bougeait déjà avant même que le coup de poing de Casey atteigne sa tête.

Mon détective privé le frappa dans le ventre.

Avec tout l'air qui s'échappait de ses poumons, le crétin se plia en deux.

Gabe fit un signe à deux videurs qui se précipitèrent à son commandement.

— Sortez-moi ce connard et assurez-vous qu'il ne remette plus jamais les pieds ici.

Ils traînèrent Casey vers la sortie tandis que ses yeux roulaient dans ses orbites.

Je jetai mes mains autour du cou de Gabe et me pressai contre lui.

— Tu es là.

Il enroula ses bras autour de moi.

— Chut, tout va bien. Il ne te touchera plus jamais. Plus personne ne le fera.

Je m'appuyai contre lui, son corps fort calmant les tremblements. Gabe caressa mon dos et embrassa le haut de ma tête. Et j'eus l'impression que je pourrais rester dans ses bras aussi longtemps que je voulais et qu'il ne bougerait pas.

— Comment savais-tu qu'il allait te frapper ? demandai-je en me reculant.

— Les miroirs.

Gabe pointa le bar où les étagères des bouteilles reflétaient la salle.

— Comment es-tu arrivé ici ? Je croyais que tu étais en voyage.

— Je suis revenu plus tôt. La réunion de ce soir a été annulée et je voulais te faire la surprise.

Il se pencha vers moi et murmura :

— J'étais impatient de voir ce que tu portais sous cette robe.

Je me mordis la lèvre.

— Devine.

Gabe embrassa le lobe de mon oreille.

— Rien ?

Je ris.

— Non, mais cela peut s'arranger.

Je ne savais pas ce qui me faisait me sentir tellement à l'aise quand Gabe était près de moi. Je ne m'étais pas sentie autant en sécurité et importante depuis très longtemps.

— Bien.

— Comment s'est passé ton voyage ?

— Je n'ai pas envie d'en discuter.

Ses yeux se teintèrent d'inquiétude.

— Je sais écouter, dis-je.

— Je te prendrais peut-être au mot, mais pas ce soir. J'ai entendu dire que tu étais une bonne danseuse.

Il se recula et me fit tourbillonner.

— Ce n'est toujours pas un rendez-vous, dis-je alors que mes doigts s'emmêlaient aux siens.

— Bien sûr que non. Nous sommes juste deux amis qui se rencontrent.

— Merci d'avoir pris ma défense.

— Tu n'as pas besoin de me remercier, Sam. J'aurais seulement aimé arriver plus tôt pour qu'il ne te touche pas du tout. Était-ce ton ancien petit ami ?

— Oui, nous nous sommes fréquentés pendant un moment.

Je levai les yeux au ciel. Comme s'il ne le savait pas. En ce moment, je n'aurais pas été surprise que Gabe sache ce que j'avais pris au petit déjeuner un mois auparavant.

— Et cela ne s'est pas bien passé ?

— Si, au début, mais je me suis lassée de…

Comment pouvais-je dire à Gabe que je n'avais plus eu envie de faire des fellations à Casey, ou de payer chaque fois que nous sortions, ou de ne pas recevoir la même attention physique que je lui avais procurée ?

— Lassée de quoi, Sam ?

— Ça n'a pas d'importance. C'est de l'histoire ancienne.

— Tant mieux. Je n'aurais pas aimé avoir de la compétition.

J'éclatai de rire.

— Je n'ai jamais rencontré quelqu'un qui pourrait rivaliser avec toi.

— Tu es trop généreuse, Sam. Je ne suis pas parfait.

Gabe tapota sur le comptoir et le barman lui versa un soda club.

— Ah oui ? Qu'est-ce qui n'est pas parfait à ton sujet ?

— Pour commencer, je vis et je respire pour mon travail, négligeant ma vie personnelle.

— Cela s'appelle de l'ambition.

— Je suis un peu obsédé par ceux qui sont proches de moi.

— Cela s'appelle être attentionné, dis-je en serrant la main de Gabe.

— Je ne plaisante pas, Sam. Je prends ce que je fais très au sérieux. Dans mon travail, les choses ont tendance à devenir dangereuses. Assez parlé de moi. J'espérais arriver à te voir bouger ce soir.

Il prit une gorgée de son soda et son regard se porta sur la piste de danse.

— Me voir bouger n'est pas gratuit, M. Silver.

Je souris. Pour moi, Gabe était parfait, il ne s'en rendait tout simplement pas compte.

— Dis-moi ton prix.

Je le regardai à deux fois en entendant son ton sérieux et pensai à mon vrai prix et combien il était excessif. Nous pourrions passer la nuit ensemble, mais d'une certaine façon, en compagnie de Gabe, le sexe commençait à se retrouver en bas de ma liste de prix. Enfin, pas trop bas non plus.

— Ne me quitte pas jusqu'à l'aube, dis-je.

— Tes désirs sont des ordres.

Il s'inclina comme un courtisan puis me tira sur la piste de danse.

— Maintenant, allons nous amuser.

Gabe sembla perdu dans l'ambiance à la minute où il mit un pied sur le parquet. C'était comme s'il se fondait dans la foule, essayant de ne pas se faire remarquer, comme un flic infiltré professionnel.

Nous passâmes devant des filles qui s'exhibaient outrageusement, pour nous rendre vers le milieu de la piste. Il garda une prise ferme sur ma taille alors qu'il me faisait tournoyer. Nos corps se connectaient en rythme. Je pouvais sentir quand il voulait que je tourne, me déhanche, me rapproche ou m'éloigne.

— Où as-tu appris à danser ?

Mon cri par-dessus la musique était presque inaudible.

— À l'université. J'ai assisté à beaucoup trop de fêtes de fraternités.

Ses dents parfaites brillaient sous la lumière noire et je me mis à rire.

Quand je l'avais rencontré, Gabe ne m'était pas apparu comme ayant un potentiel à long terme. Peut-être n'avais-je pas voulu y penser en tant que tel. À ce moment-là, il avait été plus comme une aventure d'une nuit. Était-il possible que ce ne soit plus le cas ? Était-ce ce que je voulais vraiment ?

Une odeur de rose imprégna l'air derrière moi.

— Ça vous dérange si je m'immisce entre vous ?

La main chaude de Kendra effleura mon bras. Un bourdonnement inattendu me parcourut le corps, directement vers mon aine, me faisant vibrer alors que le souvenir de notre soirée ensemble ravivait mes désirs.

— Non, je t'en prie, répondis-je.

Kendra s'interposa entre nous et mon cœur sombra. Ma gorge se serra alors que j'imaginais Gabe en train de danser avec une autre femme, même Kendra.

Il fronça les sourcils puis me lança un autre de ses regards envoûtants.

— Je parlais à Gabe, Sam. Tu es celle avec qui j'aimerais danser.

La faim dans les yeux de Kendra parut charnelle. Elle bougea malicieusement, balançant ses hanches plus près de moi, levant les bras en l'air. Ses yeux vitreux étaient rouges et je me demandai si elle n'avait pas un peu trop bu.

— Désolé K, mais j'ai promis de ne pas quitter Sam jusqu'au matin.

Gabe m'attira dans une étreinte d'ours possessif.

— Elle est toute à moi pendant encore quelques heures, sauf si tu souhaites nous rejoindre plus tard.

Il fit un clin d'œil.

— Gabe, ne fais pas des offres que tu ne pourras pas tenir. Je te verrai plus tard, Sam ?

Kendra se pencha et m'embrassa sur la joue. La ligne de sa mâchoire était contractée. Laissant échapper un soupir exaspéré, elle s'éloigna, disparaissant dans la foule. Pendant un instant, elle me rappela un taureau furieux avec de la vapeur sortant de ses oreilles et de son nez.

Une lueur de possession rayonna dans les yeux de Gabe alors qu'il m'attirait dans son étreinte chaleureuse. J'oubliai Kendra et laissai son corps réchauffer le mien. Il me tint contre lui comme s'il ne voulait plus jamais me laisser partir, se balançant sur la musique lente.

Comment se débrouillait-il pour me faire sentir tellement en sécurité et nécessaire ? À part Kevin, aucun autre homme n'avait compris mon cœur ni ne s'y était accroché comme s'il y tenait comme à sa propre vie. Mais là encore, je n'avais jamais permis à qui que ce soit de m'affecter comme ça. Gabe m'éblouissait au-delà de ce que j'aurais pu imaginer. J'avais l'impression d'être hypnotisée. La facilité avec laquelle son corps acceptait mes caresses et me rendait chaque geste me laissait étourdie. C'était ce à quoi j'avais aspiré au cours des deux années où j'avais fréquenté Casey.

Je craignais ce qui arriverait si j'oubliais ma place et m'ouvrais à Gabe. C'était la raison pour laquelle je ne pouvais pas considérer cela pour plus que ce n'était : une aventure temporaire. Je n'étais pas encore prête pour m'effondrer de nouveau.

Au-dessus de nous, une artiste portant de la peinture pour le corps qui brillait dans le noir se balançait dans les airs. Les cordes avaient été descendues juste assez pour que ses pieds affleurent le haut de la foule. À droite, une danseuse aérienne était suspendue par les bras et les jambes par des liens de soie, se contorsionnant comme seuls les acrobates savaient le faire. Pourtant, lorsque je regardai Gabe, je trouvai ses yeux fixés sur moi.

La musique continua, mais Gabe se tint immobile. Le rythme de sa respiration s'accordait avec le mien. Il glissa les mains le long de mes bras. Une odeur lourde de cannelle emplissait l'air.

La musique assourdissante sembla s'estomper. Je levai les mains sur sa poitrine haletante. La foule dansante se transforma en un bourdonnement calme.

Gabe se pencha vers moi.

Je fermai les yeux. Quand nos lèvres se touchèrent, le club de danse disparut de mon esprit. Enfermés dans notre propre bulle, ses mains soutenaient mon dos. Mes bras s'enroulèrent autour de son cou et je me pressai contre lui. Le tremblement que j'avais ressenti plus tôt dans mes membres cessa dès que ma peau bougea contre la sienne.

Le baiser me désorienta. Ses lèvres fermes étaient beaucoup

plus douces qu'auparavant, demandant le contrôle et invitant en même temps. C'était comme si c'était notre premier baiser, même si ce n'était pas le cas.

Ses mains griffèrent le haut de mon dos nu, chatouillant ma colonne vertébrale. Je répondis avec un gémissement doux.

— J'aimerais te montrer quelque chose, finit-il par dire en se reculant.

Je ne savais pas quoi dire. Il aurait pu me demander de sauter dans les flammes avec lui, et je l'aurais fait. Je ne pouvais pas respirer, parler ou bouger. Cet homme était un magicien et j'étais sous son charme.

— Aimerais-tu boire quelque chose avant ? demanda-t-il.

Je clignai des yeux deux fois et Gabe me conduisit vers le bar.

— Un orgasme ? me demanda-t-il sérieusement.

Je levai les yeux au ciel, mais me rendis compte qu'à la seule mention d'un orgasme, mes cuisses se tendirent et une délicieuse douleur entre mes jambes réclama mon attention.

Il commanda un autre club soda puis me regarda.

— Un Sex on the Beach ?

— Des promesses, toujours des promesses, le taquinai-je.

— Je suis un homme de parole, Samantha.

Puis il se tourna vers le barman.

— Nous serons à l'étage, Chris.

— Oui, M. Silver.

— Viens.

Il prit ma main.

À l'étage ? Pendant un instant, je me demandais s'il me conduisait dans la chambre de Kendra, mais nous nous tournâmes vers l'autre extrémité du club. Gabe plaça près de son poignet près d'un boîtier électronique à côté d'une porte où était marqué : *employés seulement*. Le bracelet qu'il portait bipa, et une lumière verte clignota sur la boîte.

— Où allons-nous ?

J'étais intriguée alors que nous passions la porte.

— J'ai promis d'être à tes côtés jusqu'à l'aube, et j'ai l'intention de profiter de chaque minute.

Mon sang se réchauffa sous l'excitation.

Au bout du couloir, nous montâmes un escalier. La musique dans le club s'estompa et chaque marche en métal résonna alors que nous montions. Gabe poussa une porte une fois arrivés en haut. Un souffle d'air chaud provenant de la nuit me frappa et le bourdonnement du club disparut. Seuls une musique calme et le bourdonnement de quelques conversations se faisaient entendre alors que nous posions le pied sur la surface en bois d'un salon sur le toit.

Mon souffle se figea. Les gratte-ciel éclairés autour de nous formaient un mur scintillant.

— C'est le toit ?

Le petit espace n'était en rien comme les jardins que Kendra avait décrits. La zone était beaucoup plus petite et plus intime que ce que j'avais imaginé. Et où étaient tous les gens que j'entendais ?

— En quelque sorte. Regarde ça.

Il me guida vers l'avant, sortit son téléphone portable et appuya sur une touche. Une ligne de lumières blanches éclaira chaque contour et coin d'un cabanon clos. Des canapés crème et des chaises longues étaient disposés autour d'une table pittoresque. Sur la gauche, un jacuzzi gargouillait de façon engageante. Les boissons que nous avions commandées avaient été montées. Il me tendit un mélange fruité. Quelqu'un rit bruyamment, brisant le silence.

— Nous sommes un peu plus haut que la zone publique.

Je m'approchai d'une rambarde sur le côté et haletai. Les conversations que j'avais entendues avaient maintenant un sens. Des invités étaient rassemblés au-dessous de nous, sur un autre niveau du toit. Des arbustes et des fleurs de vignes nous mettaient à l'abri de leur regard. Ils n'avaient aucune idée que nous pouvions les voir et les entendre d'en haut.

— C'est une zone privée. Nul ne vient ici s'il n'y est pas autorisé.

Avec ça, Gabe appuya sur une autre touche de son téléphone et une lumière rouge clignota sur le boîtier de sécurité de la porte.

Ma bouche était sèche et je levai mon verre à mes lèvres. L'alcool commençait à faire effet, détendant mes muscles.

Faisant glisser mes mains sur la balustrade, je me dirigeai vers l'autre extrémité de la véranda. Un corridor de gratte-ciel se dressait à ma gauche et continuait à droite. Le bout de la Cinquième Avenue était invisible. En regardant droit entre les bâtiments, on voyait la rivière Hudson briller, reflétant la lune et le ciel clair de la nuit.

De temps en temps, une voiture klaxonnait, des freins crissaient, et de faibles sons de sirènes de camions de pompiers complétaient le paysage urbain.

— C'est beau.

— Ça l'est.

Je n'avais pas remarqué que Gabe s'était glissé derrière moi. La scène en face de moi m'avait tenue captive.

— Tu es très alléchante ce soir.

Cette drôle de sensation nerveuse revint dans mon estomac.

— As-tu aimé mon cadeau ? demanda-t-il en taquinant mes épaules avec un massage doux.

— Je le porte.

— Fais-moi voir.

Il me fit tourner pour lui faire face.

— Quoi ?

S'attendait-il à ce que je soulève ma robe pour lui ?

— Tu sais que je la verrai de toute façon, mais j'aimerais te voir la porter avant qu'elle soit sur le plancher en morceaux.

— Tu ne peux pas la déchirer ! protestai-je.

— Je t'en achèterais une autre.

Il fit un pas en arrière et croisa les bras comme s'il s'attendait à un spectacle.

— Non, pas celle-là.

Je pressai mes paumes devant moi, protégeant la dentelle noire sous ma robe.

Il soupira.

— Très bien, je ne vais pas la déchirer, mais je veux la voir sur toi.

Inspirant profondément, je baissai mes mains, fermai les yeux et levai lentement ma robe. Une brise fraîche souffla entre mes cuisses. Pendant un instant, je crus entendre le sifflement doux du vent. Lorsque j'ouvris les yeux, je vis que c'était Gabe, se tenant à quelques centimètres de moi.

— Je l'ai portée tous les jours, murmurai-je en lâchant ma robe. Je n'ai pas pu résister en sachant que ta bouche avait été sur elle.

— J'espérais que tu le ferais. Après ce soir, tu n'auras plus besoin de culotte pour te souvenir de ma bouche sur toi.

Je pris une profonde inspiration avant que les lèvres de Gabe s'écrasent sur les miennes. Il enroula ses bras autour de moi et je levai les miens pour emmêler mes doigts dans ses cheveux. Les bruits de ma ville dans la distance se mélangeaient avec les battements de mon cœur. Je grattai doucement son cuir chevelu avec mes ongles puis les glissai plus bas, faisant passer les coussinets de mes doigts le long de la ligne de ses cheveux.

Il entra en collision avec le bas de mon corps et le renflement dans son pantalon se poussa contre moi. Mon dos s'appuya à la rambarde. Son cœur pulsait à travers sa jugulaire sous mes doigts. Je me tenais sur les orteils, sentant son contour rigide avec le bas de corps avant qu'il recule.

Le visage de Gabe paraissait composé, mais sa respiration lourde le trahit. Ses yeux brillaient de désir et de confusion. À quoi pensait-il ?

— Sans attaches ? demanda-t-il.

— Aucune.

J'essayai de défaire les nœuds invisibles qui m'attachaient à lui, mais je n'y arrivais pas. Que faire si je voulais une autre nuit de sexe passionné ? Ses caresses au club de strip-tease la semaine dernière n'avaient été qu'un soulagement temporaire. Ce soir serait-il le soir ? Cette aventure finirait-elle trop tôt ?

Il fronça les sourcils et se dirigea vers le cabanon.

— Quel est le problème, Gabe ? demandai-je en le suivant.

Un léger bourdonnement retentit et Gabe vérifia son téléphone. Son front se plissa alors qu'il l'éteignait et le fourrait dans sa poche.

— Peut-être est-ce trop te demander, mais j'aimerais savoir que nous sommes mutuellement exclusifs, dit-il lorsqu'il me regarda à nouveau.

Mon souffle se figea et tout au fond de mon esprit, un signal d'alarme se déclencha.

— Je ne veux pas de relation.

Ce n'était pas sujet à discussion. Casey m'avait montré ce qu'était une relation et je ne voulais rien avoir à faire avec ce genre de choses. En plus, je n'étais pas prête à plonger dans quelque chose de sérieux ; pas avec Kevin toujours dans mon esprit. Pourquoi avais-je l'impression de toujours comparer Gabe avec lui ? Qu'avait Gabe qui me captivait autant que l'avait fait mon premier petit ami ?

— Pas de relation, seulement... du plaisir.

Le dernier mot sorti de sa bouche roula sur sa langue.

Serait-ce possible ? De se voir lorsque le désir irrésistible de nos corps atteindrait des sommets ? Tout ce que je voulais, c'était son corps aussi longtemps que possible. Gabe était comme mon premier souffle le matin et le dernier à la nuit tombée, et à ce moment-là, je souhaitai qu'un jour, peut-être, il puisse vraiment l'être.

Je m'approchai, un sourire sur le visage.

— Je suis sûre que je vais avoir beaucoup de plaisir.

Je fis glisser ma main sur l'entrejambe de Gabe, courbant ma paume le long de son érection.

Ses yeux s'allumèrent. Il prit mes poignets dans ses mains et les tint fermement à mes côtés, s'appuyant sur moi jusqu'à ce que mon dos soit à plat contre le poteau de bois du cabanon.

Mon cœur reprit son rythme et le peu d'espace entre nous me priva d'une chance de prendre une inspiration plus profonde. Mes seins étaient repoussés très haut dans ma robe, gonflés au maximum.

Une nouvelle chanson commença sur le toit en dessous, camouflant les gémissements qui s'échappaient de ma bouche.

— J'ai besoin de te goûter, Samantha, maintenant.

Son emprise sur mes poignets s'assouplit et il fit glisser ses mains sur mes bras, puis redescendit sur mon côté, vers la fermeture éclair qui se trouvait sous mon bras.

L'ouverture de ma robe fut trop pour moi. Je tirai sur sa chemise grise, forçant Gabe à lever les bras pour s'en débarrasser. Son torse n'aurait pas pu être plus appétissant. Luisant et musclé, avec des poils dispersés pour former un motif divin.

Ses doigts retournèrent à ma fermeture éclair et cette fois, il ne la lâcha pas jusqu'à ce que la robe tombe sur le sol. Ses yeux s'illuminèrent.

— Seigneur, tu es magnifique.

Il empauma mes seins, les massant doucement sans jamais fermer les yeux. C'était comme s'il voulait se rappeler chaque mouvement de ses doigts sur ma peau. Avec chaque caresse, ses yeux s'illuminaient un peu plus et son érection se tendait dans son pantalon.

Mes paumes explorèrent ses pectoraux, glissant sur la peau soyeuse. Quelques poils errants chatouillèrent mes doigts et l'odeur de l'arôme de Cupidon mélangé avec un soupçon de sueur taquina mes poumons.

Il m'attira plus près.

— Je ne peux pas réfléchir quand je suis près de toi, dit-il.

— Ne réfléchis pas. Je suis toute à toi.

J'écartai les jambes pour lui alors qu'il baissait ses mains vers ma culotte de dentelle noire. Je ne voulais personne d'autre.

Ses lèvres effleurèrent mon cou et ma poitrine, dégustant un mamelon puis l'autre, les étirant avec sa bouche. Il fit traîner sa langue dans la vallée entre mes seins, vers mon nombril. Il me sourit tandis qu'il accrochait ses doigts dans ma culotte.

Je cherchai quelque chose à quoi me tenir, agrippant ses épaules. Je fermai les yeux et Gabe baissa la dentelle noire humide au sol.

Son souffle refroidit la chaleur entre mes jambes.

— La personne qui t'épile mérite une augmentation.

Il embrassa le creux entre ma jambe et mon sexe.

— Je lui ferai savoir que tu es satisfait.

Toute mon attention se précipita sur les lèvres de Gabe sur mon sexe.

Il écarta mes plis avec ses doigts, léchant entre la chair, faisant doucement glisser sa langue sur ma fente.

Il n'y avait pas assez d'air à l'extérieur pour combler mes poumons.

— Tu es tellement délicieuse, dit-il en reprenant les tendres coups de langue, la laissant baigner dans mon essence.

Je baissai les mains sur sa tête, le stabilisant sur mon centre enflammé. Sa langue glissa vers mon clitoris et je haletai alors que le centre de mon corps devenait le centre de son monde.

Avec chaque seconde qui passait, l'assaut de sa langue s'intensifiait. Je fis rouler mes hanches sous ce rythme enchanteur, me pressant contre sa bouche. Mon sexe gonfla avec impatience.

Il glissa un doigt en moi et je me resserrai autour de lui. Il imprima un mouvement de va-et-vient en tandem avec ses coups de langue, libérant ma faim emprisonnée, puis il recourba son doigt en moi, me taquinant avec sa pointe.

Une impulsion, comme une onde de choc, se précipita sur mon clitoris. Je cambrai le dos, serrant sa tête entre mes jambes. La bouche de Gabe sur ce point délaissé jusqu'alors fit remonter la sensation en spirale le long de mon corps. Mes orteils se recroquevillèrent et mes cuisses tremblèrent tandis que je criai dans la nuit. Et je ne me souciais en aucun cas que quelqu'un m'entende. Contenir ma joie aurait été un péché. Jamais personne n'avait réduit mes jambes à de la gelée après un orgasme.

Gabe pencha son visage contre ma cuisse.

— Il y en a beaucoup plus de là où ça vient.

Il se leva et fit claquer ses lèvres sur les miennes.

Je goûtai ma propre essence sur ses lèvres et les picotements réapparurent dans mon ventre. Pourrai-je un jour être rassasiée de lui ?

Gabe glissa son bras sous mes genoux pour me soulever. Un feu rayonnait dans ses yeux. Mon corps inerte se blottit contre sa peau nue tandis qu'il me portait vers les canapés près du cabanon.

— Je n'arrive pas à croire que j'ai raté autant de choses, dis-je en prenant son visage dans mes mains.

— Personne ne t'a jamais léchée ?

— Seulement Kendra. Mais tu es tellement doué dans ce domaine.

— Je vais me faire un devoir de te nourrir aussi souvent que je le pourrais.

Il embrassa le bout de mon nez et sourit.

— Des promesses, toujours des promesses, dis-je avant de me mordre la lèvre.

— Tu sais ce que je pense des promesses, Samantha.

Gabe se tint au-dessus de moi et défit son jean. Il le descendit avec son boxeur, se libérant.

Aucune force sur terre n'aurait pu me faire fermer la bouche.

— Je vais y aller lentement, Sam. Ne t'inquiète pas.

— Je ne le suis pas. Je te veux. Tout entier.

Il s'agenouilla entre mes jambes et sortit un paquet en aluminium de son pantalon. Il déchira l'emballage avec ses dents et déroula rapidement un préservatif sur son membre.

Je le regardai attentivement, me demandant comment diable il allait pouvoir insérer toute sa longueur en moi.

Alors qu'il s'avançait, je pliai les genoux, m'ouvrant pour lui. Gabe entra lentement en moi. Je voulais crier, mais il m'embrassa passionnément, me faisant taire. La douleur s'atténua.

Nous restâmes ainsi pendant un moment, Gabe à mi-chemin enfouit en moi, m'étirant plus que ce à quoi je m'étais attendue. J'avais mal comme si je perdais à nouveau ma virginité. La douleur fut masquée par le plaisir de Gabe qui me remplissait. Je n'arrivais pas à croire que j'avais encore plus de lui à prendre, et je voulais qu'il aille plus loin.

À sa poussée suivante, il se glissa un peu plus profondément. L'étirement était exquis.

— Seigneur, tu es tellement étroite, dit Gabe en fermant les yeux.

— Ça fait longtemps.

La douleur s'estompa alors que mon sexe s'étirait pour l'accueillir et je le voulais encore plus profondément. Mon corps commençait à se rappeler comment s'adapter à l'épaisseur d'un homme. Avec une légère poussée de mes hanches, je m'ouvris plus largement.

Gabe plongea un peu plus, se soutenant avec ses bras.

Chaque poussée parfaite était plus agréable que la précédente. Mon appétit grandit.

Gabe possédait mes lèvres et ma langue. Il retira son épaisseur et glissa le bout de son membre contre mon clitoris gonflé à quelques reprises avant de replonger en moi, plus violemment.

Après quelques progrès, je commençai à rouler des hanches au rythme de ses coups réguliers. Mes mains glissèrent sur ses bras, m'agrippant à ses biceps. Je le serrai en moi alors que le tempo augmentait. La friction entre nous m'invita à me presser contre lui. Je me frottai contre lui, frottant mon clitoris sur son os pubien, sentant la construction de mon orgasme.

Je saisis ses bras en plantant mes doigts dans sa chair et je ne pus tenir plus longtemps. Mes jambes se resserrèrent autour de lui alors qu'il me gratifiait d'une autre jouissance.

Trois autres poussées et ses hanches fléchirent avant qu'il s'immobilise en moi. Ses yeux étaient fermement clos avant qu'il se retire de moi et s'effondre sur le côté, la respiration difficile.

— Tu vas bien ? demanda-t-il après un moment.

— Oui, murmurai-je, et je me blottis dans ses bras. C'était...

— Bon ?

— Non. Parfait.

Je baissai la tête sur sa poitrine. Il glissa sa main de haut en bas de mon bras.

— C'était parfait en effet. Pourquoi as-tu déménagé de Californie ? demanda-t-il.

— Combien de recherches sur moi as-tu faites exactement ?

— Pas encore assez.

Il mordit doucement mon épaule.

Je ris.

— Il n'y a rien de mieux que la recherche sur le terrain, dit-il en embrassant l'endroit où ses dents avaient laissé de légères marques.

— J'ai eu une opportunité. Ma mère est dans une maison de retraite, luttant contre la maladie d'Alzheimer. Elle fait partie d'un programme d'étude du centre des maladies de l'université de New York. Mon père est mort à la suite d'une attaque de requin quand j'avais cinq ans. Je n'ai plus jamais mis un pied dans l'océan depuis. Ma mère avait gardé l'argent de l'assurance pour couvrir son traitement, mais cela a rapidement été insuffisant. Mon travail paie juste assez pour que je puisse l'aider et payer certaines factures.

Je n'avais personne d'autre. Après la mort prématurée de mon père, ma mère ne s'était jamais remariée. En tant qu'enfant unique, j'avais appris très tôt à me débrouiller toute seule.

— Je suis désolé.

Je bâillai, mes paupières devenant lourdes.

— C'est la vie. Il n'y a rien que je puisse faire à ce sujet, sauf aller de l'avant. Qu'en est-il de toi ?

— Il n'y a pas grand-chose à raconter.

— J'en doute, M. Silver.

— J'ai la chance d'avoir un métier que j'aime.

Il haussa les épaules.

Je ne le pressai pas pour en connaître plus. Quoi que ce soit de plus ce soir aurait été trop intrusif, trop proche pour notre accord d'une 'relation sans attaches'.

Lorsque j'ouvris à nouveau les yeux, le soleil se levait.

Gabe avait tenu parole. Il était resté avec moi jusqu'à l'aube, et maintenant c'était fini. J'étais reconnaissante que mon aventure d'une nuit avec Gabriel Silver ait été prolongée, mais pour combien de temps ? J'aurais voulu m'enfuir avec lui à l'autre bout du monde. Je ne savais pas que mon souhait était sur le point d'être exaucé.

CHAPITRE 8

Après le petit déjeuner, Gabe me déposa chez moi.

Dans moins de huit heures, je devais être habillée et prête pour notre dîner. Malheureusement, on aurait dit qu'une tornade avait saccagé ma chambre. J'essayai la combinaison de chaque robe, chemisier et jupe possible, mais rien ne semblait correspondre. Mes mains pillaient les tiroirs alors que je jetai blouse après blouse sur ma chaise. Une robe ou deux atterrit sur l'abat-jour. C'était juste un foutu dîner et pourtant, j'étais aussi nerveuse que le jour où Kevin m'avait demandé d'aller au bal de promo avec lui : un événement auquel nous n'avions finalement jamais assisté.

Ce n'est pas un rendez-vous galant, Sam. Reprends-toi.

J'avais déjà eu des relations sexuelles fantastiques avec un homme très généreux qui m'avait offert exactement ce que je recherchais. Une relation sans attaches que je choisis d'appeler *amitié*. Gabe était un ami génial en qui j'avais confiance et qui me comprenait. Alors pourquoi mon cœur battait-il comme si j'avais gagné à la loterie ?

Je laissai le chaos dans mon appartement et je partis courir. Le ciel matinal était presque clair. Quelques rayons de soleil se faufilaient alors que les nuages blancs jonchaient le ciel.

Je me poussai plus fort, joggant le long du sentier dans le parc. Plus rien n'aurait d'importance lorsque mes jambes seraient endolories, la sueur coulerait et mes poumons me brûleraient. Je courus encore plus vite lorsque j'atteignis le dernier kilomètre avant la fin du sentier.

Près de la sortie du parc, exactement où je me rendais, un homme bloquait le chemin. Il se tenait avec ses mains dans sa poche. Pas une sorte d'attitude détendue, mais déterminée. Je glissai vers la gauche et il fit un pas du même côté. Je tournai vers la droite, ralentissant, et il bloqua à nouveau mon chemin, me forçant à arrêter ma course.

— Puis-je vous être utile ? demandai-je en sentant des seaux de sueur couler le long de mon dos.

Ma poitrine se souleva et je sautillai de haut en bas, courant sur place, apaisant mon rythme cardiaque.

L'homme sentait le vieux cigare mélangé avec une odeur de sueur plus forte que la mienne. Sa cravate était décentrée et elle n'allait pas du tout avec sa tenue. Les sourcils broussailleux n'avaient manifestement jamais été épilés.

Je fronçai les sourcils en voyant le chaume sur ses joues. Rien n'était plus repoussant pour moi qu'un homme mal rasé. Il y avait quelque chose de mensonger et de sale au sujet de ces petits poils.

— Samantha Connor ? demanda-t-il avec un fort accent espagnol.

J'arrêtai de courir sur place.

— Oui et vous êtes ?

— Smith, John Smith. Je suis un ami de Kendra.

Bien que Kendra et moi ne fréquentions pas les mêmes personnes, quelque chose me disait qu'elle ne le considérait pas comme un ami. Instinctivement, je fis un pas en arrière.

Il en fit un en avant.

— Kendra a investi de l'argent dans une opération commerciale, dit-il.

— Les affaires de Kendra devraient être discutées avec elle. Je ne comprends pas pourquoi vous me dites ça.

Mon imagination s'emballa. Cet homme était flippant et il commençait à me donner la chair de poule. Il connaissait mon nom, mais il était impensable que Kendra ait investi dans ce que ce harceleur vendait. En plus, tout ce qu'elle possédait était allé dans Kissed. Avait-elle des ennuis ?

Il fit un autre pas en avant, et cette fois, ce fut moi qui imitai son mouvement, en arrière.

— Kendra nous doit une grosse somme d'argent. Je suis sûr que vous pourrez trouver une façon de l'aider, étant dans une banque. Sinon, nous pourrions avoir à régler le paiement à l'ancienne.

Mon cœur se figea sous son regard assassin. Un soupçon de bière s'attardait dans son haleine. Je forçai sur mes jambes tremblantes et laissai le peu d'adrénaline qui me restait dans le corps me soutenir. J'aurais probablement pu le distancer, mais pas à ce moment-là. Mes quinze kilomètres de course étaient presque terminés, et mes membres ne pouvaient pas en supporter beaucoup plus. Il m'aurait attrapée avant que je parte. Mais nous étions dans un parc public, au milieu de la journée.

Du coin de l'œil, je vis un agent de police sur son vélo, à un peu plus d'une centaine de mètres.

— Je n'apprécie pas vos menaces, M. Smith. Excusez-moi.

Il bloqua le chemin vers le flic, attrapant mon poignet. L'emprise de ses doigts tachés par la cigarette me brûla presque.

— Venez avec l'argent la semaine prochaine, sinon...

Il découvrit ses dents jaunies.

Je me figeai.

— Enlève tes sales pattes d'elle, Martinez.

Sorti de nulle part, Gabe poussa l'homme à l'allure de vagabond sur le côté, libérant ma main.

— Tu la touches encore une fois, et tu perdras l'usage de ta main juste avant que je t'arrache la gorge, dit Gabe, sa bouche formant une ligne droite.

Il pointa quelque chose dans la poche de son sweat-shirt vers Smith. Le regard prolongé entre les deux hommes aurait pu se traduire par un poignard planté dans le cœur de chacun des adversaires.

— Ce n'est pas la dernière fois que vous me voyez, Mme Connor, dit Smith.

— Dégage ! Maintenant !

Gabe se tenait presque nez à nez avec Smith, pointant sa poche et ce qui s'y trouvait dans le ventre rempli de bière de Smith.

— Y a-t-il un problème ici ?

La policière sauta de son vélo.

Smith leva les deux mains en l'air.

— Pas de problème madame l'agent. J'allais partir.

Il s'éloigna.

— Attendez !

Elle éleva la voix, mais Smith ne s'arrêta pas.

Gabe toucha doucement son épaule et lui montra ce qui ressemblait à une carte de visite blanche.

— Vous feriez mieux de laisser celui-là s'en aller, Agent Green.

Je ne voyais pas ce qu'il y avait sur la carte, mais elle examina Gabe d'un air entendu et dit :

— Bien M. Silver, mais si vous avez besoin d'aide, vous nous appelez.

— Bien sûr. Mais c'est une affaire de la Cross.

Le nom auquel se référait Gabe me sembla familier. J'imaginai une énorme corporation là derrière. L'Agent Green regarda ma racaille s'en aller à pied. Avec un froncement de sourcils, elle remonta sur son vélo et s'éloigna.

Mes genoux étaient tremblants.

— Tu vas bien ?

Gabe m'attira dans ses bras.

— Oui.

— Était-ce la première fois que tu le voyais ? demanda-t-il tout en appuyant sur des touches de son téléphone.

— Oui. Kendra a des ennuis, dis-je en me reculant pour le regarder. Je dois l'aider.

D'une certaine manière, la force était revenue dans mes jambes et j'étais prête à me précipiter au Kissed où je supposais que Kendra dormait.

— Attends, Sam. Tu ne sais pas à qui tu as affaire. Comment exactement penses-tu l'aider ?

Gabe tendit la main et m'attrapa le poignet.

Je me figeai, choquée par sa poigne ferme.

— Tout d'abord, je compte lui parler. Lui demander combien elle doit.

Je baissai le regard sur sa main et Gabe me lâcha immédiatement, ses yeux remplis d'excuses reprenant leur teinte argentée.

— Je suis désolé.

— Tu l'as appelé Martinez.

— C'est son nom.

— Comment...? Était-ce un pistolet que tu avais ?

Je fis un pas en arrière.

Gabe tendit la main vers moi.

— Sam, dans mon travail, le pistolet est un accessoire dont je ne me séparerais jamais. Le nom du type est Noel Martinez. Si tu veux aider Kendra, tu dois venir avec moi.

— D'accord.

Gabe posa la main au bas de mon dos et me guida vers le bout du parc.

— D'où venait-il ? Que Diable veut-il de Kendra ?

Gabe resta concentré sur la sortie du parc.

— Quel genre de travail fais-tu exactement ? demandai-je en suivant ses pas pressés.

Tout ce que je savais vraiment, c'était qu'il possédait une société de détectives privés. La nature de son travail était encore un mystère.

— J'ai investi dans Kissed pour rendre service à mon partenaire et cousin, Tristan, l'ex de Kendra. Elle ne voulait pas accepter son aide, alors j'étais la meilleure alternative.

Gabe ouvrit la porte de sa Bentley, commodément garée à l'entrée du parc.

— Je n'ai jamais su que Kendra avait fréquenté ce Tristan.

Je me rappelai qu'elle avait mentionné quelqu'un de ce nom, mais elle n'était jamais entrée dans les détails.

Il me fit signe d'entrer puis fit rapidement le tour de la voiture.

— C'était compliqué, dit-il une fois que le moteur ronronna. Martinez travaille pour un distributeur que nous recherchons.

Sa voix dériva et ses lèvres se serrèrent. Quelque chose me disait que trouver ce distributeur était plus important pour Gabe que pour Tristan.

— Je craignais qu'il s'en prenne aux amis de Kendra, et tu es tout en haut de la liste.

Gabe appuya sur la pédale et les pneus crissèrent.

— Qu'allons-nous faire ? Je peux obtenir une prolongation de prêt. Lui prêteras-tu de l'argent toi aussi ?

— Si c'était aussi facile, je lui donnerais simplement l'argent, Sam. Le patron de Martinez court après la vengeance, pas l'argent. Nous avons démonté quelques-unes de ses entreprises.

Il ferma les yeux.

— Pourquoi ?

Gabe secoua la tête.

— Je ne veux pas t'impliquer. C'est trop dangereux.

— Je suis déjà impliquée.

Je mis la main sur celle de Gabe.

— Permets-moi de t'aider.

— Si tu veux aider, tu vas devoir me faire entièrement confiance.

Gabe savait déjà que j'avais confiance en lui, mais j'eus le sentiment que ce qu'il demandait allait au-delà de confiance ordinaire.

— À quel sujet ?

J'entendis un soupçon d'appréhension dans ma voix.

— Tu dois convaincre Kendra qu'elle doit quitter son nouveau club avec nous. C'est le prochain endroit où ils iront, dit Gabe, sa bouche s'étira dans un sourire.

Pourquoi souriait-il ? Je déglutis difficilement, pas sûre de devoir poser la question suivante. Ma curiosité prit le contrôle.

— Comment puis-je faire ça ?

— Offre-lui un plan à trois.

CHAPITRE 9

— Peux-tu m'entendre ? chuchotai-je au micro de la taille d'une tête d'épingle maquillé en bouton sur ma robe.

Gabe avait monté le dispositif pendant que je fourrais mes vêtements dans un sac de voyage. Nous nous étions arrêtés à mon appartement et il m'avait donné dix minutes pour faire mes bagages.

Maintenant, je me trouvais dans le hall de Kissed tandis que l'équipe de nettoyage passait la serpillière autour du bar. Moins de douze heures auparavant, c'était là que j'avais dansé, perdue dans les bras de Gabe.

Je levai mes doigts à ma bouche, dessinant mon léger sourire. Notre baiser d'adieu s'attardait encore sur mes lèvres. Un souffle d'air dans l'entrée attrapa mes cheveux. Gabe les avait détachés pour que mes boucles puissent recouvrir mes oreilles afin de dissimuler l'oreillette. Ses doigts avaient travaillé chaque mèche, l'enroulant autour de son index puis la laissant rebondir. Je n'avais jamais rencontré un homme aussi doux et aussi robuste en même temps.

— Cela ne me prendra pas longtemps, avait-il dit. J'ai seulement quelques appels à passer et je serai de retour.

Le gadget dissimulé correspondait parfaitement aux autres boutons. Je le tapotai doucement.

Mon oreillette vibra.

— Oui, mais essaie de ne pas me parler Sam. Obtenir que Kendra quitte le club ne sera pas facile.

— Doutes-tu de mon aptitude à la séduire?

Le ton fripon dans ma voix me surprit. Quelle que soit la méthode employée sur Kendra, cela devait fonctionner. Nous devions nous éloigner de Martinez et des racailles qui étaient après nous.

Je pinçai mes joues et m'avançai vers l'escalier. Chaque pas à travers le club m'envoyait une nouvelle vague d'excitation à travers tout le corps. Sachant que j'allais lui faire une offre qu'elle ne pourrait refuser me rappela ce que j'avais à faire. Je pensais où j'allais la toucher, comment je la tourmenterais et la taquinerais. Une chaleur se répandit à travers mon corps alors que mon rythme cardiaque s'accélérait, déverrouillant ma tentatrice intérieure. Il fallait que je pousse Kendra jusqu'au point de non-retour, puis que je la conduise hors du club comme un chiot au bout d'une laisse.

— Après ce que j'ai entendu sur la semaine dernière, pas du tout Sam. J'aurais juste aimé avoir été là.

Moi aussi. Les souvenirs des coups de langue de Kendra ravivèrent la sensation de picotement sur mes seins et entre mes jambes. Bien que Gabe m'ait fait me sentir encore mieux la nuit dernière, je ne pouvais pas nier que la seule pensée de les avoir, lui et Kendra en même temps, m'excitait.

— Peut-être qu'une rediffusion est à l'ordre du jour, le taquinai-je alors que je montais sur la première marche.

— Ton offre n'est pas tombée dans l'oreille d'un sourd, Sam.

— Tant mieux.

Je me mordis la lèvre. Était-il possible que Gabe veuille vraiment un plan à trois ? Et que me prenait-il ? Je n'avais jamais été aussi ouverte et prête à explorer une relation sexuelle que je l'étais avec Gabe. Ce que j'avais eu avec Kevin ne pouvait pas se comparer parce que je l'avais aimé. Et à l'époque, nous n'étions que des adolescents qui apprenaient le véritable sens du plaisir.

Mes jambes se mirent à trembler. M'agrippant à la rampe, je luttai pour ordonner mes pensées. La chambre de Kendra semblait plus loin à chaque pas. J'avais l'impression d'escalader la tour Eiffel alors que les conséquences de mon jogging commençaient à se faire sentir dans mes cuisses et mes mollets. Le sang se précipita dans mes veines comme une rivière écumante lorsque je frappai finalement à sa porte.

Kendra ouvrit avec un sourire accueillant. Pendant un moment, j'en oubliai Martinez.

— Sam, que fais-tu ici ?

Elle se frotta les yeux et me tira à l'intérieur.

Elle portait un peignoir rose sur une chemise de nuit correspondante qui s'arrêtait à mi-cuisses. Son buste arrondi remplissait chaque centimètre du tissu. L'odeur du doux parfum de rose de Kendra réveilla mes désirs, sauf qu'aujourd'hui le besoin devenait primitif et insistant.

— Tu m'as manquée, dis-je d'une voix tremblante. Et j'avais besoin de te voir. Je me sentais mal que nous n'ayons pas eu la chance de danser ensemble.

Elle m'entoura de ses bras pour une longue étreinte. Sa joue glissa sur la mienne et elle embrassa le coin de ma bouche.

Je passai un doigt sur mes lèvres.

— Tu m'as manquée aussi, dit Kendra en verrouillant la porte avant de me tirer vers le lit qu'elle venait de quitter.

Pensait-elle que j'étais ici pour recommencer ? Si c'était le cas, mon travail en serait plus facile.

Elle ouvrit le tiroir de sa table de chevet et en sortit une pilule blanche. Elle la mit sur sa langue et l'avala avec une gorgée d'eau. Elle dévora mon corps des yeux et j'eus soudain l'impression que c'était moi qui allais être la victime de sa séduction.

— Qu'est-ce que c'est ?

— De l'ecstasy, tu en veux ?

Je secouai la tête.

— Je ne suis pas intéressée. Fais-tu du trafic de drogue dans le club ?

Mon oreillette vibra.

— Séduis-la, ne l'accuse pas.

— Sam, détends-toi.

Elle me regarda de bas en haut avant de s'asseoir sur le lit. Elle tapota les draps à côté d'elle.

— Viens ici.

Je m'assis en essayant de calmer ma respiration. Pourquoi avais-je l'impression que Kendra avait retourné la situation ?

— J'ai entendu dire que tu fréquentais Gabe, dit-elle.

— Oui, cependant tu m'as manquée.

— Bien sûr que je t'ai manquée. Gabe n'est pas prêt à s'engager si tôt après...

J'éternuai.

— À tes souhaits.

Kendra se pencha jusqu'à ce que je puisse sentir son haleine teintée de Sambuca.

Je me demandai combien elle en avait bu la nuit dernière.

— J'aime quand tu ne portes pas de soutien-gorge. Tes seins sont parfaits.

Elle prit ma poitrine en coupe.

— Kendra !

— Ils sont irrésistiblement parfaits.

— Je suis d'accord avec elle.

La voix remplie de luxure de Gabe grésilla dans l'oreillette.

Kendra s'assit en tailleur sur le lit et glissa sa main de mon sein gauche à mon sein droit. Sa robe remonta sur ses cuisses et je pouvais presque voir sa culotte. Je me demandai de quelle couleur elle était. La pensée de la retirer afin que je puisse goûter à nouveau l'endroit secret de Kendra humidifia mon sexe. Mais j'étais ici en mission.

— Je n'ai pas arrêté de penser à tes seins depuis deux semaines.

Je m'assis face à Kendra, croisant mes jambes. Ma robe remonta sur mes genoux.

Hardiment, elle tendit le bras sur le devant de ma robe et massa mes globes tendres. Elle tira sur le col et baissa la tête, plaçant ses lèvres autour de mon mamelon, le suçant doucement avant de remonter. Son souffle refroidit la salive sur ma peau et mon autre mamelon se dressa.

Je fermai les yeux, me perdant sous la caresse.

— Ils ont un goût parfait, dit-elle.

— Oh mon Dieu, Sam.

La voix rauque de Gabe coula à travers moi. Pendant un instant, je me souvins pourquoi j'étais venue ici, mais cette pensée disparut alors que les exquises caresses buccales de Kendra s'intensifiaient.

— Cela signifie-t-il que tu ne seras plus disponible si tu le fréquentes ? demanda Kendra, abaissant l'autre côté de ma robe.

Je ne pouvais même pas répondre. Je retins mon souffle.

— Parce que je...

Elle embrassa l'autre mamelon.

— ... ne veux pas...

Elle l'embrassa à nouveau.

— ... t'abandonner.

Elle le tira avec ses dents puis le relâcha.

Mon disque de chair rebondit.

— Samantha, tes gémissements me font durcir. Tu as deux minutes avant que je vienne vous rejoindre. Il faut que tu te dépêches.

La voix de Gabe me rappela finalement sa forte emprise sur moi la nuit dernière, quand il m'avait plaquée contre le cabanon. Je me souvenais de sa poigne de fer alors qu'il avait glissé une main sous ma robe. Le souvenir était tellement clair et pourtant si lointain. Il fallut toute ma volonté pour me concentrer sur ma tâche. Je forçai mes yeux à s'ouvrir.

— J'aimerais que ça marche, avec vous deux. En fait, nous avons une offre pour toi.

Je fis glisser mon doigt le long de la lèvre inférieure de Kendra, sur son menton, son cou et le centre de son décolleté.

— J'aime où cela est en train de nous mener, dit Kendra, ses mains reposant sur mes genoux.

Je me penchai vers elle, laissant mes seins nus se presser contre sa poitrine.

— Je veux que tu regardes, chuchotai-je à son oreille, léchant son lobe le long du cartilage.

— Que je regarde quoi ? demanda-t-elle alors que ses doigts s'enfonçaient dans mes cuisses.

Mes mains tracèrent un chemin de sa taille en forme de sablier à ses jambes puis jusqu'à l'intérieur de ses cuisses. Je l'embrassai, taquinant gentiment ses lèvres avec ma langue. Tendant le bras, ma main toucha son sexe, sentant son nid de boucles. Elle ne portait pas de culotte.

Kendra recula et regarda mon sourire heureux.

Je pris en coupe sa chair gonflée. Mes doigts caressèrent ses replis et je commençai à étaler l'humidité.

Kendra ferma les yeux et je sus que je l'avais dans la paume de ma main.

— Oh, Sam, c'est incroyable. Que je te regarde me dévorer ? demanda-t-elle.

— Non. Que tu nous regardes baiser et que tu participes ensuite. Que tu le fasses jouir à nouveau pendant que je te lèche.

— Des promesses, toujours des promesses, Samantha, dit Gabe en riant.

— Sérieusement ? demanda Kendra.

Je glissai mon doigt en elle.

— Je te le promets. Ce sera le meilleur sexe de ta vie.

Je refermai ma bouche sur la sienne, laissant ma proposition lascive faire son chemin, espérant la remplir d'un désir qu'elle ne pourrait pas nier.

Elle gémit dans ma bouche alors que mes doigts entraient et sortaient d'elle, lentement, frottant mon pouce sur son clitoris gonflé. Mon autre main tint son sein engorgé, massant doucement le tendre mamelon à travers la soie.

Les doigts de Kendra s'enfoncèrent dans mes cuisses.

Je voulais qu'elle me caresse de la même façon. J'avais besoin de sentir l'étirement de ses doigts à l'intérieur de moi. J'écartai les genoux. Avec la libération de Kendra sur le bout de mes doigts, je bougeai mon pouce plus rapidement, son passage étroit me serrant en elle, prêt à exploser.

Lentement, je m'éloignai de sa bouche et poussai mes doigts plus profondément en elle, les maintenant immobiles.

— Mais tu dois venir ce soir, murmurai-je à son oreille.

— Oh, je vais venir, pas de doutes, gémit Kendra.

— Non, viens avec nous. L'avion décolle dans deux heures.

La voix de Gabe retentit dans un coin sombre de la chambre et je retirai ma main.

Comment diable était-il arrivé ici ?

— Es-tu venu pour te joindre à nous Gabe ? gloussa Kendra d'un ton enivré.

La pilule qu'elle avait prise devait commencer à faire de l'effet.

— Nous partons. Maintenant.

Gabe se dirigea vers le lit et embrassa les doigts trempés que je venais de sortir de Kendra. Un feu s'alluma dans ses yeux argentés alors que je réajustai mes vêtements. Il tira sur le col de ma robe, remettant le tissu sur mes seins libérés.

— Tu sais que je ne peux pas quitter le club, Gabe.

Kendra sauta du lit en fronçant les sourcils. Une poussée d'adrénaline semblait avoir tué son désir. Elle croisa les bras et se précipita vers la fenêtre, nous tournant le dos.

Gabe serra les poings jusqu'à ce que ses jointures blanchissent.

— Ce n'est que jusqu'à vendredi prochain. Tristan s'occupera du réapprovisionnement pendant la semaine.

Elle secoua la tête.

— Tu ne peux pas impliquer Tristan.

— Je n'ai pas le choix, Kendra, dit Gabe en s'approchant d'elle.

Au début, je pensai qu'il allait vers elle pour la réconforter et essayer de la raisonner, mais il sortit quelque chose de sa poche au moment où Kendra se retourna.

Elle baissa les yeux sur la seringue qu'il tenait avant qu'il l'enfonce dans son bras.

— Je ne peux pas croire que tu t'abaisses à utiliser le truc de Trist...

Kendra tomba en arrière vers le banc derrière elle. Gabe la rattrapa avant qu'elle touche le siège.

— Qu'as-tu fait ? demandai-je, abasourdie.

— Elle est sous sédatif. Je n'avais pas le choix. Kendra ne serait jamais partie. Elle plane, dit Gabe en la prenant dans ses bras.

— Qu'en est-il du club ?

— Tout est déjà arrangé, Sam. Suis-moi.

Gabe ne se dirigea pas vers l'entrée que j'avais empruntée ; au lieu de ça, il passa à côté du banc, vers la salle de bain.

— Est-ce que Martinez... ?

— Pas maintenant, Sam.

Le ton froid de Gabe laissa une traînée d'hiver derrière lui.

Je suivis ses pas rapides à travers la salle de bain. La faible lueur des lumières d'en bas à travers le miroir sans tain éclairait notre chemin.

— Ouvre cette porte pour moi, ordonna-t-il.

Le placard ? Je tirai sur la poignée, mais ce n'était pas un placard. Un escalier conduisait au rez-de-chaussée.

— Dépêche-toi.

De la froideur persistait dans son ton.

Je suivis Gabe à l'arrière du club, consciente de chaque pas qu'il faisait. Pourquoi était-il si froid avec moi ? Son charme et ses délicieux baisers faisaient-ils partie de son plan pour nous garder, Kendra et moi, en sécurité ? Cela n'avait-il été qu'un travail pour lui ? Quelques séances de pelotage ne signifiaient pas que Gabe s'intéressait à moi au-delà du sexe. Il m'avait donné ce que je voulais – sans aucune attache. Pourquoi avais-je l'impression que mon cœur venait d'être piétiné ?

Je dois me concentrer sur Kendra.

Gabe porta Kendra dans l'escalier. Son corps inerte se balançait.

Je le suivis jusqu'à la porte de derrière. Une limousine était garée le long du trottoir. Le conducteur ouvrit la portière pour nous.

— Merci Charlie, dit Gabe.

Le chauffeur qui avait installé les nouvelles serrures chez moi semblait être aussi polyvalent que mon détective privé.

De l'autre côté de la rue, Martinez nous regarda monter dans la voiture. Je me dépêchai de verrouiller la portière derrière moi.

La limousine démarra lorsque Gabe tapota le verre noir qui nous séparait du conducteur.

Je regardai par la vitre arrière et je vis Martinez se mettre au milieu de la rue, les mains glissées dans les poches de son manteau noir.

Je crus le voir tirer quelque chose de sous ses vêtements, puis le replacer.

— Était-ce...?

— Oui.

Gabe leva les jambes de Kendra pour les enrouler sous elle et la recouvrit d'une couverture. Elle se blottit dans le siège en face de moi.

Mes jambes tremblèrent. J'appuyai sur mes genoux pour arrêter les spasmes tout en regardant les nuages flotter dans les reflets des bâtiments du centre-ville que nous dépassions. Je serrai les poings. Que diable étais-je en train de faire ?

Gabe s'assit à côté de moi et m'entoura de ses bras. Le froid de l'hiver, à son contact, devint printemps.

Ma tension se relâcha alors que je fondais dans son étreinte comme du beurre dans une poêle chaude. Son odeur musquée me rappelait la maison et le réconfort.

— Ne t'inquiète pas, Sam. Je ne laisserai jamais rien t'arriver ni à Kendra.

Il prit ma main dans la sienne et réchauffa mes doigts de son souffle.

Gabe était de retour à son état normal, plus froid ni distant, et je me demandais s'il avait raison en disant que son dévouement à son travail serait sa chute.

Je ramenai mes genoux contre ma poitrine.

Gabe défit ma prise et me souleva pour me mettre à cheval sur ses genoux. Il fourra mes paumes sous sa chemise afin de réchauffer mes mains sur sa poitrine.

— Tu es gelée.

Mes mains se collèrent à son corps et j'appuyai ma tête sur son épaule. Se rendait-il compte de ce qu'il faisait pour moi ? Comment chacun de ses petits gestes faisait-il s'agiter les papillons dans mon estomac ?

Je ferais n'importe quoi pour lui. Je ne serais pas capable de dire non à Gabe, tout comme je n'avais pas pu dire non à Casey. Et éventuellement, je finirais par souffrir. Je n'arrivais pas à voir une autre alternative. D'une certaine manière, Gabe trouverait un moyen de me faire du mal, tout comme Casey l'avait fait. Mais Gabe n'était pas comme mon ex. J'avais reçu plus de mon détective privé en deux courtes semaines que j'en avais eu en deux ans avec Casey. Tout était tellement déroutant. J'avais laissé tout espoir d'une vie remplie d'amour mourir avec Kevin.

Kendra bougea. Son visage paisible ressemblait à celui d'un ange déchu. La pauvre ne savait pas qu'elle venait d'être enlevée. Elle avait presque un sourire sur son visage. J'aurais dû être une meilleure amie ; peut-être qu'elle ne serait pas dans le pétrin dans lequel elle se retrouvait aujourd'hui.

— Va-t-elle s'en remettre ? Que lui as-tu donné ? demandai-je à Gabe.

Son front se plissa et il passa ses mains dans ses cheveux.

— Un mélange de relaxant musculaire et de somnifère. Elle s'en remettra.

— J'espère qu'elle est allée aux toilettes récemment.

Gabe rit.

— Qu'y a-t-il de si drôle ?

— Toi. Nous sommes là, fuyant le pays, et tu penses aux pauses pipi de Kendra.

— Eh bien, si c'était moi... dis-je en pointant la bave qui coulait sur le menton de mon amie. Je ne voudrais pas que ma vessie me lâche parce que quelqu'un a décidé de m'assommer.

— Elle va seulement dormir quelques heures pendant le vol. Elle va s'en remettre, crois-moi, dit Gabe en étendant ses jambes. Kendra sera en colère contre nous. Tu devrais t'y préparer.

Sa voix contenait un soupçon d'appréhension.

— Je peux gérer Kendra, dis-je.

— Je n'en doute pas.

L'amusement flottait dans l'air.

— Où allons-nous ? Je n'ai rien emporté de chaud.

— J'espère que tu n'auras pas besoin de beaucoup de vêtements, dit-il en souriant et en resserrant son étreinte autour de moi.

Je sentis un doux renflement sous son jean.

— Nous allons rater notre dîner, ce soir, dis-je.

— Je pense que je peux trouver un moyen pour me faire pardonner.

Un sourire espiègle étira son visage. On aurait dit que le comportement de Gabe avait changé du tout au tout.

Je reculai pour regarder dans ses yeux éblouissants. Mes sourcils se froncèrent.

— Du moment que ce n'est pas un rendez-vous.

— C'est plus un sauvetage. Si je t'avais laissée ici, Martinez t'aurait tuée.

— On dirait que vous vous connaissez, tous les deux.

— Non. Martinez est nouveau dans le jeu de son patron, mais tout aussi mortel. Es-tu d'accord avec tout ça ?

— Oui, mentis-je.

Comment pouvais-je lui dire que je n'avais jamais été aussi confuse, heureuse et effrayée en même temps ?

— Mon travail ! Je n'ai pas eu de réponse à ma demande de congés.

— J'ai parlé à ton patron. Tout est réglé, Sam.

Il me serra le bras.

— Considère ça comme de petites vacances.

— Pour quelle société travailles-tu ? Tu montres une carte mystérieuse à la police et les gens s'inclinent devant toi dès qu'ils te voient. Tu parles à mon patron, et je me retrouve avec des vacances ?

— Je ne travaille pour personne, Sam. Je suis un des propriétaires de Cross Entreprises avec mes cousins Tristan et Julian Cross.

Quoi ? La plus grosse entreprise de sécurité et de détectives privés de l'État ? Pas étonnant que ce nom me semblait familier.

— Tu savais que Kendra n'accepterait pas de quitter le club, n'est-ce pas ?

— Oui.

— Alors pourquoi m'as-tu demandé d'essayer de la persuader ?

— J'avais besoin que vous soyiez toutes les deux au même endroit pendant que je réglais quelques détails, dit-il, puis il sourit avec espièglerie. Et je voulais voir jusqu'où tu étais prête à aller.

Des papillons familiers s'agitèrent contre les parois de mon estomac.

— Et as-tu aimé ce que tu as entendu ?

— Oui et non.

Ses yeux argentés hypnotiques me mettaient encore une fois dans un état second.

Je secouai la tête.

— Je ne comprends pas.

— Je me suis rendu compte que ce n'étaient pas seulement les mains d'un autre homme que je ne voulais pas voir sur toi, mais également celles de Kendra.

La main de Gabe glissa sur mon genou nu. Sa paume se pressa sur moi comme un fer chauffé, sa chaleur se propageant de ce seul point dans mon corps entier. Le contact de cet homme était plein de promesses auxquelles je n'avais fait que rêver ; sensuel et attentionné, et pourtant puissant et possessif.

Me voulait-il vraiment pour lui tout seul ? Que cela voulait-il dire ? Je croyais que nous nous étions mis d'accord pour que les choses entre nous restent légères. Mon cœur rata un battement.

— Et je ne veux tes mains sur personne d'autre que moi, ajouta-t-il.

— Ce n'est pas un problème, M. Silver.

Je me frottai contre sa cuisse.

Sa main se recourba gentiment sur ma nuque.

— Bien que ton flirt avec Kendra, c'était chaud.

Il effleura ma lèvre supérieure avec la sienne.

— C'était chaud, confirmai-je contre sa bouche.

— Je n'en doute pas.

Gabe me fit taire d'un baiser. Le désir qui imprégnait sa bouche apaisa mes lèvres comme s'il ne m'avait pas embrassé depuis des semaines.

À cet instant, je sus que tout irait bien. Mes doigts s'enfoncèrent dans ses cheveux et j'oubliais l'étranger qui m'avait menacé dans le parc. Quand j'étais dans les bras de Gabe, le monde autour de moi disparaissait. Ma main glissa plus bas, vers le renflement de son jean, sentant l'excitation gonfler au plus profond de mon ventre, se propageant de plus en plus bas.

Ses doigts, me pétrissant avec insistance, se poussaient contre mon dos.

Le besoin pressant de me donner à lui grandit. Son érection se frottait contre moi et je balançai mes hanches d'avant en arrière, me souvenant de son épaisseur en moi. Hier semblait déjà si loin. Je me penchai sur son oreille, mordillant doucement son lobe. Sa joue rugueuse irrita ma peau.

— Je pense que je dois t'aider à te raser.

— En ce moment, je ferais n'importe quoi pour toi.

— Tu ne sais pas ce que tu es en train d'offrir, Gabe.

— Je suis sérieux, Samantha.

Gabe fouilla mes yeux, mais je n'étais pas sûre moi-même de savoir ce que je voulais de lui. J'avais juré de ne fréquenter personne. Je ne voulais pas d'une relation. Pourtant, j'avais l'impression que nous étions ensemble depuis des années.

— À quoi penses-tu ? murmura-t-il.

— Au fait que je me sens en sécurité dans tes bras.

Bien que ce ne soit pas tout à fait vrai, je ne mentais pas. L'étreinte de Gabe était l'endroit le plus sûr que je pouvais imaginer.

Son bras se resserra autour de moi.

Je m'appuyai contre sa poitrine et fermai les yeux, humant les vestiges de son musc mélangé avec un peu de sueur.

Il embrassa le sommet de ma tête.

Au moment où nous arrivâmes à l'aéroport, le soleil était à quelques centimètres au-dessus de l'horizon. La limousine s'arrêta à côté d'un avion privé de la taille d'Air Force One, qui aurait pu convenir au président lui-même.

— Vas-tu me dire où nous allons ? demandai-je, hypnotisée par l'équipe d'hommes habillés en noir qui mettaient des valises de couleur assorties dans la soute à bagages.

— En Nouvelle-Zélande, répondit-il en se penchant vers moi.

Le plus long trajet que j'avais fait était de Manhattan à Calgary, lors de vacances de ski.

— Vraiment ?

— J'aime la façon dont tes yeux brillent quand tu es excitée.

— Idem.

Je retins mon souffle, me sentant chanceuse d'avoir rencontré Gabe, même si les circonstances étaient désastreuses.

Une fois que nous embarquâmes, l'équipe d'aides disparut.

Gabe porta Kendra dans une des chambres près de la section médiane de l'avion.

Je n'arrivais à me remettre de l'aménagement de bon goût, des lumières apaisantes et de l'équipement informatique. Tout cela me rappelait un hôtel moderne haut de gamme ou un bureau de présidence. S'il n'y avait pas eu les hublots, qui se teintaient sous le contact d'un doigt, je ne me serais pas rendue compte que nous étions dans un avion.

— Qui as-tu dû tuer pour te permettre ce genre de chose ? demandai-je en observant les canapés et les fauteuils en cuir couleur crème.

Ma main vola à mes lèvres gercées alors que je cherchais une bouteille d'eau.

Gabe verrouilla la pièce sans laquelle il avait déposé Kendra.

— Un certain nombre de méchants, dit-il en riant.

Quelque chose me dit qu'il ne plaisantait pas tandis qu'il me conduisait à l'avant de l'avion.

Gabe enleva ses chaussures et ses chaussettes et les plaça à côté de l'un des fauteuils. La vulnérabilité le consumait lorsqu'il était sans ses chaussures. Il remua ses orteils et je me demandai ce que ce serait de les toucher avec mes pieds. Les pieds de Gabe valaient la peine qu'on les regarde. Si ce qu'on disait au sujet des hommes avec de grands pieds était vrai, il en était la preuve. Il s'assit près d'un hublot et tapota le siège à côté de lui.

Je m'installai alors qu'il étendait ses jambes.

— Un plus petit avion n'aurait-il pas été suffisant ? demandai-je.

— Le petit n'est utilisé que pour les vols intérieurs.

— Je plaisantai, Gabe. Combien d'avions possédez-vous ?

— Quelques-uns.

— Et tu ne pilotes pas ?

— Pas ce soir.

— Aimeriez-vous quelque chose à boire, M. Silver ? nous interrompit une hôtesse vêtue d'une jupe droite et d'un chemisier décolleté.

— De l'eau, Catherine. Et un soda pour Sam.

J'aimais la façon dont il m'appelait Sam de temps en temps. Cela me permettait de respirer et de me détendre. Et Gabe donnait l'impression de reconnaître tous mes besoins, y compris la soif. Comment faisait-il ça ?

— Et s'il vous plaît, Catherine, prévenez-moi lorsque le rapport de toxicologie arrivera.

— Oui, monsieur, bien sûr.

Gabe sortit un ordinateur de sa mallette.

— J'espère que cela ne te dérange pas de rester avec moi pendant que je travaille. Mais si tu le souhaites, tu peux aller dans la chambre à l'arrière de l'avion.

— Non. Je préfère rester avec toi. Quel rapport de toxicologie ?

— J'ai pris un échantillon du sang de Kendra. Il faut que nous sachions à quoi nous avons affaire.

Je plissai le front et je bus une gorgée de mon eau.

— Quel est le problème ? demanda-t-il.

— Les yeux de Kendra. Ils étaient…

— Rouges ?

— Oui.

— Si Martinez est impliqué, Kendra est dans quelque chose de plus que de l'ecstasy. Ne t'inquiète pas, Sam. Il ne sait pas où nous allons, alors nous sommes en sécurité.

Gabe déposa un baiser sur ma joue.

— Détends-toi. Repose-toi un peu avant que nous nous arrêtions en Californie. Tu auras besoin de beaucoup d'énergie plus tard.

Il appuya sur un bouton et mon siège s'allongea en même temps que le sien.

Alors que ma tête s'abaissait, une vague de sommeil se précipita dans mes veines. Mes paupières s'alourdirent.

Gabe me recouvrit d'une couverture. Je ne me souviens même pas d'avoir fermé les yeux.

CHAPITRE 10

Un cri strident me réveilla. Mes yeux me piquaient et ma tête était lourde. Ma montre m'indiqua qu'il était trois heures du matin. J'avais dû manquer un atterrissage en douceur et un décollage après que nous nous soyons ravitaillés. Les stores des hublots étaient baissés et les lumières de la cabine étaient tamisées.

Un oreiller se trouvait à côté de moi, mais Gabe avait disparu.

J'entendis une dispute provenant de la cabine où Kendra était supposée dormir.

Je me dirigeai vers les sons sur la pointe des pieds.

La lumière brillait à travers la fine ouverture de la porte de Kendra. Cette dernière faisait les cent pas, portant toujours sa nuisette, ses bras croisés sur sa poitrine.

— Je pourrais te poursuivre pour ça, cria-t-elle.

— K, je n'avais pas le choix. Tristan était d'accord avec moi.

— Tristan ne régit pas ma vie !

— Il garde juste un œil sur toi. Il se soucie de toi. Lorsque j'ai investi dans Kissed, je lui ai promis à mon tour de garder un œil sur toi.

— Tu es un hypocrite. T'es-tu soucié de quelqu'un depuis la mort de Jo ?

— Ne t'engages pas sur cette voie, dit Gabe en baissant la voix.

Je me demandai qui était Jo.

— As-tu laissé quelqu'un t'aider alors ? demanda Kendra.

Cela me semblait mal d'écouter cette conversation, mais son contenu me figeait sur place.

— K, je te préviens. Laisse Jo en dehors de ça.

Mais Kendra n'était pas du genre à laisser tomber.

— Est-ce que le fait de t'être planté une fois ne t'a pas appris à t'occuper de tes affaires ?

Gabe lui attrapa le poignet.

— Si tu ne planais pas autant, je te renverserais sur mes genoux et…

— Et quoi, Gabe ? Tu me donnerais la fessée ? dit Kendra en riant. Ne fais pas de promesses que tu ne peux pas tenir.

— Tu es incroyable ! dit Gabe en levant les mains. Je suis impatient que Carla mette la main sur toi.

— Tu vas m'obliger à la voir ?

Les yeux de Kendra s'écarquillèrent.

— Exactement, K.

Il semblait que Gabe avait gagné la dispute. Qui que soit Carla, Kendra n'aimait pas ça.

— M'enlever n'est-il pas suffisant ?

— C'est pour ton bien, K.

— Tu as changé depuis Jo. Tu avais l'habitude d'être marrant. Maintenant, tu es en mode FBI, essayant de protéger tout le monde autour de toi.

Le silence assourdissant paraissait plus fort que les moteurs de l'avion, et je décidai que c'était le bon moment pour entrer dans la pièce.

— Tu es complice de ça ? dit Kendra en me pointant du doigt.

Gabe se dirigea vers moi. Il était de nouveau pieds nus. Comment les pieds de quelqu'un pouvaient-ils être si séduisants et distrayants ? Y avait-il une partie de son corps qui ne l'était pas ? J'en doutais.

— Kendra, un homme a menacé nos vies cet après-midi. Tu es droguée et tu dois de l'argent à un gangster qui est venu à ton club avec une arme ! dis-je.

— Vous m'avez espionné ? demanda-telle, le menton tremblant.

Jouait-elle la comédie ?

— Tu ne m'as pas laissé beaucoup de choix, K, ajouta Gabe.

— Et tu as essayé de me piéger.

Elle écarquilla les yeux dans ma direction.

— Nous avons pensé que c'était la seule façon de te faire sortir du club.

— En te servant du sexe ?

Elle essaya de paraître blessée, mais ses yeux brillaient d'amusement.

— Écoute, il ne sert à rien de se disputer au milieu de la nuit.

Je fermai les yeux pour un instant. L'adrénaline des douze dernières heures commençait à se faire sentir.

— Où allons-nous exactement, Gabe ? demanda Kendra.

— Dans l'île de Kawau. C'est à l'est de la Nouvelle-Zélande.

Les coins de la bouche de Kendra s'incurvèrent. Elle saute dans les bras de Gabe et colla sa bouche sur la sienne. Ses jambes s'enroulèrent autour de la taille de mon détective privé qui posa automatiquement ses mains sur ses fesses pour soutenir son poids.

Ma mâchoire s'en décrocha.

— Merci, merci, merci !

Kendra l'embrassa entre chaque remerciement. Puis elle se dégagea et se dirigea vers la porte au fond de la pièce.

— J'ai besoin de me rafraîchir.

Elle nous lança un baiser invisible avant de disparaître.

— Tu parles d'un changement d'humeur.

Je croisai les bras sur ma poitrine. Voir Kendra dans les bras de Gabe en train de l'embrasser m'avait titillée, et pas dans le bon sens.

Gabe s'approcha de moi et me souleva le menton, puis il me prit dans ses bras.

— Je suis désolé que tu la voies dans cet état. Son attitude ne va pas disparaître. Clara, notre gouvernante va l'aider avec le sevrage. Elle travaillait dans un centre de désintoxication en Australie. Ce ne sera pas la première fois qu'elle aidera Kendra.

— Sais-tu ce qu'elle a pris ?

— Pas encore. Tristan y travaille. Kendra a vendu cette substance au club en pensant que c'était de l'ecstasy. Mais à ce stade, je ne serais pas surpris si elle savait que ça n'en était pas.

— Va-t-elle s'en sortir ?

— Je l'espère. Il faut que Kendra nous laisse l'aider. Ce n'est pas quelque chose qu'elle a l'habitude de faire.

Je me blottis dans ses bras, sentant des frissons me parcourir le corps. Même si elle ne voulait pas de notre aide, je ne pouvais pas laisser tomber Kendra. Elle aurait fait la même chose pour moi.

Gabe avait dû prendre une douche. L'odeur de son après-rasage frais m'enveloppa.

Moi, d'un autre côté, je portais encore la sueur de mon jogging. J'aurais aimé avoir été celle qui l'avait rasé. Me ferait-il confiance avec un rasoir ? Cette pensée agréable disparut quand une autre vague d'épuisement me força à fermer les yeux. J'avais l'impression que mon corps était mou et fatigué comme celui d'un cadavre.

— Tu vas bien ? Tu trembles, dit Gabe en me tenant par les épaules.

— Je suis encore fatiguée. Kendra est-elle toujours aussi affectueuse ?

Je ne voulais pas ressembler à une petite amie jalouse, mais je ne pouvais pas m'en empêcher.

Gabe éclata de rire.

— Tu n'as rien à craindre, Sam. Tu es la seule qui m'intéresse. J'espère que ce n'était pas bizarre.

— Tu veux dire plus bizarre que de lui offrir un plan à trois ?

— Tu sais que ce n'est pas la raison pour laquelle nous quittons le pays, pas vrai ?

Il effleura ma lèvre inférieure avec son doigt.

— Oui. Dommage, dis-je en souriant.

— Tu es la plus grande allumeuse que j'ai jamais rencontrée, dit-il en faisant glisser ses mains dans mon dos.

Ses pieds s'immiscèrent entre les miens. Le contact de sa peau sur mes pieds nus me provoqua des picotements dans tout le corps. Seigneur, j'avais encore tellement envie de lui. Je le regardai dans les yeux.

— Tu sais, je ne pense pas que la nuit dernière était suffisante, dis-je.

— Non ?

Son sourire en coin correspondait à l'étincelle dans ses yeux.

— Je pensais que tu te souviendrais de cet orgasme durant plus longtemps que vingt-quatre heures. C'est du moins ce que tes cris impliquaient.

— Je ne l'ai pas oublié. J'en veux juste un autre.

Le bruit de l'eau qui coulait nous parvenait de la salle de bain. Je passai d'une jambe à l'autre en serrant mes genoux.

— Utilise la salle de bain de Kendra, dit-il en pointant la pièce où mon amie avait disparu. Les autres sont en cours de rénovation. J'ai besoin de prendre quelque chose à l'avant. Je te retrouve dans la chambre ?

— C'est un renc...

Ma main vola à ma bouche.

— Disons que c'est un rendez-vous d'affaires, dit-il avant de m'embrasser et de s'en aller.

J'aimais ce genre de rendez-vous. Sentant l'accumulation de pression dans ma vessie, je me précipitai dans la salle de bain.

La silhouette nue de Kendra était esquissée dans le verre dépoli de la douche.

— Kendra, j'ai besoin de faire pipi.

Je croisai les jambes.

— Vas-y, Sam. Mais ne tire pas la chasse.

Alors que je m'asseyais en essayant de me concentrer sur mon affaire, je vis le renflement de la poitrine parfaite de Kendra se détourner de moi.

Me détendant, je finis par trouver le soulagement. Je regardai mon amie faire courir ses mains le long de ses courbes et souhaitai que la porte de la douche soit transparente afin de pouvoir la voir passer ses mains sur sa peau caramel.

Une fois fini, j'aurais dû m'en aller, mais le picotement dans mon ventre m'en empêcha.

En plus, si j'étais sur le point de prendre mon pied avec Gabe, je ne pouvais pas le laisser sentir la sueur qui couvrait mon corps depuis mon jogging. Oui, une douche était exactement ce dont j'avais besoin.

Kendra se pencha en avant, ses fesses se pressant contre la porte de la douche. Le souvenir de leur chaleur ronde sous mes doigts me revint.

— Comptes-tu prendre une douche ? demanda-t-elle.

— Oui, après toi, répondis-je.

— En fait, tu pourrais m'aider à laver mon dos.

Sans hésiter, je baissai les bretelles de ma robe et détachai les boutons. À chaque inspiration que je prenais, la luxure traversait mon corps comme une drogue. Des souvenirs de notre nuit ensemble me consumaient. J'imaginai le corps humide de Kendra glisser contre le mien dans la douche, ses mains explorant tous les coins et recoins de ma peau. Était-ce juste mes hormones qui parlaient ? Avais-je été tellement en manque pendant toutes ces années ?

— Une minute, dis-je.

Ma robe glissa sur le sol et je regardai le pâle reflet de mon corps nu blanc poudreux et de ma culotte colorée. Une partie de moi voulait sauter dans la douche parce que je savais exactement ce qui se passerait dès que Kendra me toucherait, mais quelque chose au fond de moi me retint. Au début, je pensais que c'était de la culpabilité. Mais je n'avais encore rien fait. Puis, je réalisai que les seules mains que je voulais vraiment sur moi étaient celles de Gabe.

— Tu viens ? demanda Kendra.

— Je... je ne peux pas.

Je retirai ma main de la douche.

Kendra regarda par-dessus la porte et mes mains volèrent sur ma poitrine, couvrant mes seins.

Les bords de ses yeux n'étaient plus rouges et elle semblait plus sobre que durant les deux dernières semaines.

— Quel est le problème ? Ce n'est pas comme si je ne t'avais jamais vue nue.

— C'est différent maintenant. Tu sais ce qui se passera si je rentre là-dedans.

— Oui.

Elle se mordit la lèvre inférieure, puis sourit.

— Et je suis vraiment impatiente que tu le fasses.

— Tu planes encore, et en plus, cela me donne l'impression d'être infidèle.

J'attrapai une serviette propre d'un panier et l'enroulai autour de mon corps.

— Vous êtes sérieux à ce point, tous les deux ? me demanda-t-elle.

— Je ne sais pas exactement ce que nous sommes.

— Je croyais que tu ne faisais que t'amuser.

— Moi aussi, mais…

— On dirait que tu as attrapé le virus.

— Quel virus ?

— Le virus de l'amour.

Kendra leva les yeux au ciel et se concentra à nouveau sur sa douche.

— Kendra, je t'en prie, n'en parle pas. Je ne crois pas que je pourrais gérer une relation sérieuse. C'est trop tôt.

— Je ne le ferais pas, mais Sam, je ne pense pas que Gabe soit prêt, lui non plus. Il n'est pas intéressé par qui que ce soit, pas de cette façon en tout cas. Aussi ouvert qu'il serait probablement pour un plan à trois, il ne peut pas t'aimer. Il n'aimera personne pendant encore très longtemps.

— Comment le sais-tu ?

Je baissai la tête et m'assis sur la cuvette des toilettes.

— À cause de sa femme.

CHAPITRE 11

J'agrippai ma serviette autour de moi et fuis de la salle de bain. Gabe était marié ? M'avait-il fait marcher tout ce temps ? Je secouai la tête en me précipitant à l'arrière de l'avion, dans la chambre de Gabe. Le lit extra large m'engloutit dans ses draps alors que j'essayais de me cacher.

Deux semaines après avoir rencontré Gabe, je me retrouvais dans son avion, volant vers la Nouvelle-Zélande, à moitié nue et en sueur. Nous avions eu une aventure et il était marié ! Dans un coin de ma tête, une alarme résonna tandis que la partie logique de mon cerveau se mettait en marche. Gabe n'avait jamais porté d'alliance ou mentionné une femme. Le dévouement qu'il mettait dans son travail pour protéger les gens frisait le comportement obsessionnel compulsif, sans jamais vraiment franchir la ligne. N'avait-il fait que me protéger ? N'étais-je qu'un travail pour lui ? Mon cœur battait la chamade en signe de protestation.

La porte grinça sur ses charnières.

— Tu es là ? chuchota Gabe.

Je resserrai mon emprise sur les draps et fermai les yeux. Tout l'enthousiasme de l'avoir en moi avait disparu.

Le lit bougea légèrement tandis que Gabe rampait sous les draps.

Je maintins mes yeux aussi fortement que je le pouvais et retins mon souffle. Mon pouls s'accéléra.

Gabe se blottit contre moi par-derrière, en position de cuillère. Son corps apaisant contre le mien allégea la tension dans mes muscles. Son odeur musquée flotta jusque dans mes poumons. Bien que je ne veuille pas l'admettre, Gabe était le meilleur remède pour toute maladie, à n'importe quel moment ; même un possible cœur brisé.

— Je sais que tu es réveillée.

Je sentis son souffle sur mon oreille. Gabe fit glisser son doigt le long de ma paume en faisant de petits cercles apaisants, envoyant des picotements agréables dans mon corps. Je lâchai les draps et il entrelaça ses doigts avec les miens.

— Je ne suis pas marié, Samantha. Et aussi fort que je te veuille en ce moment, tu devrais dormir. Je vais rester à côté de toi. Je le promets.

Il attira mon corps près du sien.

Je le crus.

Le long souffle que j'avais retenu s'échappa tandis que je détendais la pression ferme de mes paupières. Casey m'aurait déjà mise à genoux devant lui, exigeant que ma bouche sur son sexe s'excuse d'avoir fait une simple erreur. J'avais eu tellement de chance de rencontrer quelqu'un comme Gabe qui non seulement connaissait mes pensées, mais qui ne me réprimanderait pas chaque fois que mon esprit s'égarait. Il effaçait toute mon anxiété avec une seule caresse. Comment savait-il ce que je pensais ? *Il n'est pas marié.* Je souris et finis par m'assoupir.

LORSQUE JE ME RÉVEILLAI, Gabe était pressé contre moi. Son énorme érection frottait contre mes fesses.

Le désir se déclencha en moi et je voulais tenir son membre dans ma main. Cela faisait longtemps que je n'avais pas caressé un homme comme ça. J'aurais dû saisir ma chance la nuit dernière, mais l'assaut des orgasmes que Gabe m'avait donné avait laissé mon corps épuisé. Une démangeaison sur mon cou attira mon attention loin de lui. Je levai doucement mon bras pour me gratter. Si nous allions faire quelque chose ensemble, j'avais besoin d'une douche.

— Tu es réveillée.

Gabe embrassa le dos de ma tête, puis mon épaule.

— Salut.

Je savourais le confort de son corps.

— Tu as parlé dans ton sommeil.

— Vraiment ?

Je n'avais jamais parlé dans mon sommeil auparavant.

— Quelque chose à propos de douches.

J'ai l'impression de ne pas m'être lavée depuis des jours.

Je bougeai très légèrement mes fesses contre lui.

Un doux sursaut derrière moi me signala le désir de Gabe. Où avait-il trouvé la force de se retenir ? Je voulais basculer mes fesses en arrière et le laisser me prendre, douche ou pas, mais Gabe déroula son corps du mien et sortit des couvertures.

— La salle de bain est libre. Nous atterrissons dans quarante minutes, alors tu ferais mieux de te dépêcher, dit-il.

Il passa un tee-shirt par-dessus sa tête. Le bas couvrait à peine son boxer et son délicieux renflement. Il surprit mon regard.

— Tu aimes ce que tu vois ?

— Je l'aimerais encore plus si tu étais ici, dis-je en tapotant le lit.

Gabe sauta sur le lit et s'accroupit sur le drap au-dessus de moi.

Pendant un instant, j'eus l'impression qu'il me faisait fondre avec son regard ; les flammes dans ses yeux argentés scintillaient.

— Crois-moi, Samantha, il n'y a rien que je désire plus que toi, mais je dois régler quelques détails avant que nous atterrissions.

Ses lèvres vibraient contre les miennes.

— J'ai bien compris que tu n'étais pas un mec spontané.

Avant que je puisse sourire, Gabe se baissa et m'écrasa. Ses lèvres tendres se raffermirent sous le contact, forçant ma bouche pour l'ouvrir. Sa langue prit le contrôle.

J'enroulai mes bras autour de son cou et le tirai sur moi. La housse de couette qui nous séparait était de trop. Son corps se moula au mien tandis que sa bouche tentante me taquinait avec des propositions qui ne pouvaient être satisfaites qu'en dessous de ma ceinture.

Il s'attarda avant de me relâcher. La faim rayonnait de ses yeux.

— Était-ce assez spontané pour toi ?

— Oui.

Je me soulevai pour un autre baiser, mais Gabe se déroba.

— Je suis désolé Sam, mais si je ne m'en vais pas maintenant, tu vas faire l'expérience d'un autre genre d'atterrissage.

— Mais c'est le genre que je veux.

Je lui volai rapidement un autre doux baiser.

— J'ai des choses à organiser avant que nous atterrissions. Mais je te promets que si c'est de la spontanéité que tu veux, alors c'est ce que tu obtiendras.

— Des promesses, toujours des promesses.

— Je tiens toujours mes promesses, Samantha.

Il m'embrassa encore une fois puis partit.

Je me rallongeai et eus l'impression d'être véritablement au paradis, flottant sur un nuage. Tout aurait été parfait si ma libido voulait bien se calmer lorsque je me trouvais près de Gabe – sinon j'allais finir par m'enflammer devant lui.

Après que nous eûmes atterri, Gabe aida les hommes à charger une limousine Hummer. Il était sérieux en laissant les dernières instructions à son équipage, mais chaque fois qu'il me regardait, le feu dans ses yeux argentés brillait, allumant une nouvelle flamme de désir en moi.

Kendra s'assit dans la voiture, les mains croisées sur sa poitrine. Elle avait l'air tourmenté. Une minute, sa bouche se courbait dans un sourire, puis celle d'après, elle fronçait les sourcils.

J'étendis mes jambes. Le jogging rose que j'avais fourré dans mon sac sentait encore la lavande.

Lorsque Gabe nous rejoignit, il me fallut toute ma volonté de ne pas le chevaucher à nouveau. Je me divertis en regardant la campagne verdoyante alors que nous roulions. De curieuses pensées se précipitèrent en moi tandis que je pensais à Kendra, à notre proposition d'un plan à trois, et à Gabe. Je me demandais ce qui allait se passer sur cette île. J'avais rencontré Gabe deux semaines auparavant, et ce que je désirais changeait chaque minute que je passais avec lui. Pour couronner le tout, Martinez voulait notre mort.

Le regard brûlant de Gabe ne me quitta pas un instant. Et, autant le corps nu de Kendra me paralysait chaque fois que j'y pensais, je ne pouvais plus m'imaginer avec elle. Du moins pas sans l'approbation de Gabe.

Lorsque nous arrivâmes à la maison, le soleil matinal était une lueur orange dans le ciel. Nous avions déjà perdu vingt-quatre heures au cours de notre voyage.

La limousine ralentie avant de passer par un portail de sécurité. Au-delà de ce dernier, un sentier ouvrait la voie. Des arbres bordaient les deux côtés de l'allée, menant à une forêt noire. La propriété semblait s'étendre sur des kilomètres.

Je jetai un œil à travers le pare-brise alors que le conducteur contournait une fontaine et se garait en face de la maison. Lorsque Gabe avait dit que nous séjournerions dans une maison de campagne, je m'étais attendue à un petit bungalow. Au lieu de cela, je fixais un manoir fait en verre.

De hautes colonnes métalliques soutenaient le toit du porche. Les parois vitrées couvraient pratiquement tout l'avant de la maison, exposant l'intérieur à quiconque à l'extérieur.

— C'est notre résidence privée, dit Gabe en ouvrant le coffre et en commençant à décharger.

Gabe avait dû vouloir dire 'résidence isolée', parce qu'il n'y avait rien de privé avec ses vitres du sol au plafond à la place de murs extérieurs. De la porte d'entrée, un couloir s'étirait jusqu'à l'arrière de la maison vers un jardin luxuriant et verdoyant. Encore plus loin se trouvait un miroir bleu d'eau immobile.

Charlie sortit de la limousine pour l'aider.

— Je m'en occupe, monsieur.

— Merci Charles.

— Cet endroit t'appartient ? demandai-je.

— Il appartient à la boîte. Cross Enterprises. Kendra, tu peux t'installer dans les quartiers de Tristan. Sam va s'installer avec moi.

Il passa son bras autour de mes épaules.

— Comme c'est pratique pour toi, répondit Kendra en lui lançant un regard mauvais. Combien de temps vas-tu me retenir prisonnière ici ?

— Cela dépend de toi. Partage avec nous ce que tu sais au sujet de ces drogues et nous pourrons tous rentrer à la maison. Et je veux également m'assurer que tu n'en consommeras plus.

— Mais je ne suis au courant de rien.

Elle battit des cils d'un air innocent.

— Très bien, alors j'espère que tu vas apprécier tes vacances. Carla est dans la chambre d'amis à côté de la tienne. Écoute-la et tout se passera bien.

Elle se dirigea vers la porte en tapant des pieds comme un enfant, en fronçant les sourcils et en boudant.

Je gloussai en la regardant entrer et monter l'escalier de verre. Elle semblait ne pas se soucier que l'on puisse voir la courbe de ses fesses tandis qu'elle marchait. En fait, j'étais certaine que s'exposer de la sorte était son but.

— Elle n'aime pas ça, n'est-ce pas ?

— Non, dit Gabe en secouant la tête. Mais nous n'avons pas le choix. Et crois-moi, Kendra se calmera après que Carla ait nettoyé son système. Elle aime beaucoup trop cette maison. Allez, entrons.

Il ouvrit les doubles portes en verre.

Dès qu'il entra, il enleva ses tongs. Il ne me fallut qu'un coup d'œil à ses pieds et mon esprit s'emballa, imaginant comment je pourrais m'y accrocher pendant qu'il planerait au-dessus de moi. Qu'y avait-il avec ses pieds qui me provoquaient des picotements dans tout le corps chaque fois que je les voyais ? J'enlevai moi aussi mes chaussures, mais j'aurais bien voulu porter des chaussettes. Mes membres, pour une raison que j'ignorais, étaient gelés bien qu'il fasse chaud.

— Quelle est la superficie exactement ? demandai-je en regardant autour de moi.

— Un peu plus de mille huit cents mètres carrés. C'est notre plus petite maison de vacances.

— Vous en avez de plus grandes ?

— Quatre, pour être exact. Nous avons besoin d'un endroit pour décompresser loin du travail de temps en temps.

— Mais nous travaillons. Sur Kendra. Non ?

Il sourit.

— Cela dépend comment tu veux travailler sur elle.

La chaleur se précipita sur mes joues. Même si Gabe m'avait dit qu'il ne voulait que ses mains sur moi et les miennes sur lui, je pouvais l'imaginer vivre le rêve de tout homme d'avoir un plan à trois. Gabe s'attendait-il à ce que je continue ce que j'avais commencé au club ? L'offre dont nous avions discuté était-elle réelle après tout, ou n'était-ce qu'un jeu ? L'idée d'un jeu m'excitait.

Gabe me conduisit dans la cuisine où un comptoir en marbre gris brillait, reflétant sa surface polie dans le miroir au-dessus. Je n'avais jamais vu un miroir dans une cuisine et plaignis la personne qui devait le nettoyer. Il donnait une impression d'infini et s'intégrait avec les murs de verre. Une table était dressée avec des bols de fruits, des pâtisseries, des croissants et des muffins. L'odeur du café me frappa comme un mur de briques, et mon regard s'élança vers le coin de la cuisine où les dernières gouttes infusaient.

Il prit son téléphone de sa poche et tapa rapidement quelque chose avant de le ranger.

— Carla a également préparé à manger. Si tu as besoin de

quelque chose, elle sera dans la chambre d'amis à côté de Kendra. Sinon, nous avons toute la maison pour nous.

Gabe se dirigea vers la machine à café et versa une tasse tout en ajoutant le lait en même temps. S'il y avait une chose pour laquelle Gabe était bon, c'était la polyvalence. Il versa une tasse de café noir pour lui-même.

— Tiens.

— Comment sais-tu ce que j'aime dans mon café ? demandai-je.

— Je suis le propriétaire d'une agence de détectives privés, Sam. Accorde-moi un peu de crédit. Et j'ai pris ce que tu avais pris dans ce café à New York.

Il me fit un clin d'œil.

Je pris la tasse de ses mains. La chaleur me rappela comment mes mains avaient été froides. J'avais besoin d'une autre douche chaude pour me réchauffer.

Gabe mit sa tasse de café de côté. Il fit un pas derrière moi et frotta mes épaules.

— Je suis heureux que tu n'aies pas pris de douche avec Kendra.

— Comment sais-tu ça ?

Sa main glissa sur mon cou et sur le renflement de mes seins. Il toucha le premier bouton de mon chemisier et je me souvins de l'émetteur sur la robe que je portais dans la salle de bain.

— Tu as tout entendu ? demandai-je, consciente de toutes les courbes de son corps derrière moi.

— Oui, je suis désolé de vous avoir espionné. Je pensais que Kendra s'ouvrirait à toi.

— Tu m'as entendu parler de toi.

— Je ne suis pas prêt pour une relation moi non plus, Sam.

Il me fit tourner.

— Mais cela ne veut pas dire que je ne tiens pas à toi.

Il embrassa mon front, glissant sur mon nez pour atteindre mes lèvres.

— Ou à ta bouche.

Ses doigts frôlèrent mon menton, descendirent le long de mon cou, puis sur mon décolleté.

— Ou à tes seins pointés.

Le coussinet délicat de son doigt glissa plus bas, vers mon nombril.

— Ou à ta peau douce.

Je fermai les yeux tandis qu'il éveillait tous mes sens.

— Ou à ce petit nid que j'ai promis de nourrir.

Il empauma mon sexe.

Seigneur, je le voulais tellement. Je serrai ma tasse pour arrêter les tremblements. Gabe me faisait me sentir tellement bien d'une manière inconfortable.

Ses lèvres touchèrent doucement les miennes. Le goût du café noir s'attardait sur sa bouche.

Le baiser me fit tourner la tête, comme si j'avais passé la nuit à boire.

Sa paume moula la chair gonflée entre mes jambes, ajoutant à mon état désorienté.

— Tu trembles.

Il s'éloigna.

Ne t'arrête pas. J'ouvris les yeux.

Ses mains frottèrent mes bras.

— J'ai froid.

— Tu me sembles plutôt brûlante.

— C'est à cause de toi.

Je le blâmais sans vergogne, mais c'était la vérité. Personne ne m'avait jamais fait me sentir si bien et si mal en même temps. La façon dont il parlait ouvertement de mon corps était quelque chose que Casey n'aurait jamais fait.

— J'aime la façon dont ton corps réagit à mon contact.

— Tu as un contact magique.

— J'ai l'intention d'utiliser un peu plus de magie très bientôt. Ma chambre est la troisième sur le gauche. Tu peux t'y installer avec moi ou prendre la chambre d'amis à côté.

— Je pense que je vais prendre la chambre d'amis, le taquinai-je.

— Je ne peux pas promettre que je n'apparaitrais pas comme par magie là-bas non plus.

Je gloussai.

— Quoi que tu décides, mets-toi à l'aise. Je vais décharger les bagages et serais bientôt là. Essaie de te détendre, Sam. Il semble que nous allons être ici pendant un moment.

Il m'embrassa à nouveau.

Mes pieds froids attirèrent ma concentration vers les stries de soleil qui filtraient à travers les fenêtres.

— Comment peut-on avoir de l'intimité avec les murs en verre ?

Gabe appuya sur un bouton sur le mur. La totalité des fenêtres sur le devant de la maison se teinta.

— Kendra va bientôt dormir pour se débarrasser des drogues. Nous devrions avoir toute l'intimité dont nous avons besoin.

Cette pensée me rendit nerveuse et m'excita en même temps. J'étais maintenant à l'endroit le plus sûr possible, avec l'homme le plus séduisant qui soit et il me désirait.

— J'aimerais me rafraîchir.

— Ma chambre a une salle de bain. Elle est beaucoup plus confortable que celle à côté de la chambre d'amis.

Il haussa les sourcils.

Bien sûr qu'elle était plus confortable. Je ne m'attendais pas à ce que la chambre de Gabe ait moins que des installations d'un complexe cinq étoiles.

— Vous rendez mon choix difficile, M. Silver.

— Profite de ton bain, Samantha.

Il m'embrassa et me poussa vers l'escalier avec une petite tape sur mon derrière. La piqûre de sa peau s'attarda sur moi comme une brûlure agréable.

À l'étage, la chambre de Gabe était décorée simplement, moins colorée et beaucoup plus élégante. Des draps blanc et gris se détachaient sur la toile de fond vert extérieure. Je m'approchai de la fenêtre. Une baie circulaire bleue décorait l'horizon, et je poussai sur une poignée métallique pour sortir sur le balcon. La sérénité de cette maison était à couper le souffle. Un chemin en pierre conduisait à une plage privée de sable blanc où un bateau était amarré à la rive. Au loin, une brise paisible ébouriffait le miroir parfait de l'eau. La baie était isolée des deux côtés par des collines vertes qui, j'assumai, faisaient partie de la propriété. Personne ne pouvait accéder à cette plage, sauf si l'on nageait jusqu'ici.

Une légère odeur de chlore attira mon attention sur une piscine à débordement en dessous. Sa surface imitait la danse du vent, avec des ondulations et de douces vagues. J'aimais cet endroit et je me demandais comment Kendra avait pu le garder secret.

Dans la salle de bain, je dirigeai mes pieds gelés vers une baignoire sur pieds située en plein centre de la pièce. Je tournai le robinet et ajoutai du bain moussant. Le mur externe s'étirait vers l'extérieur et l'emplacement de la paroi de verre faisait délibérément face aux grands arbres pour préserver l'intimité. De la vapeur se forma rapidement et je trempai mes orteils glacés dans l'eau. La chaleur coula dans tout mon corps. L'arôme apaisant de la lavande et du lilas détendit mes muscles. Je fermai les yeux, sentant la chaleur pénétrer ma peau jusque dans mes os.

Était-il possible de considérer la fuite loin d'un gangster comme des vacances ? Avec Gabe à mes côtés, je trouvais facile de me détendre et d'oublier pourquoi nous étions ici. Je lui faisais confiance comme je ne l'avais jamais fait avec personne auparavant. Cela faisait si longtemps que quelqu'un n'avait pas pris soin de moi comme il le faisait. J'avais été indépendante depuis le jour où ma mère avait été hospitalisée. Le jour de mon départ pour l'université. Juste après que Kevin meure, je m'étais fermée à tout, et ce n'était que maintenant, sous la houlette de Gabe, que je sentais les murs que j'avais érigés s'écrouler lentement.

Et voilà que Gabe entrait dans la salle de bain comme s'il sortait tout droit de mes rêves. Je n'avais jamais pensé que la vie avec un homme pouvait être si sûre et enrichissante, même si la mort planait au-dessus de nos têtes. La seule vie que j'avais connue était celle où je devais subvenir aux besoins de mon petit ami et lui servir de bonne à tout faire. C'était une vie où un souvenir douloureux que je ne voulais plus avoir guidait mes choix. Mais tellement de choses avaient changé depuis que j'avais rencontré l'homme qui se tenait en face de moi.

— Apprécies-tu la vue ?

La voix de Gabe me fit sursauter. Il se dirigea de l'autre côté de la baignoire en portant une serviette enroulée au-dessous de l'os de ses hanches.

Je retins mon souffle. Le triangle parfait de son bassin se dévoilait juste au-dessus du tissu blanc. Il était parfaitement sculpté. Ses abdominaux donnaient l'impression d'avoir été peints sur lui.

Je voulais faire courir mes doigts sur les creux et les vallées entre ses muscles jusqu'à la courbe délicieuse sous la serviette.

— Oui, répondis-je en lui souriant.

— Dehors, Sam. La vue extérieure, sourit-il à son tour.

— Ça aussi.

Je me sentais un peu plus courageuse.

— Puis-je me joindre à toi ?

Je n'avais jamais pris un bain avec un homme auparavant.

— Oui.

Je ne m'attendais pas à ce que mes cordes vocales tremblent autant, mais la pensée de Gabe avec moi dans la baignoire faisait bouillir mon sang. Les bulles me couvraient juste au-dessus de mes seins, mais sous le savon aérien, chaque parcelle de ma peau s'était transformée en un capteur qui voulait se connecter avec son corps brûlant.

Gabe tira sur le rebord de sa serviette et elle glissa sur le sol en marbre, l'exposant dans toute sa gloire.

CHAPITRE 12

Il y avait tant de choses à regarder. Je ne pouvais pas m'empêcher de le fixer. Même si je l'avais déjà observé et eu en moi, c'était toujours un spectacle dont je ne pouvais me lasser.

Il entra dans la baignoire et s'assit à l'extrémité opposée. Le niveau d'eau s'éleva jusqu'à mon cou, débordant presque sur les côtés.

Il se pencha en avant et releva mon menton.

— Ferme cette bouche, Sam. Elle me rend fou quand tu l'ouvres et je ne pense plus qu'à l'embrasser.

— Je vais devoir oublier de la fermer plus souvent, alors.

Je l'ouvris un peu plus largement que la normale.

— Fais attention à ce que tu demandes, Sam.

Sous les bulles, ses mains touchèrent mes orteils. Il souleva ma jambe et plaça mon pied sur sa poitrine. Ses doigts commencèrent à en pétrir la plante. Chaque point de pression qu'il touchait faisait rayonner un courant de détente à travers mon corps. Gabe pressa son pouce à un endroit précis dont je me souvenais avec émotion et observa ma réaction. La pression fit irradier une sensation de picotement entre mes jambes, s'attardant là pendant quelques secondes. Il appuya de nouveau et je serrai les fesses.

— Détends-toi, Sam. Tu vas te sentir beaucoup mieux.

Je penchai la tête en arrière. Les doigts de Gabe travaillèrent sur la plante de mes pieds avant de se déplacer plus haut vers mon mollet. Chaque pression et caresse déclenchaient de profondes pulsions que personne n'avait jamais éveillées. Je voulais qu'il me touche partout.

Doucement, il abaissa mon pied gauche et s'occupa du droit.

Je fermai les yeux, laissant s'échapper la tension de mon corps chaque minute. Lorsque mon pied gauche toucha sa cuisse, mes yeux s'ouvrirent brusquement.

— Assieds-toi, murmura-t-il, et je me rendis compte que je m'étais assoupie.

Gabe versa du savon sur une éponge.

— Rapproche-toi.

Je glissai vers lui tandis qu'il se déplaçait vers moi. Mes jambes s'enroulèrent autour de lui et son érection frotta l'intérieur de ma cuisse. La chaleur entre mes jambes faisait fondre tous mes muscles. Je n'arrivais pas à croire ce qui arrivait à mon corps. Il répondait au contact de Gabe sans mon accord. J'avais l'impression d'être une marionnette avec des attaches.

Il plaça l'éponge sur mon épaule et la fit glisser le long de mon bras, puis remonta. La sensation de la matière douce associée au doux frottement me détendait. Un parfum de lavande s'attardait sur ma peau. Je penchai la tête sur le côté, autorisant Gabe à s'attaquer à mon cou, puis plus bas avant d'atteindre mon décolleté et de s'y arrêter.

— Je vais te laver.

Je hochai la tête.

— Entièrement.

Les flammes dans les yeux d'argent de Gabe brûlaient à plein régime et j'aurais juré sentir leur chaleur sur le bout de son sexe alors qu'il reposait entre mes cuisses.

L'éponge flotta librement sur la mousse tandis que Gabe tendait le bras derrière moi et défaisait l'élastique de mes cheveux. Mes boucles se répandirent sur mes épaules.

— Tourne-toi.

La voix de Gabe était à peine un murmure, le désir transparaissant dans chaque mot.

Je collai mes genoux contre ma poitrine et me tournai dans l'eau.

Les mains de Gabe s'enroulèrent autour de ma taille. Il m'attira plus près jusqu'à ce que son front s'appuie contre mon dos, piégeant sa virilité entre nous.

— Lève la tête.

M'appuyant contre sa poitrine, je levai les yeux vers la lumière apaisante sur le plafond. Un écran fin, ressemblant à un tissu transparent, se déroula sur la fenêtre. Il vacilla avec l'image d'un film d'un feu de cheminée crépitant.

De l'eau coula sur mes cheveux et je fermai à nouveau les yeux. Le contact de Gabe réveillait mes besoins intérieurs et chaque terminaison nerveuse de mon corps. La pression en moi grandit alors que le liquide chaud recouvrait ma tête et ses doigts commencèrent à répandre le shampooing sur mes cheveux. Il massa mon cuir chevelu, étalant lentement la mousse. Ses mains glissèrent sur mes épaules et sous la courbe de mes seins. Son cœur battait la chamade contre mon dos.

J'aimais le fait d'avoir moi aussi un effet sur Gabe.

Il lava chaque sein avec soin, puis abaissa sa main sous l'eau vers mon ventre, puis vers le petit nid de boucles. Ses doigts séparèrent mes replis avec expertise.

Je me pressai un peu plus contre sa main chaque fois que ses doigts glissaient le long de la peau.

Quand il eut fini, ses paumes glissèrent sous mes fesses, me soulevant un peu plus haut sur ses genoux. Il pétrit mon derrière avant de glisser ses doigts insistants le long de la raie, lavant un orifice qui n'avait jamais été touché. Un éclair de plaisir contracta mon sexe et je sentis Gabe sourire contre le côté de mon visage. Je n'avais jamais pensé que je laisserais un homme nettoyer mon corps si minutieusement.

— Fini, dit-il. Comment te sens-tu ?

— Dévergondée, murmurai-je.

— Eh bien, nous ne pouvons pas te laisser dans cet état, pas vrai ? Allons au lit. Il semblerait qu'il y a un autre orifice sur ton corps que personne n'a encore eu le plaisir de lécher.

Je fermai les yeux un instant, me souvenant du petit éclair de bonheur qui m'avait secouée lorsqu'il m'avait lavé à cet endroit.

— Attends.

Je me retournai dans la baignoire. De l'eau se répandit sur le sol.

Gabe me regarda verser du savon sur mes paumes.

Je lavai ses épaules, son cou et sa tête, de la même façon dont il m'avait lavée. Quand je me penchai pour rincer ses cheveux, mon mamelon toucha le côté de son visage.

— Tu me tortures, dit-il.

Ses yeux se fermèrent.

— J'ai presque fini.

Je versai de l'eau sur ses cheveux.

Gabe ouvrit les yeux et glissa de nouveau ses mains sous mon derrière.

Je sentis ses doigts s'enfoncer dans ma chair. Son érection toucha mon ouverture alors qu'il soutenait mon poids. Son regard se baissa sur mon sexe brûlant.

Je me centrai au-dessus de lui alors qu'il tenait son membre. La douleur de l'avoir à l'intérieur de moi grandit ; en fait, j'avais encore l'impression qu'il était là depuis la nuit dernière, et n'était jamais ressorti. Je me baissai sur lui et il glissa en moi.

Plus d'eau éclaboussa sur le sol.

Aucune douleur n'apparut aujourd'hui alors qu'il me pénétrait, rien qu'un étirement gratifiant. Chaque muscle en moi se serra autour de son épaisseur. J'utilisai mes genoux pour me soutenir alors que je me soulevais.

Gabe tint mes fesses, m'aidant à le chevaucher sur un rythme lent au début, gardant la majorité de l'eau dans la baignoire. Sa bouche trouva la mienne.

Cette fois, le désir ardent dans son baiser dur me laissa sans souffle. L'eau avait ridé les coussinets de ses doigts et il fit glisser ces ondulations veloutées sur ma nuque et dans mon dos. L'effleurement délicat sur ma chair se dispersa à travers ma peau.

Je bougeai un peu plus vite et un peu plus fort sur sa longueur, le frottement effréné contre son os pubien devenant plus désespéré. L'eau éclaboussa nos corps et les carreaux sur le sol.

La poitrine de Gabe se souleva, coincée contre la mienne, ses bras me tenant maintenant étroitement alors qu'il commençait à s'enfoncer plus profondément chaque fois que je me baissai. Frappant un point idéalement situé en moi, il fit éclater en moi chaque once de plaisir.

Je tremblai dans ses bras en agrippant ses cheveux à pleine poignée et j'étais certaine d'avoir mordu sa lèvre un peu trop fortement.

Sa chaleur me remplit alors qu'il se figeait au fond de moi. Et lentement, nos magnifiques tremblements commencèrent à s'apaiser.

Nous restâmes assis ainsi avec Gabe toujours à l’intérieur de moi, pendant quelques minutes. Avec mes bras autour de lui et les siens autour de mon corps, je posai ma tête sur son épaule. C'était à ça que devait ressembler le paradis.

Gabe me souleva et se retira. Il sortit de la baignoire et passa un bras sous mes genoux pour me prendre dans ses bras.

— Que fais-tu ?

— Tu as besoin de repos.

Me berçant dans ses bras, il me porta dans la chambre, laissant une traînée de pas humides et d'eau derrière lui. Les fenêtres étaient obscurcies. Un éclairage chaud et jaune d'une lampe de chevet brillait, jetant une ombre omniprésente. Gabe me déposa doucement sur le lit.

Le tissu en coton refroidit mon dos et je frissonnai.

Il tira la couette de côté et me borda sous les couvertures. Il me tint par-derrière, embrassant mes épaules et jouant avec mes cheveux jusqu'à ce que je m'endorme.

CHAPITRE 13

Une odeur de bacon et d'œufs me réveilla. Gabe me tenait toujours par-derrière comme il le faisait lorsque je m'étais endormie.

Je ne voulais pas bouger. Il se pressa contre mon dos et mes membres frissonnèrent sous la chaleur de son corps. De nouvelles douleurs dans mes muscles pulsaient à la suite de notre bain passionné. Je remuai mes orteils. L'aiguillon entre mes jambes était un rappel délectable de lui à l'intérieur de moi. J'étais certaine d'être meurtrie là. Nos corps se tordant s'étaient connectés comme deux parfaites pièces d'un puzzle. Mais mon appétit n'avait pas été satisfait. Je désirais Gabe plus que la nourriture, plus que quoi que ce soit d'autre au monde. Pourquoi n'avais-je jamais su que le sexe pouvait être aussi délicieusement épanouissant ? Il y avait des années que mes besoins étaient aussi importants que ceux de mon partenaire, sinon plus.

— Tu es réveillée, dit-il.

— Oui.

Je me blottis contre son corps.

— Tant mieux. Parce que je suis affamé.

— Je crois que Carla est en train de cuisiner, dis-je en me retournant pour faire face à Gabe.

— Ce n'est pas de ça que j'ai faim.

L'étincelle brûlante réapparut dans ses yeux.

— Non ?

J'ouvris la bouche, déconcertée pendant un instant, mais la luxure sur son visage ne me laisse pas m'interroger trop longtemps.

— Cette bouche est sur le point de t'attirer des ennuis.

Il tapota mon menton avant de se déplacer lentement sur mon corps afin de me surplomber. Il tendit le bras entre mes jambes.

— Tu es encore mouillée.

— Parce que je n'arrête pas de penser à toi. J'en veux plus.

— Eh bien, voyons ce que je peux faire à ce sujet.

D'un mouvement leste, Gabe me retourna sur le lit.

Il glissa sa main le long de mes fesses, dessinant chaque courbe, taquinant un peu plus bas jusqu'à ce que mon bassin se soulève instinctivement sous son contact.

— Lève un peu tes fesses pour moi. Mets-toi à genoux, dit-il.

Je fis ce qu'il demandait.

Gabe jeta les couvertures de côté. La chaleur de son souffle chatouilla mon derrière.

— Ton cul est parfait.

Il embrassa une fesse, puis l'autre et retourna à la première. Il répéta les petits baisers, se rapprochant chaque fois du centre.

— Je crois que personne ne s'est jamais occupé de ce petit trou. J'ai raison ?

Ses lèvres chatouillaient ma peau, mais dans le bon sens.

Je fermai les yeux alors que mon visage s'empourprait.

— Oui.

Je ne pouvais pas m'empêcher de me demander ce qu'il allait faire.

Il prit une fesse dans chaque main, les écartant tandis qu'il faisait glisser sa langue humide depuis le haut de ma raie jusqu'au bord de mon orifice.

Oh mon Dieu, que c'est agréable ! Je n'avais jamais pensé que quelqu'un pourrait m'embrasser ou me lécher là, comme s'il possédait chaque partie de moi. Sa langue caressa mon derrière et le bord d'un orifice dont je n'avais jamais pensé qu'il puisse m'exciter. Le délicat contact de sa langue envoyait des éclairs de plaisir depuis l'arrière de mon corps jusqu'à l'avant.

— Nous allons nous occuper de vous lentement, dit-il à mes fesses, appuyant doucement son doigt dans leur centre. Mais je suis trop affamé.

Un grognement primitif résonna dans sa gorge et il glissa jusqu'à mon sexe humide. Il était couché sur le dos et embrassait mes replis, son souffle brûlant contre ma fente.

J'abaissai mes fesses sur sa bouche et il sépara le sillon, léchant d'avant en arrière la longueur de ma fente avant de s'attarder sur la crête gonflée.

Le contact de sa bouche sur moi masquait la légère douleur que je sentais, résultat du sexe de la nuit dernière. Je m'appuyai plus fortement sur lui, voulant qu'il suce et lèche mon point sensible plus rapidement. Mais Gabe commença lentement, le taquinant. Plus il prenait de temps, plus je m'appuyai sur lui jusqu'à ce qu'il referme finalement sa bouche sur moi, me suçant fiévreusement comme s'il était en manque.

Ma boule de nerfs ne pourrait pas tenir très longtemps. Sa langue maîtrisait mon point sensible et je laissai échapper un grand cri. Convulsant avec des spasmes, je retombai à plat sur le lit. Sa langue était beaucoup plus habile que celle de Kendra. La façon dont il la faisait tourner entre de douces caresses, permettant à un léger souffle d'air de refroidir la chair chauffée, était atrocement douloureuse et électrifiante en même temps.

— C'était si rapide et si bon, dis-je entre deux halètements.

Ma poitrine se soulevait alors que je luttais pour remplir mes poumons d'air.

Gabe s'étendit à côté de moi. Il me prit dans ses bras et embrassa mon épaule.

— Maintenant, je suis prêt pour de la vraie nourriture.

— Tu es incroyable, dis-je en regardant dans ses yeux argentés étincelants.

Il avait dû être satisfait parce que leur feu habituel s'était estompé en une magnifique lueur.

Il ouvrit un tiroir de table de nuit.

Je m'attendais à le voir sortir un autre préservatif ; au contraire, il en tira une boîte noire enveloppée avec un nœud d'argent.

— Ouvre-la, dit-il.

— Qu'est-ce que c'est ?

Je m'assis sur le lit.

— Personne ne m'a intrigué ou surpris autant que tu le fais, depuis longtemps.

Il me tendit la boîte.

— J'espère que cela te rappellera de notre petite aventure.

Mon cœur battait la chamade tandis que je tirai sur le nœud d'argent et ouvrai la boîte. À l'intérieur, sur un tapis de coton, se trouvait un bracelet avec quatre breloques sur une chaîne en argent. Un verre à liqueur, une tasse de café, une culotte et un bouton similaire à celui que Gabe avait attaché à ma robe brillaient dans le soleil matinal. Chaque bijou renfermait un diamant éblouissant à l'intérieur ; le dernier avait quatre petits joyaux remplissant des trous destinés à faire passer le fil.

— C'est magnifique, murmurai-je en tenant le bracelet dans ma paume.

— J'aimerais en ajouter au fil du temps. Puis-je ?

Je tendis la main pour que Gabe puisse fixer le cadeau à mon poignet.

— C'est bien trop cher Gabe. Tu n'aurais pas dû. Quand as-tu réussi à faire ça ?

Je tournai ma main. Les joyaux se reflétaient dans chaque faisceau de lumière.

— Je peux me le permettre. Et j'ai un certain nombre de

personnes qui travaillent pour moi. Je n'aurais pas été capable de le faire sans leur aide.

Avec tous les gens que Gabe embauchait, je me demandai comment ils faisaient pour rester invisibles.

— Je ne sais pas quoi dire.

— Pourquoi pas que tu ne l'enlèveras jamais ?

— Je ne le ferais jamais. Je te le promets.

Je jetai mes bras autour de son cou et enroulai mes jambes autour de sa taille.

Il me tint dans ses bras et m'embrassa en faisant traîner des doigts le long de ma colonne vertébrale. Le léger chaume sur sa joue se frottait délicatement sur mon visage.

J'avais l'impression d'être la femme la plus chanceuse au monde.

— Je l'adore Gabe. Merci.

— J'en suis heureux. Et je t'en prie.

Je pris son visage en coupe et l'embrassai doucement.

— Tu as besoin d'un rasage.

Je sautai de ses genoux, attrapai son bras et le tirai hors du lit.

— Qu'est-ce que tu mijotes ?

— Pas de question. Viens.

J'entrai dans la salle de bain.

— Assieds-toi, dis-je en lui désignant le fauteuil et en mettant une serviette près du lavabo. Mets-toi à l'aise.

Gabe obéit et étira ses jambes devant lui en croisant les bras. Il attendit patiemment.

J'ouvris un des tiroirs sous le lavabo.

— Ah ! Je savais qu'un homme comme toi utiliserait un vrai rasoir.

— Attends, je sais me raser.

Un léger tremblement décora sa voix.

— Ne t'inquiète pas, mon grand-père était barbier. Je l'ai vu raser des centaines d'hommes quand je l'aidais dans sa boutique après l'école.

— Mais tu n'as pas rasé ces hommes toi-même, pas vrai ?

Ses yeux étaient fixés sur la lame tranchante dans ma main.

— Me fais-tu confiance ?

— Oui, mais…

— Pas de mais.

J'ouvris le robinet d'eau chaude. Lorsque de la vapeur commença à s'élever, je trempai un gant de toilette dessous, l'essorai et plaçai le tissu chaud juste au-dessous des yeux de Gabe. Le fauteuil avait été parfaitement installé pour qu'il puisse se pencher en arrière.

— Cela assouplira les poils, dis-je.

— Je suppose que tu sais ce que tu fais après tout.

Il finit par fermer les yeux.

— As-tu douté de moi ?

Je versai la crème à raser dans le petit bol. Alors que je faisais tourner le blaireau, mélangeant la mousse, je jetai un œil à Gabe dans le miroir. Avec ses jambes étendues, il était assis, nu et vulnérable dans le fauteuil. Les quelques poils sur sa poitrine avaient été une aire de jeu pour mes doigts la nuit dernière. Maintenant, son sexe, bien qu'au repos, était encore un spectacle qui me régalait les yeux. La façon dont il reposait sur le côté de sa jambe envoya une sensation de plaisir dans mon aine et je ressentis le besoin de le toucher, le caresser et le sentir durcir dans ma bouche. Cela faisait trop longtemps que je n'avais pas eu un homme dans ma bouche – un vrai, comme Gabe – Casey, le proxénète de son propre sexe ne comptait pas.

— Tu apprécies la vue ? demanda Gabe en ouvrant un œil.

— Toujours.

Je retirai le gant de son visage, consciente que mes mamelons durcissaient.

— Maintenant, détends-toi.

J'étalai la mousse sur son visage, d'abord vers le bas, puis en cercles, la façon dont mon grand-père le faisait, pour relever les poils. Attentive à ne pas faire d'erreurs, je me penchai vers lui.

Lorsque le souffle de Gabe réchauffa mes seins, je fis glisser mon mamelon le long de ses lèvres.

— C'est la première fois que je reçois un service de ce genre.

Il sourit puis prit le mamelon dans sa bouche, l'étirant.

Le plaisir se précipita dans mon ventre et sur mon sexe humide.

— Il y a une première fois pour toute chose.

Je me reculai à contrecœur, me demandant où les tendres baisers de Gabe nous conduiraient si je le laissais continuer. Je me retrouverais certainement en train de le chevaucher.

— Je vais te raser maintenant. Plus de distractions.

Je pris la lame plate entre mes doigts.

— Attends.

Gabe attrapa mon poignet juste avant que je touche sa peau.

— Tu as *déjà* fait ça, pas vrai ?

— Je me suis entraînée sur ma poupée Ken, dis-je en lui faisant un clin d'œil.

Gabe laissa échapper une longue expiration puis ferma les yeux.

— Tête en arrière et ne bouge pas !

Étirant la peau, je fis glisser la lame sous ses pattes sur le côté de son visage, dans le sens du poil, dans le même angle que j'avais vu mon grand-père le faire. Lentement et régulièrement. Le son du métal qui grattait doucement contre la peau de Gabe fit se dresser les petits poils sur mes bras. Ma main ne trembla pas du tout. Le mouvement de mon poignet me paraissait plus naturel que ce à quoi je m'étais attendue.

Gabe ne broncha pas. Il respirait régulièrement, relâchant la tension sur son visage chaque fois que je nettoyai la lame sur la serviette posée sur son épaule. L'odeur de sa peau et le parfum du savon au pin s'élevèrent dans l'air.

Lorsque je rinçai finalement la lame dans le lavabo, il ouvrit un œil.

— Tu es incroyable.

Sa voix, beaucoup plus détendue qu'auparavant, contenait un soupçon de luxure.

— Je suis heureuse d'avoir pu faire quelque chose pour toi, pour changer.

Je nettoyai le reste de crème sur son visage avec la serviette.

— Tu m'étonnes chaque heure, Samantha.

— C'est presque fini.

Je pressai le tube de crème hydratante et de lotion après-rasage dans ma paume et m'assis sur ses genoux, écartant les jambes de chaque côté du fauteuil.

Alors que j'appliquai le baume sur son visage, je le sentis durcir sous moi. Lorsque j'eus fini, mes mains glissèrent sur ses épaules et Gabe ouvrit les yeux. Ils m'éblouirent par le feu vif qui les habitait.

— J'adore que tu sois si humide et prête, dit-il.

La passion dans ses yeux me brûla presque. Le durcissement sous moi s'intensifia et je ressentis le besoin d'avoir Gabe en moi à nouveau. Je fis des cercles avec mes hanches, sentant la longueur de sa courbe s'étendre.

Je me soulevai un peu et tendit le bras entre ses jambes. Il remplissait ma main et je caressai son érection une fois, deux fois, trois fois.

La bouche de Gabe trouva mes seins et mes mamelons durcis. Il en fit tourner un entre ses doigts et mordilla doucement l'autre, le suçant et l'étirant avec ses dents. Cette nouvelle stimulation descendit jusqu'entre mes jambes et je me centrai au-dessus de lui.

— Tu as un goût parfait.

Mon sexe se contracta.

— Tourne-toi.

Gabe m'aida à me soulever et me retirer de lui avant de se redresser dans le fauteuil, puis, avec ses mains sur mes hanches, il m'abaissa sur son membre.

Son entrée en moi était aussi époustouflante la nuit précédente. Il m'élargit avec sa pénétration lente.

Je n'arrivais pas à croire combien c'était bon de l'avoir en moi. Le gonflement de son sexe augmenta alors que j'abaissai mes hanches puis les balançai de haut en bas dans un rythme insoutenable. J'appréciai encore plus cette position, le sentant au plus profond de moi. Le besoin de bouger plus vite et plus fort s'accentua. J'accélérai le rythme. Mon dos se pressait contre lui tandis que ses mains glissaient sur mes seins, les prenant en coupe. Ils s'adaptaient à ses paumes sans déborder.

— Samantha, lève-toi.

J'arrêtai de bouger.

— Je ne veux pas mettre de préservatif, expliqua-t-il. Et je n'aurais pas la volonté suffisante pour me retirer si tu es assise sur moi.

Je m'appuyai sur le comptoir et sentis Gabe me pénétrer de nouveau. Ses mouvements, plus lents du tout, introduisirent une multitude de sensations bienheureuses. Mes seins se balançaient sous moi.

Gabe garda ses mains sur mes hanches, me tirant sur lui à chaque poussée. Le bruit de ses bourses qui claquaient contre ma peau tonnait. Ses coups brutaux meurtrissaient mon ouverture et je me repoussai du comptoir, m'empalant encore plus profondément. Je voulais que chacun de ses martèlements impitoyables laisse une marque à laquelle je pourrais me raccrocher pendant des jours. Trois autres poussées et Gabe se figea avant de rapidement se retirer.

Un jet de fluides chauds coula sur mon dos. Dans le miroir, je le vis fermer les yeux alors que les plus petits muscles de son visage se contractaient sous le plaisir.

En expirant, il saisit la serviette que j'avais utilisée pour son rasage du comptoir et essuya mon dos, embrassa mon épaule, puis prit ma main pour m'amener sous la douche.

Gabe me lava de la même façon que la veille. Alors que ses mains glissaient entre mes jambes, il fit une pause.

— As-tu mal ?

— Non, dis-je en secouant la tête.

— Tu as tressailli quand je t'ai touchée. Peut-être que nous devrions un peu ralentir. Je ne veux pas te faire de mal, dit-il en plissant le front.

Je me touchai entre les jambes. La chair tendre était encore gonflée de l'assaut.

— Ça brûle un peu, mais je vais bien.

Je fis un petit pas en arrière.

— Hé, que se passe-t-il ?

Gabe leva mon menton pour que nous puissions nous regarder dans les yeux.

— Je vais bien, Gabe.

— Samantha, ta bouche ment, mais tes yeux disent la vérité. Dis-moi ce qui ne va pas.

— Je redoute seulement le jour où tout ça s'arrêtera.

— Pourquoi ça s'arrêterait ? demanda Gabe alors que ses yeux argentés brillaient.

— On n'appelle pas ça 'sans attaches' sans raison.

— Je croyais que c'était ce que tu voulais.

— Ça l'est.

— Alors profite du moment, Sam. Nous pouvons le faire durer autant que nous le voulons.

Je m'appuyai contre son torse alors que l'eau chaude coulait sur nos corps. Gabe était tout ce que j'avais toujours voulu, et même plus, et il était là, avec moi.

Ne réfléchis pas trop, Sam. Profite du moment. Mais j'avais bien peur qu'il ne soit déjà trop tard. Je commençais à vouloir que notre aventure dure pour toujours. Cela était-il seulement possible ?

CHAPITRE 14

Un doux grondement secoua le ventre de Gabe.

— Tu as faim ? demandai-je.

— Toujours.

— De nourriture ? dis-je en riant contre son corps.

— Oui, de ça aussi.

Gabe éteignit l'eau, attrapa des serviettes et nous sécha tous les deux.

J'étirai mes bras avant de tapoter mon ventre.

— Je pourrais manger un éléphant.

— Ne porte pas ton costume de naissance pour le petit déjeuner. Du moins, pas aujourd'hui, dit-il en me faisant un clin d'œil.

Je passai une robe à une bretelle que j'avais apportée par-dessus ma tête.

Gabe enfila un autre tee-shirt gris à col en V, pas aussi moulant que celui qu'il avait porté au bar, mais tout de même sexy. Je me demandai combien de tee-shirts de différentes nuances de gris il possédait.

En bas, Kendra était assise au comptoir de la cuisine, triturant la nourriture dans son assiette. La table était recouverte de fruits frais et de pâtisseries.

— Bonsoir K, dit Gabe avant de se diriger, pieds nus, vers la machine à café.

Je remarquai qu'il faisait encore nuit. J'avais complètement perdu la notion du temps.

— Bonsoir.

Le regard de Kendra trouva le mien.

— Te sens-tu mieux ? demandai-je.

— Clara a passé son temps à me gaver de fluides et de mixtures vertes qui ont un goût de vomi. Mais oui, je commence à me sentir mieux. Toi, par contre, tu brilles comme une luciole.

Le regard de Kendra m'observa de bas en haut.

— Je ne sais pas de quoi tu parles.

Je pris une carotte du plateau de crudités et croquai dedans. Le bruit fit le tout de la cuisine avant que Kendra rie de mon commentaire.

Ses yeux étaient toujours assombris et les bords étaient roses au lieu de rouge, mais elle avait l'air d'aller mieux.

— Menteuse. Qu'est-ce que c'est ? demanda-t-elle en pointant mon bracelet.

— Un cadeau.

Je sautai sur un tabouret, tendant mon bras pour qu'elle puisse examiner les breloques.

— Du lait ? demanda Gabe.

— Oui, s'il te plaît.

Je me tournai sur le tabouret pour regarder Gabe. Ses cheveux étaient ébouriffés dans un désordre parfait.

— On dirait que vous avez été très occupés tous les deux, dit Kendra.

— Ce ne sont pas tes affaires, répondit Gabe en souriant. Ça fait plaisir de voir que tu vas mieux. Carla t'a-t-elle aidée ?

— Oui, répondit Kendra en levant les yeux au ciel. Et ce sont mes affaires quand tu fais des promesses et que tu ne les tiens pas.

— Toi, plus que tout autre, devrais savoir que je tiens toujours mes promesses.

— Qu'en est-il de ton offre ? Voulais-tu vraiment un plan à trois ? demanda-t-elle à Gabe.

Un curieux et soudain afflux d'hormones rampa sous ma robe et j'écoutai attentivement la conversation.

— Une offre n'est pas une promesse. Et celle-là n'est plus d'actualité.

Déçue, mon intérêt retomba dans sa cachette.

— Tu ne sais pas ce que tu rates, Gabe, dit Kendra en souriant, mais Gabe l'ignora.

Il tira un siège près du comptoir de la cuisine, juste à côté de Kendra.

— Il faut que tu me dises quelles sont les drogues que tu vends et combien d'argent tu dois.

— Je ne sais pas de quoi tu parles.

Elle baissa les yeux.

— Plus vite tu nous le diras, plus vite nous pourrons revenir aux États-Unis et au club.

Les sourcils de Kendra se haussèrent.

— Ce n'est pas aussi simple, Gabe. Je suis compromise trop profondément pour impliquer quelqu'un d'autre. C'est trop dangereux.

Pour la première fois, je vis de l'inquiétude dans les yeux de Kendra.

— Nous sommes déjà impliqués. Tu as une famille puissante derrière toi. On a toujours le choix, dit Gabe, sa voix s'adoucissant.

— Je ne veux pas que quiconque soit blessé.

— Et nous ne voulons pas qu'il t'arrive quelque chose.

— Écoute, ce n'est plus de mon ressort. Si je ne vends pas et ne les rembourse pas, ils détruiront le club.

— Combien, K ? Qui sont-ils ?

— Tu sais exactement qui ils sont.

Kendra soutint le regard de Gabe. C'étaient comme s'ils avaient la même personne en tête, mais qu'aucun des deux ne voulait dire son nom.

Elle finit par briser le silence.

— Il est trop puissant, et il me traque pour que je le paie pour protéger le club depuis le premier jour. Ce n'est plus seulement au sujet de la drogue. Il a dit que si je ne voulais pas finir comme Jo, je ferais mieux de l'écouter.

— Tu aurais dû me le dire, murmura-t-il.

— Je ne voulais pas te le rappeler.

La voix douce de Kendra et l'expression bienveillante sur son visage me surprirent. Je ne me rappelais pas la dernière fois qu'elle avait été si attentionnée.

— Bon sang, K, tu sais combien ces personnes sont dangereuses. Ils ne plaisantent pas. Je ne pensais pas que cette pourriture aurait les couilles de montrer à nouveau son visage dans le coin.

— Cette pourriture ? demandai-je.

— Les mêmes types qui ont kidnappé...

— Kendra, Sam n'a pas besoin d'être plus effrayée qu'elle l'est déjà.

Mon pouls s'emballa.

— J'ai besoin de Tristan sur ce coup, dit Gabe.

— Tu ne peux pas impliquer Tristan.

— Je n'ai pas le choix, K. Il a fait partie de ta vie pendant très longtemps.

— C'est différent maintenant.

— Ça n'a pas d'importance. Tu sais qu'il t'aurait aidée. Et tu aurais dû me le dire.

— Tu es un partenaire silencieux, et ils m'ont dit de n'impliquer personne d'autre, sinon…

— Sinon quoi ? demanda Gabe, son visage pâlissant.

— Sinon ils s'en prendraient à Sam. Ils l'appellent la *vache à lait* qu'ils pourraient traire pendant un moment, tu sais, avec son métier et tout le reste, ils se sont dit qu'ils avaient une opportunité.

J'avalai le goût persistant de lait dans ma bouche.

Kendra baissa la tête dans ses mains, se mettant brusquement à sangloter.

— Quand as-tu pris une pilule pour la dernière fois ? demanda Gabe.

La culpabilité envahit le visage de Kendra.

— Kendra, quand ? répéta Gabe en fronçant les sourcils.

— Je n'en ai pas pris, mais j'en ai quelques-unes dans ma chambre.

— Et puis-je te faire confiance pour les ignorer ? demanda-t-il.

Elle secoua la tête.

— Où ? demanda Gabe en se levant.

— Cousu dans mon soutien-gorge. Gabe, tu dois me ramener au club. J'en ai vendu la plus grande partie et je peux payer.

Gabe donna un coup de pied dans le tabouret sous Kendra et l'attrapa par les aisselles avant qu'elle tombe.

Mes yeux s'écarquillèrent et je retins mon souffle.

Il tira sur son poignet, la tirant à travers la cuisine vers l'escalier.

— Et tu penses que ça s'arrêtera ? Tu ne quitteras pas cette maison jusqu'à ce que vous soyez toutes les deux en sécurité. Je te le promets, Martinez et son employeur paieront pour vous avoir menacées, Sam et toi, et pour avoir tué Jo.

Il marchait vite, traînant presque Kendra derrière lui.

C'était un aspect de Gabe que je ne connaissais pas. Un détective privé impitoyable dont les instincts prenaient le pas au premier signe de danger.

— Gabe, je vais bien. Je te promets. Je peux résoudre ce problème.

Kendra essaya de se dégager de son emprise.

— Ils sont venus vers toi exprès. Ils veulent se venger pour la dernière descente. Sam est en danger, et tous ceux qui travaillent au club pourraient être tenus responsables de tes erreurs.

— Mais...

Gabe leva un doigt, arrêtant Kendra.

— Tu aurais dû me faire confiance et m'en parler plus tôt. Ton seul boulot maintenant, c'est de rester à la maison et d'attendre.

Il la tira dans l'escalier.

— Tu ne peux pas m'enfermer dans ma chambre.

— Je n'en ai pas besoin.

Gabe attrapa un sac près de l'escalier et en sortit une boucle noire. Il la referma autour de la cheville de Kendra.

— Vraiment, Gabe ? Tu me traites comme une prisonnière !

— C'est pour ton bien. Reste à moins de cinquante mètres de la maison ou l'alarme se déclenche. En attendant, je vais m'occuper de tout. Montre-moi les pilules, Kendra.

Il continua à monter l'escalier.

Je n'avais jamais vu Gabe si contrarié. Je courus après eux, regardant par-dessus les marches en verre.

— Gabe, plaida Kendra. Je vais coopérer avec toi. Écoute-moi, s'il te plaît.

— Bien. Je te jure, parfois j'ai envie de te fesser jusqu'à ce que tu reprennes tes esprits.

— Gabriel ! criai-je.

Il se figea et les yeux de Kendra s'écarquillèrent.

— Je pense qu'elle dit la vérité.

Je montai les marches pour arriver à leur hauteur et retirai lentement sa main du poignet de Kendra. Le corps de Gabe trembla tandis que les veines de son cou pulsaient.

— Elle va bien, Gabe. Nous allons tous bien.

Je tirai juste un peu sur son bras.

Kendra frotta son poignet rougi.

— Je suis désolé, dit-il, ses yeux, pleins de tristesse et de douleur trouvant les miens. Je ne voulais pas t'effrayer.

— C'est bon, Gabe.

Je posai ma main sur sa joue brûlante.

— Nous allons tous nous en sortir si nous travaillons ensemble.

Ses yeux se remplirent d'un feu froid alors que sa respiration lourde s'apaisait.

— Sam, ces types n'hésiteront pas. Ils ne l'ont pas fait auparavant. Je... J'ai besoin d'air.

Il se retourna et se précipita par la porte arrière.

Je voulais le suivre, mais Kendra m'arrêta.

— Laisse-le. Il a besoin d'un peu de temps.

— Kendra, je dois l'aider. Il est blessé.

— Il va bien, Sam. Il est plus fort que tu le penses.

Je regardai par la porte arrière en verre, mais je ne pouvais voir quoi que ce soit au-delà de la piscine éclairée.

Nous retournâmes dans la cuisine. Mon estomac gargouilla et je mis des œufs brouillés dans mon assiette. Mais le goût était fade dans ma bouche lorsque j'essayai de manger.

— Que lui est-il arrivé ? demandai-je.

— C'est sa femme.

— Gabe n'est pas marié.

Je me demandai pourquoi Kendra avait tendance à laisser de côté des détails tels que la mort de quelqu'un. Gabe m'avait déjà dit que sa femme avait été tuée.

— Mais il était. Sa femme, Joanne, est morte et Gabe se reproche sa mort.

— Pourquoi ?

— Elle a été enlevée pour obtenir une rançon. Personne d'autre ne devait être impliqué. Gabe a payé, mais n'est pas arrivé à temps pour la libérer d'un cercueil. Ils n'ont pas tenu parole. Elle a suffoqué, enterrée vivante.

— Oh mon Dieu, c'est horrible.

Je couvrais ma bouche de ma main.

— Elle était l'amour de sa vie, Sam. Gabe était perdu, jusqu'à maintenant. Je ne sais pas comment, mais tu as réussi à gagner son cœur.

— C'est juste une ridicule aventure.

Elle secoua la tête.

— Non, c'est plus que ça, Sam.

Serait-ce possible ? Ma tête palpitait et je pressai mes doigts sur mes tempes. Je ne pouvais pas me concentrer sur des *'et si'* en ce moment.

— Kendra, je crois vraiment qu'il peut t'aider.

Elle secoua la tête.

— Je ne le laisserais pas se blesser. Il y a un moyen de m'en sortir, mais je ne veux pas impliquer Gabe. C'est la seule façon de faire reculer Martinez.

— À quoi penses-tu ?

— Avec ça, je ne peux pas sortir de la maison sans l'alerter.

Elle pointa le bracelet métallique autour de sa cheville.

— Mais toi, tu peux.

— Pour faire quoi ?

— Je vais passer quelques coups de fil. J'ai l'argent pour les payer. Le transfert de mon compte prendra trois jours, et je mettrai l'argent sur ton compte.

— Que veux-tu que je fasse exactement ?

— Jeudi matin, je laisserai des instructions dans une enveloppe. Tout ce que tu auras à faire, c'est de retirer de l'argent et de le livrer dans un endroit sûr. Je ne leur ferais pas savoir où est l'argent jusqu'à ce que tu sois de retour à la maison.

— Kendra, je ne cacherai pas ce genre de chose à Gabe.

— Si Gabe le découvre, il ne laissera partir aucune de nous deux, et quelqu'un d'autre au club pourrait être blessé. Gabe est en mode vengeance. Il ne remettra jamais de l'argent à quelqu'un qui est responsable de la mort de Jo.

— Mais devrions-nous le faire ?

— Nous sommes en sécurité ici, Sam. Ils ne savent même pas que nous sommes en Nouvelle-Zélande. Je sais que tu peux le faire. Une fois que l'argent sera livré et que tu seras en sécurité à la maison, nous leur dirons où le récupérer et ils ne se soucieront pas de savoir où nous sommes à ce moment-là. Et puis nous serons tous hors de danger. Tu préfères que Gabe risque sa vie ?

Bien sûr que ce n'était pas ce que je voulais.

— Il va essayer de compliquer quelque chose de simple s'il le découvre.

— Je ne sais pas, Kendra. Ça semble trop facile.

— Parce que *c'est facile*. Vas-tu le faire ? S'il te plaît ?

— Et la drogue ?

— J'ai arrêté. Clara ne m'a pas quittée jusqu'à maintenant. Je veux arranger les choses pour que nous puissions rentrer à la maison.

— Je croyais que tu aimais la Nouvelle-Zélande ?

— J'ai de bons souvenirs sur cette île.

Le regard de Kendra s'assombrit.

— Mais ce sont des souvenirs que je ne pourrais plus jamais avoir.

— Tristan Cross est ce mec secret que tu fréquentais, n'est-ce pas ? demandai-je.

— Oui.

— L'aimes-tu toujours ?

— C'est compliqué. Il ne m'aimera plus jamais. Mais ce n'est pas grave. Va voir Gabe. Il est sur le rivage.

Je regardai par la vitre dans la direction que m'indiquait Kendra. La lune d'argent exposait sa silhouette noire.

— Kendra, si jamais tu as besoin de parler, tu sais que je suis là pour toi.

— Merci. Mais il n'y a rien que tu puisses faire pour changer le passé. Maintenant, vas-y.

J'attrapai une pomme et fis lentement mon chemin sur le sentier de pierre. Comment pourrais-je ne pas dire le secret de Kendra à Gabe ?

CHAPITRE 15

— Est-ce que ça va ? demandai-je en enroulant mes bras autour de Gabe par-derrière.

Il n'avait pas bougé lorsque je m'étais approchée.

Une brise fraîche ébouriffa ses cheveux.

— Oui, je suis désolé pour tout à l'heure.

— Tu avais toutes les raisons d'être en colère.

— Non.

Il secoua la tête.

— Je n'aurais pas dû être si dur, mais il est toujours difficile de séparer mon métier de ma vie personnelle. Je ne peux pas laisser quelque chose t'arriver.

— Gabe, ton travail est une part de toi. C'est ce que j'aime en toi.

Il regarda droit dans l'océan noir.

— Joanne, ma femme, est morte à cause de mon travail.

Gabe se blâmait pour la mort de quelqu'un d'autre, mais je l'avais fait moi aussi. J'avais lutté pour vivre sans Kevin, me forçant dans une relation perverse avec Casey, niant toute possibilité d'amour parce que je ne le méritais pas. Kevin était mort et j'étais vivante. Comment allez-vous de l'avant après une telle perte ? Je comprenais Gabe plus qu'il ne le croyait et je souhaitai pouvoir lui dire que je ressentais sa douleur. Je serrai un peu plus mes bras autour de lui, ma tête reposant contre son dos.

— J'ai perdu mon premier amour moi aussi.

Les mots étaient sortis de leur propre chef.

Gabe se tourna pour me faire face.

— Je suis désolé. Je ne savais pas.

— Je ne voulais plus jamais aimer. Je ne crois plus aux relations, c'est pourquoi je ne veux fréquenter personne.

— Et tu t'es installée avec Casey parce que tu savais que tu ne pourrais pas l'aimer, dit-il.

J'acquiesçai, forçant pour passer la boule dans ma gorge et ma poitrine.

— Jo n'est pas morte à cause de toi, Gabe, finis-je par dire. Ce qu'ils lui ont fait n'était pas de ta faute. Il faut que tu arrêtes de te blâmer.

— Si j'avais appuyé un peu plus fort sur la pédale, je serais arrivé à temps. J'aurais pu la sauver.

— Tu as fait tout ce que tu as pu, Gabe. Ce sont eux qui l'ont kidnappée. Ce sont eux les méchants.

— C'est pourquoi je dois tout faire pour vous protéger, Kendra et toi.

— Tu es peut-être allé un peu trop loin avec le bracelet de cheville, dis-je en riant.

— Non.

Il secoua la tête.

— Si je ne me trompe pas sur Kendra, elle va essayer de régler tout ça par elle-même. Le bracelet la protège.

Des frissons coururent sur mon bras. L'intuition de Gabe le guidait mieux qu'il le croyait. La culpabilité contracta mon estomac et je me demandai si je devais lui parler des plans de Kendra. Si je le faisais, elle ne me le pardonnerait jamais et je voulais être celle qui garde Gabe en sécurité pour changer. Il ruinerait les plans s'il était impliqué. Les truands iraient après lui et je ne pouvais pas permettre cela. Tout ce que j'avais à faire, c'était récupérer l'argent et le livrer. Je pouvais tout arranger si facilement.

— Quel est le problème ? demanda-t-il en relevant mon menton. Tu es inquiète.

— Ce n'est rien. Que vas-tu faire ?

— Je dois rencontrer quelqu'un demain après-midi. Il devrait avoir des informations pour moi à ce moment-là.

Demain semblait trop loin. Peut-être que ce *quelqu'un* dirait à Gabe que Martinez avait été capturé, et que je n'aurais pas à aller en ville après tout.

— Tu es sûr que Kendra ne peut rien faire pour aider ? demandai-je. Elle semble sincère.

— Pas avant que toute la drogue ait quitté son système. Kendra a tendance à manipuler les gens lorsqu'elle est sous son influence.

Me manipule-t-elle ? Je n'arrivais pas à voir de faille dans son plan, outre le fait que Gabe ne devait pas être au courant. Je ne voulais pas lui cacher des choses, et peut-être que je n'aurais pas à le faire.

L'estomac de Gabe gronda comme s'il avait une fanfare là-dedans.

— Tu n'as pas mangé.

Je regardai dans ses yeux argentés brillants.

— Que suggères-tu ? demanda Gabe en souriant.

— De la nourriture, Gabe, tu as besoin de nourriture, ou tu n'auras pas la force d'explorer cet autre orifice dont tu parlais.

Il grogna.

— Ton genre d'offre a l'air beaucoup plus satisfaisant.

— De la nourriture Gabe ! dis-je en riant.

— De la nourriture alors.

Il prit ma main dans la sienne.

De retour à la maison, Kendra était assise sur le canapé. Dès que Gabe ouvrit la porte, elle se leva. Elle s'était changée pour un débardeur moulant. Les bretelles d'un haut de bikini blanc étaient attachées autour de son cou, poussant ses seins ronds vers le haut. Ses mamelons durs pointaient à travers le mince tissu, parfaitement centrés. Kendra tendit son bras avec la main ouverte. Au milieu de sa paume se trouvait une pilule blanche.

— C'est la dernière, Gabe. J'ai fini. Je te le promets. Tu n'as plus à t'inquiéter.

Il se dirigea vers elle et lui prit des mains.

Je ne pouvais pas m'empêcher de regarder sa poitrine, et elle le remarqua.

— C'est un grand pas, K.

Gabe examina la pilule, inconscient de notre petit échange.

L'électricité grésillait à travers la pièce alors qu'elle maintenait son regard sur moi.

— J'ai fait chauffer du bacon et des œufs pour toi. Le café est prêt aussi.

Kendra lui léchait vraiment les fesses, mais je ne pouvais penser qu'à une paire de fesses que je voulais qu'elle lèche.

— Merci, mais tu sais que le bracelet de cheville ne bouge pas, pas vrai ? dit Gabe.

Kendra leva les yeux au ciel quand Gabe ne regardait pas et je gloussai. Elle le suivit lorsqu'il contourna le canapé, mais continua à me regarder en se léchant les lèvres. Elle avait dû prendre des cours avec Peitho, la déesse grecque de la persuasion, sur la séduction et le charme.

Un arôme de roses émanait de Kendra, et la merveilleuse sensation de picotement revint dans mon corps. La tension entre nous grandit alors que je me tenais au même endroit, me demandant où elle voulait en venir avec ce flirt.

— J'aimerais piquer une tête dans la piscine.

Je pouvais presque voir les rouages du cerveau de Kendra tourner alors qu'elle essayait de trouver un moyen de se débarrasser du bracelet. Elle glissa ses pouces dans sa mini-jupe et s'assit sur l'accoudoir du canapé, les jambes ouvertes dans ma direction. Un triangle de chair rasée se voyait sous sa jupe courte. Kendra s'occupait de Gabe et moi en même temps, et elle faisait un excellent travail.

— Il est imperméable à l'eau, K. Tu peux nager, te doucher et faire ce que tu veux tant que c'est à cinquante mètres de la maison.

Gabe engouffra une cuillerée de nourriture dans sa bouche.

— Tout ce que je veux ? demanda Kendra, son regard affamé fixé sur moi.

Une vague de picotements agréables voyagea de mon nombril à mon aine. Mes jambes s'affaiblirent, mais je ne pouvais pas bouger.

Les yeux de Kendra brillaient de désir. Comment une seule personne pouvait-elle être responsable d'autant de tension sexuelle ?

La main de Gabe se figea avec la fourchette plein de nourriture, à mi-chemin de sa bouche. Ses yeux passèrent de Kendra à moi, puis retournèrent se poser sur Kendra.

— Ferme la bouche, Samantha.

Sa voix autoritaire me transperça.

Je sentis mes lèvres bouger, essayant de dire quelque chose, mais pas un mot ne les traversa.

Le regard de Gabe flamba d'une chaleur glacée.

Je fermai la bouche, mais je ne pouvais pas nier le désir croissant à l'intérieur de moi. Les souvenirs de la douce peau caramel et des fluides sucrés de l'antre brûlant de luxure de Kendra réveillèrent mes besoins salaces. Mes mamelons durcirent. Il ne faudrait pas longtemps avant que je nage dans une flaque de mes propres fluides.

Gabe se dirigea vers moi.

— Tu es à moi, et rien qu'à moi, chuchota-t-il à mon oreille avant de couvrir ma bouche d'un délicieux baiser.

Il tint fermement mon visage entre ses paumes, appuyant la moitié inférieure de son corps contre moi jusqu'à ce que je sente l'excitation dans son short. Il semblait se battre entre ce qu'il ressentait pour moi et ce que son corps voulait, tout comme le mien.

Quand il se recula, ma tête tournait. Je pris une profonde inspiration, essayant de contrôler mes pulsions, mais je ne pus m'empêcher de regarder furtivement Kendra, qui croisa les jambes avant que Gabe ait vu le spectacle qu'elle m'avait offert.

— Je ne remets pas ça en cause, Gabe, dis-je.

— Veux-tu aller à l'étage ? demanda-t-il.

Le feu dans ses yeux brûla chaque centimètre de mon corps.

— Je peux soulager ta faim.

La main de Gabe glissa sur mes hanches puis mon ventre. Il baissa lentement sa paume, cachée de Kendra, jusqu'à ce que je le sente toucher mon sexe.

Je pris une profonde inspiration et fermai les yeux, luttant contre l'envie de courir dans sa chambre.

— Non. Je *veux* rester ici.

Je pris les mains de Gabe dans les miennes.

— Allez-vous manger pendant que c'est chaud ? demanda Kendra en se dirigeant dans la cuisine.

— Oui, du moment que tu ne poses pas les mains sur Sam, l'avertit Gabe, mais ses mots n'exprimaient pas la même conviction qu'ils avaient eue une minute auparavant.

Le corps évocateur de Kendra devait avoir le même effet sur lui qu'il avait sur moi. Serait-il possible de faire en sorte que l'offre se concrétise ? Pourrais-je avoir Kendra et Gabe en même temps ? Était-ce ce que je voulais ?

— Ne sois pas grincheux, Gabe. Je suis sûre que nous pouvons tous avoir du plaisir pendant que nous sommes coincés ici, déclara Kendra.

Gabe lâcha ma main et se dirigea vers la cuisine. Le bruit de ses pieds nus contre le sol en marbre rampa jusqu'à mon corps comme un aphrodisiaque. J'imaginai sa peau brûlante se refroidissant contre la pierre à chaque pas.

— Je crois que tu devrais piquer cette tête dans la piscine pour te rafraîchir, dit-il en s'asseyant de l'autre côté du comptoir avant de plonger sa fourchette dans son assiette.

La façon dont ses mots roulaient sur sa langue semblait inviter Kendra à poursuivre son flirt.

— D'accord.

Elle fit passer son débardeur par-dessus sa tête, puis le jeta sur le canapé avant de se pencher sur le comptoir de la cuisine. Même de là où j'étais, je pouvais voir ses mamelons bruns pointer à travers l'étroit bikini.

Alors qu'elle se penchait en avant, sa jupe se releva jusqu'à ce que je vois la fente luisante entre ses jambes.

Ma langue s'élança pour toucher mes lèvres. Chaque bout de mes doigts me faisait souffrir tandis que je me rappelai les avoir poussés profondément en elle. J'entrouvris légèrement les jambes, laissant la brise légère refroidir ma chaleur. Ma culotte commençait à être trempée. Chaque terminaison nerveuse de mon corps me poussait vers Kendra, mais je restai immobile.

La main de Gabe se figea alors qu'il levait le bacon à sa bouche. Il reposa sa fourchette.

— Samantha, pourquoi ne viendrais-tu pas me rejoindre ?

Il désigna un tabouret à côté de lui. Ses yeux flamboyaient d'un feu intérieur. Ils n'étaient plus argentés, mais brillants comme une lumière de phare, guidant les marins en lieu sûr.

Sauf qu'il n'y avait rien de 'sûr' dans la façon dont Gabe me dévorait du regard.

Avec les dernières forces que je possédais dans mes jambes, je me précipitai vers lui. Laissant d'échapper tout l'air que j'avais dans mes poumons, je m'assis à côté de Gabe et je baissai la tête entre mes mains pendant un moment. Quand je relevai les yeux, la satisfaction rayonnait dans les yeux de Kendra.

Avec une main, Gabe tira ma chaise aussi près de la sienne qu'il le put et tendit le bras sous le comptoir.

Kendra mordit dans une pêche et lécha le jus sucré sur ses lèvres.

— Ne penses-tu pas que tu mérites de te détendre, Gabe ? Je suis sûre que nous pouvons t'aider à le faire, dit Kendra en me faisant un clin d'œil.

Sous couvert de la surface de marbre, Gabe souleva ma jupe. Sa main effleura l'intérieur de ma cuisse et j'ouvris mes jambes pour lui.

Le contact de ses doigts le long de ma peau laissa une traînée brûlante.

— Oui, nous avons besoin de nous détendre.

Mes mots semblaient avides tandis que mon pouls s'accélérait.

Je voulais avoir l'air désinvolte, mais il n'y avait rien de normal dans la façon dont mon corps tout entier se tendait et mon cœur battait dans ma poitrine. À ce stade, j'aurais accepté n'importe quoi.

Les doigts de Gabe s'enfoncèrent dans ma chair, juste au-dessous de ma culotte.

Je hoquetai rapidement alors que Kendra prenait une autre bouchée juteuse de sa pêche. Je n'aurais pas été surprise de savoir qu'elle pouvait voir combien mes reins avaient besoin d'elle et de Gabe.

Le frisson du jeu que jouaient Kendra et Gabe m'excita encore plus. Était-ce un jeu ? Kendra ne m'avait même pas touchée et tout ce que je voulais c'était deux paires de mains me parcourant pendant que je suçais ses replis délectables. J'avais besoin d'être léchée et baisée par les deux. Le pourraient-ils ? Le feraient-ils ? Je voulais la langue de Kendra et ses doux fluides roses tandis que Gabe me remplirait.

— Que penses-tu de ça, Samantha ? Un beau plongeon profond dans une piscine d'eau fraîche ? demanda-t-il en poussant ma culotte sur le côté.

Oh mon Dieu ! Tous mes muscles se tendirent en même temps.

— Mmm, oui, ça me paraît bien.

J'attrapai le verre d'eau de Gabe et le fis traîner sur le comptoir vers moi, le renversant presque.

Dans le même temps, les doigts de Gabe jouèrent avec ma moiteur, répartissant l'humidité entre chaque repli.

J'agrippai le verre jusqu'à ce que mes jointures blanchissent.

Kendra regarda vers la piscine pendant un moment.

— Oui, le temps est parfait pour une baignade.

Gabe poussa un doigt en moi en grignotant nonchalamment sa nourriture.

Comment diable pouvait-il rester si calme ? Je jetai un œil de côté et remarquai une bosse dans son pantalon. Il n'était pas aussi décontracté, après tout.

— Un plongeon dans la piscine, Samantha ? Est-ce ce que tu veux ? demanda-t-il.

— Non, murmurai-je.

Le son de ma voix attira leurs regards sur mon visage congestionné. Les doigts de Gabe s'arrêtèrent de glisser dans et hors de moi, et je serrai tous mes muscles autour d'eux, frustrée qu'ils aient cessé de bouger.

— Je veux dire, oui. C'est ce que je veux.

Le pouce de Gabe effleura légèrement mon clitoris.

Un sourire satisfait s'étendit sur le visage de Kendra.

— Je vous attends derrière.

Elle se déhancha vers la cour. Avant de partir, elle baissa sa mini-jupe sur ses hanches. Ses fesses en forme de poire n'avaient aucune marque de bronzage.

Nous regardâmes les courbes parfaites de ses fesses rondes alors que Kendra levait les mains jusqu'à son cou, déliait son haut de bikini et laissait tomber les deux triangles de tissu blanc sur le sol. Le bracelet autour de sa cheville était son seul accessoire. Elle abandonna derrière elle ses vêtements sans regarder en arrière. Le bruit d'un plongeon résonna de la cour arrière, et j'imaginai le liquide rafraîchissant avalant le corps de Kendra.

— Je te veux, dis-je en regardant Gabe. Et Kendra. J'ai besoin de vous deux.

Je n'en croyais pas mes propres oreilles, mais c'était tout ce que je voulais à ce moment-là.

— Je ne te suffis pas ?

Gabe recommença le mouvement de ses doigts. Il tourna mon tabouret vers lui et j'ouvris largement les jambes.

Je fermai les yeux un instant.

— Si Gabe, mais... Je ne sais pas comment l'expliquer.

Ma respiration s'altéra et j'ouvris la bouche. Chaque fois qu'il faisait tourner son pouce, la prise de conscience d'une libération imminente roulait à travers moi.

— As-tu déjà entendu cette expression, *la curiosité est un vilain défaut* ?

Il plongea ses doigts au plus profond de moi.

— Si tu n'as pas été satisfaite la nuit dernière, je vais devoir recommencer.

Il poussa plus fort.

— Encore.

Un autre doigt rejoignit le premier.

— Et encore.

Je criai de plaisir et Gabe se retira avant que je puisse jouir. J'attrapai sa main et la remis entre mes jambes, mais il l'éloigna.

— Ne t'arrête pas, s'il te plaît, le suppliai-je.

Les doigts de Gabe tracèrent le contour de mes lèvres.

Je goûtai ma propre essence fruitée sur son doigt, le pris dans la bouche et le suçai de la façon dont je lui aurais fait une fellation.

— J'ai toujours su que ta bouche t'attirerait des ennuis, dit Gabe.

Il sourit et je sus que je l'avais rallié à ma cause.

— Si tu veux Kendra, c'est ta seule chance, Samantha. Une fois. Après aujourd'hui, je ne te partage plus.

Mes yeux s'écarquillèrent.

— Toi et moi, ça ne changera pas ? demandai-je.

— Non, je vais m'assurer que tu n'oublies jamais notre aventure.

Je collai mes lèvres sur les siennes, le remerciant avec autant de passion que ce baiser m'autorisait sans que je me laisse totalement emporter.

Gabe rabaissa ma robe sur mes genoux et entrelaça mes doigts tremblants aux siens avant de sortir.

L'air de la nuit refroidit mon corps enflammé. Gabe tint ma main et nous traversâmes le patio en direction du bord de la piscine d'un pas régulier.

Kendra s'arrêta un instant avant de faire quelques brasses pour se rapprocher là où elle pouvait se tenir debout. Le dynamisme de l'eau portait ses seins voluptueux à la surface. La piscine, éclairée par le fond, ne laissait rien à l'imagination. Elle glissa vers nous jusqu'à ce que l'eau couvre à peine son piercing du nombril.

— Est-ce que vous entrez dans l'eau, ou devrais-je en sortir ? demanda-t-elle.

— J'entre.

Je lâchai la main de Gabe et lui présentai mon dos.

Il descendit la fermeture éclair de ma robe. Le bout de ses doigts laissa un chemin brûlant le long de ma colonne vertébrale. J'avais l'impression que tous mes sens faisaient des heures supplémentaires.

Kendra regarda. À chaque mouvement que je faisais, ses yeux vacillaient et ses mamelons durcissaient.

Je baissai les bretelles de ma robe jusqu'à ce que le tissu tombe sur le béton. Me retournant vers Gabe, je passai mes bras autour de son cou et l'embrassai avec une ardeur impitoyable.

Sa langue joua avec la mienne, explorant chaque recoin de ma bouche. Ses lèvres tracèrent un chemin sur mon menton jusqu'à mon oreille et mon cou. L'air chaud asséchait la piste humide qu'il laissait avec sa bouche.

Ma tête se renversa en arrière et je laissai Gabe parcourir ma clavicule jusqu'à la rondeur de mes seins.

Il prit un mamelon durci dans sa bouche et le suça doucement. Le contact de ses mains sur mon visage me ramena au présent.

Gabe glissa ses mains sur le côté de mes courbes, saisit ma culotte et l'abaissa jusqu'au sol. Quand ses doigts caressèrent mon petit nid de boucles, je crus que j'allais exploser. Une caresse et j'entrerais en éruption, mais Gabe savait exactement ce qu'il faisait. Je pourrais dire, par l'éclat de ses yeux, qu'il me voulait aussi excitée que possible.

Avec une longue inspiration, je me tournai vers la piscine.

Les lèvres de Kendra s'entrouvrirent légèrement alors qu'elle me regardait entrer dans l'eau d'un pas prudent. Le plaisir cascada sur mes membres tandis que je réalisai que je l'avais excitée elle aussi. Lorsque l'eau toucha mes replis, l'effet rafraîchissant ne fut pas suffisant pour calmer mon ardeur.

— Reste là, commanda-t-elle en bougeant enfin.

Elle hésita et déglutit péniblement. Était-elle aussi nerveuse que je l'étais ?

Je tournai la tête pour regarder Gabe qui avait baissé son short.

Son érection se tenait parfaitement droite et je pouvais encore la voir grossir. Gabe plaça sa main sur sa hampe et commença à la caresser doucement tout en nous observant, Kendra et moi. Le mouvement lent de sa main m'incitait à aller vers lui pour le prendre dans ma bouche, mais les courbes de Kendra étaient un spectacle que je ne pouvais pas ignorer.

Avec à peine trente centimètres qui nous séparaient, Kendra pinça mon mamelon entre ses doigts. Une sensation douloureuse me traversa le corps, mais elle se transforma rapidement en une boule de plaisir entre mes jambes.

Gabe prit une profonde inspiration et le rythme de ses va-et-vient s'accéléra.

Les douces lèvres de Kendra prirent les miennes tandis qu'elle me guidait vers le bord de la piscine sans jamais quitter ma bouche.

Le baiser lubrique possédait mes lèvres, et je n'arrivais pas à me rassasier de cette douce bouche. Mes mains glissèrent sur ses seins, se courbant autour des petits pics érigés.

Je ne me rappelle pas quand nous avons quitté la piscine. D'une certaine manière, ma bouche trouva celle de Gabe.

Il me tenait. Sa peau nue et parfaite était collée à la mienne, et son membre durci poussait contre moi.

— Tu es sûre ? demanda-t-il à nouveau.

— Oui, mais seulement si tu l'es, répondis-je.

— Tu me demandes ça à moi ?

Il rit en baissant les yeux entre eux. Oui, Gabe était sûr.

Dès que mes yeux se posèrent sur son sexe, je le voulus en moi, mais mon regard vola vers Kendra qui avait déposé des coussins et des couvertures sur une zone herbeuse près de la piscine.

Comment cela va-t-il fonctionner ? Je tressaillis légèrement.

Gabe me retourna pour que je puisse faire face Kendra. Il se colla à mon dos et ses mains se mirent en coupe sur mes seins, les moulant doucement. Une main glissa le long de mon ventre et trouva mon clitoris gonflé. Il fit des cercles avec ses doigts jusqu'à ce que je ne puisse plus respirer, ravivant mon exaltation en quelques secondes. Il me guida vers Kendra qui gisait sur le dos, belle et prête à tout.

Son corps humide avait séché sous la chaleur, et le seul endroit qui était encore mouillé était entre ses jambes écartées.

Je m'agenouillai devant elle, où son délicieux bourgeon s'épanouissait.

Kendra se tourna de façon à ce que sa tête soit juste sous mon sexe engorgé. Elle tendit les bras vers mes seins et taquina à nouveau mes mamelons en les tirant et les relâchant rapidement.

Je baissai mon corps sur le sien, écartant les jambes au-dessus de son visage. L'odeur savoureuse de son excitation m'entoura tandis que je penchai la tête entre ses cuisses. J'écartai la chair gonflée et fis traîner ma langue sur ses replis, de haut en bas.

Kendra laissa échapper un gémissement et referma sa bouche sur mon clitoris douloureux.

Derrière moi, Gabe embrassa mon derrière de la même manière qu'il l'avait fait la veille. Ses paumes écartèrent mes fesses. Chaque fois que sa bouche s'approchait de ma petite ouverture, mes lèvres s'activaient plus fortement sur Kendra.

La langue de Gabe trouva mon entrée serrée. Il humidifia le bord et poussa doucement son doigt dedans. Alors que j'étais sûre que ce n'était que son petit doigt, c'était délicieusement gros. Il poussa un peu plus profondément. Mon orifice me brûla, mais la douleur se transforma rapidement en des pulsations de béatitude. Une fois que son doigt ne put plus s'enfoncer davantage, il le retira et enfouit son membre dans mon sexe.

Une onde de choc traversa le point où Kendra me léchait et j'aspirai le sien plus fortement.

Gabe m'étira, poussant toute sa longueur en moi jusqu'à ce que je sente son gland toucher la partie la plus profonde de moi.

Je criai, la bouche pleine de la douce chair de Kendra. Je la mordillai et elle resserra ses cuisses autour de ma tête, son corps secoué de spasmes alors qu'elle criait. Son essence sucrée s'échappa d'elle alors que je levai la tête pour respirer.

L'écho des cris de Kendra rebondit sur la maison et elle me reprit en bouche, s'attaquant sérieusement à moi cette fois-ci.

Gabe garda ses mains sur mes hanches, me poussant encore plus contre lui.

Je m'appuyai plus fortement sur la bouche de Kendra tandis que la sensation de ses coups de langue sauvages devenait insupportable, et je trouvai ma libération, piégeant la tête de Kendra entre mes genoux avec Gabe encore en moi.

Il se courba autour de mon corps, me tenant et embrassant mes épaules et mon cou, puis de nouveau mes épaules jusqu'à ce que les vagues me traversent une fois, deux fois, pour finalement quitter mon corps.

— Tu vas bien ? demanda Gabe.

— Oui.

Kendra était allongée sur les coussins, étreignant une couverture.

— Eh bien, voilà quelque chose que je vais pouvoir rayer de ma liste de choses à faire avant de mourir, soupira-t-elle.

Je redressai mon dos pendant un instant, mais je n'eus pas la force de rester comme ça. Gabe se blottit contre moi par-derrière.

— Tu veux dire que tu n'as jamais fait ça ? demandai-je.

— Non. Qu'est-ce qui t'a fait croire que je l'avais déjà fait ?

demanda-t-elle en se soulevant sur un coude.

— Je l'ai juste supposé, avec tous les types qui sont toujours autour de toi... et je t'ai vu fricoter avec des femmes, dis-je.

— Sam, ce n'est pas parce que je batifole que je couche avec tout le monde.

Mon corps se raidit.

— Je suis désolée, je ne voulais pas insinuer quoi que ce soit.

Gabe déposa une couverture sur nous et me prit dans ses bras. Il me porta vers une chaise longue sur la terrasse, près de l'endroit où se trouvait Kendra et s'assit.

— Tu étais en droit de le faire. Je sais comment je me comporte. Tu n'as pas à t'excuser, surtout après ce soir.

Elle leva les yeux vers le ciel.

— C'était l'orgasme le plus rapide que j'ai jamais eu.

— Eh bien, pour ce que ça vaut, je suis ravie de t'avoir aidée avec ta liste.

— Moi aussi.

Sa voix s'éteignit et elle ferma les yeux. Un sourire satisfait s'étendait sur son visage.

— Était-ce tout ce à quoi tu t'attendais ? chuchota Gabe à mon oreille.

— Oui et non.

— Je savais que tu dirais ça, dit-il en riant.

— Pourquoi ?

— Parce que tu es comme une enfant qu'on a autorisée à dévaliser un magasin de bonbons, mais qui se satisfait de sa barre chocolatée préférée.

— Et tu es ma barre chocolatée préférée, dis-je en serrant mes bras autour de lui. C'était merveilleux et exquis. Mais avec toi Gabe, je ne sais pas... c'est comme si j'étais destinée à être à toi et rien qu'à toi.

— Parce que c'est le cas, répondit-il en me tenant serrée contre lui. À partir de maintenant, tu n'es qu'à moi.

Je souhaitai que ce soit vrai.

CHAPITRE 16

Le lendemain matin, je m'allongeai près de la piscine en profitant du soleil. Kendra n'était pas encore réveillée. Gabe travaillait dans son bureau situé près la salle communale. J'espérai que la réunion qu'il avait prévue pour plus tard aujourd'hui me permettrait de me débarrasser du secret de Kendra.

Le bruit de tongs résonna sous le patio. Kendra balançait ses hanches de gauche à droite comme si elle possédait chaque centimètre de cet endroit.

— Bonjour ! gazouilla-t-elle.

— Salut. Tu as dormi tard.

Je mis ma main en visière. J'eus l'impression de voir un soupçon de rose dans les yeux de Kendra, mais le soleil m'aveuglait.

— Je suis réveillée depuis des heures. Il y a un changement de plan, chuchota-t-elle en s'asseyant à côté de moi.

Elle regarda prudemment vers la maison.

— Que veux-tu dire ?

— Gabe creuse un peu trop. S'il continue comme ça, il va ruiner mes plans. L'argent doit être déposé aujourd'hui.

— Cela ne peut pas attendre demain ? Je croyais que tu avais besoin de temps pour le virement.

Je baissai mes lunettes pour mieux la voir.

Kendra secoua la tête.

— J'ai demandé un service. C'est fait. Sam, fais-moi confiance. Quand le travail est concerné, Gabe ne sait pas arrondir les angles. Il te suffit de faire le retrait aujourd'hui et de faire le dépôt ici.

Elle me tendit un morceau de papier avec une adresse.

— Rentre-la dans le GPS de la voiture de Gabe une fois que tu te seras éloignée de la maison.

Elle agita un jeu de clés à son doigt.

— Maintenant ?

— Cela ne devrait pas te prendre plus d'une heure. Je dirais à Gabe que tu avais besoin d'un peu d'espace pour réfléchir à la nuit dernière.

— Il va paniquer, Kendra.

— C'est mieux que de courir le risque qu'il affronte Martinez, non ?

Elle fit une pause.

— Ne t'inquiète pas, je vais m'occuper de Gabe.

Je n'aimais pas la façon dont Kendra parlait de Gabe, et je ne voulais pas qu'elle s'occupe de lui de quelque façon que ce soit. Mais je ne voulais pas non plus que Gabe s'approche de Martinez.

— Sam, livre l'argent. Une fois que tu seras de retour, je leur ferais savoir où le récupérer, et la dette sera payée. Nous pourrons dire la vérité à Gabe et rentrer à la maison, personne n'aura souffert.

Une sensation de malaise me contracta la poitrine. La sensation que vous aviez lorsque vous saviez que vous étiez sur le point de trahir votre instinct. Mais je voulais que cette épreuve se termine, et le plan de Kendra semblait inoffensif. Mais pouvais-je tromper Gabe comme ça pour autant ?

— Écoute, il ne se rendra probablement pas compte que tu es partie.

Je doutai que mon détective privé ne remarque rien, et j'étais certaine que Kendra le savait elle aussi.

— Très bien, mais quand je reviens, nous lui disons la vérité sur tout.

J'enfilai un bustier tubulaire et le rentrai dans mon short.

— La Miata est à l'avant. Gabe l'a sortie ce matin. Je pense qu'il a des plans pour ce soir.

— Tu es une aussi bonne espionne que lui.

La nervosité me tordit l'estomac.

— Meilleure.

Je ne sais pas pourquoi, mais je la crus.

Après un coup d'œil vers la maison, j'attrapai les clés de la main de Kendra et me dirigeai nonchalamment vers le parking. Je n'aurais pas beaucoup de temps pour sortir. L'instinct de Gabe avait eu raison de mettre ce bracelet de cheville à Kendra, mais il n'avait pas prévu que je joue les Judas. Je me demandai à quel point il serait contrarié et ce que j'aurais à faire pour le rendre à nouveau heureux.

Une fois dans l'allée, je cliquai sur le bouton de déverrouillage des portières sur les clés de voiture. Les phares de la Miata convertibles flashèrent et je grimpai à l'intérieur. Dès que le moteur se mit à ronronner, j'appuyai sur la pédale des gaz. Les pneus glissèrent sur le gravier avant de s'y accrocher. Je saisis le volant et regardai dans le rétroviseur. Le visage inquiet de Gabe était figé dans le reflet et je fermai les yeux un instant pour faire disparaître l'image douloureuse.

Pardonne-moi.

Il agita les bras derrière le nuage de poussière que je laissai derrière moi.

Je me concentrai sur la route et accélérai vers la sortie.

S'il vous plaît, faites que ça marche.

J'appuyai sur un bouton sur le tableau de bord qui ressemblait à un boîtier d'ouverture de garage et le portail d'entrée s'ouvrit. Prenant une profonde inspiration, je m'engageai sur la route et ne regardai pas en arrière.

Au bout de dix minutes, la luxuriance des arbres verts disparut et l'horizon se transforma en collines. Au-delà, des bâtiments bas aux toits rouges se répartissaient sur des lignes droites. Un panneau sur le côté de la route affichait le nom d'une ville. Le soleil brillait au-dessus de moi, brûlant le haut de ma tête, et je regrettai de n'avoir pas pris de chapeau. Je me garai sur le bas-côté et tapai l'adresse que Kendra m'avait donnée sur le GPS. Un point s'alluma sur l'écran et je suivis l'itinéraire.

Quinze minutes plus tard, la ville apparut derrière les collines. Je parcourus les rues et trouvai finalement un parking sur la place du village. La banque n'était qu'à trois pâtés de maisons. Les instructions détaillées de Kendra me disaient de parler à M. Holler, le directeur de la banque. En baissant les yeux sur mon bustier tubulaire, je souhaitai avoir porté quelque chose de plus approprié ; après tout, j'étais en chemin pour la banque afin de retirer une grosse somme d'argent. Combien exactement ?

Je bâillai et une odeur du café flotta vers moi comme si quelqu'un avait lu dans mes pensées. Je fouillai dans la boîte à gants, à la recherche de petite monnaie. Au lieu de cela, je trouvai cinq billets de cent dollars dans la devise de la Nouvelle-Zélande.

— Pourquoi ça ne m'étonne pas.

J'attrapai l'argent, me promettant de rembourser Gabe. Les diamants sur les breloques de mon bracelet étincelaient au soleil, alimentant ma culpabilité.

— Il va me haïr pour ça.

Le trottoir dégageait de la chaleur. Je remontai mon bustier et rejoignis la foule pacifique dans la rue. L'odeur de pâtisseries fraîches, de fruits et de légumes, flottait des magasins bondés. Des portants de vêtements décoraient le trottoir en face d'une boutique.

— Parfait.

J'y entrai. Un ventilateur fit voler mes cheveux collants et je les attachai en un chignon. Sur un des portants, une robe imprimée de marguerites flottait dans la brise.

— Voulez-vous l'essayer ? demanda une vendeuse.

— Oui, s'il vous plaît.

Quand je sortis de la cabine d'essayage, la robe étreignait mon corps comme si elle était faite pour moi.

— Puis-je la garder sur moi ? demandai-je à la dame derrière la caisse enregistreuse.

— Bien sûr, mademoiselle. Est-ce tout ce dont vous avez besoin ?

— Des sandales. Et un sac à main.

— Vous n'êtes pas d'ici, n'est-ce pas ? demanda-t-elle.

Je trouvai son accent très sexy.

— Non, c'est si évident ?

— Pas de bronzage.

Elle désigna mon bras.

— Vous devriez prendre un chapeau et protéger votre peau pâle.

Elle tenait un tube de crème solaire dans sa main.

— Merci.

Je choisis un chapeau avec une marguerite dessus et le mis sur ma tête. Je fourrai mon short et mon bustier dans le sac du magasin et payai pour mes achats.

Être loin du chaos de la maison de Gabe était un soulagement. Finalement, l'escapade loin de New York commençait à ressembler à des vacances – des vacances coupables. Le stress semblait glisser de mes épaules à chaque minute qui passait et je fis craquer mon cou, libérant la tension accumulée. Quelques temps seule était exactement ce dont j'avais besoin, même si je n'étais pas impatiente de voir les yeux déçus de Gabe.

Le café n'avait pas de tasses à emporter comme aux États-Unis. Forcée de m'asseoir, je savourai mon café au lait et relus les instructions détaillées de Kendra. Le croissant frais fondit dans ma bouche. Le soleil rayonnait au-dessus de moi, chauffant mes bras nus où l'ombre du parasol ne me protégeait pas. J'étais vraiment la personne la plus pâle en ville et me promis de passer un peu plus de temps au bord de la piscine.

Y avait-il un moyen que j'appelle le bureau ? Devrais-je le faire ? Martinez pourrait-il tracer mes appels ? Peut-être devrais-je d'abord en parler à Gabe ? Ma culpabilité revint à la pensée de mon détective privé s'inquiétant pour moi. J'aurais aimé qu'il soit là. Mon cœur se serra à l'idée de son visage déçu. J'aurais dû lui dire la vérité. Le besoin d'exécuter les instructions de Kendra et de rentrer à la maison aussi vite que possible s'intensifia. J'avalai le café restant et laissai un bon pourboire sur la table.

Sur la rotonde, de l'autre côté de la fontaine, quelqu'un me regardait. Je plaçai ma main sur mon front pour ombrager le soleil. Dès que je le fis, l'homme commença à marcher vers moi. Son allure agressive augmenta avec chaque pas.

Au moment où je reconnaissais ses sourcils broussailleux, Martinez était en train de courir. Je sautai de mon siège et courus dans l'autre sens en regardant derrière moi.

Il porta son bras à sa bouche et parla à son poignet.

Pendant un instant, il ressembla au stéréotype de l'agent du FBI, mais je savais à quoi m'en tenir. Il concentra son regard sur sa cible – moi – et courut comme si sa vie en dépendait.

Ma tête me tourna alors qu'il se rapprochait. Je poussai plus fort sur mes pieds et souhaitai avoir gardé mon short. La robe flottait sous le vent qui soufflait, exposant mes fesses à chaque pas. Alors que je heurtai des gens, m'excusant chaque fois, Martinez réduisait la distance. Pourrais-je le distancer ? Que faire si je n'y arrivais pas ?

Les rues se rétrécirent et certaines étaient des impasses. Un mauvais tournant et je serais coincée. Je virai à droite. Quelqu'un m'attrapa. Une large main recouvrit ma bouche et mon nez. Une odeur nauséabonde de cigarettes brûla mes narines. J'essayai de me dégager de son emprise, mais mes mouvements ne servirent qu'à la renforcer.

— Tu essaies de courir et je te tranche la gorge.

Martinez. Sa menace renfermait une promesse macabre.

Mon pouls s'accéléra. J'ouvris la bouche pour inspirer un peu d'air entre ses doigts puants.

— Où se cache ton amie ? grogna-t-il. Je vais enlever ma main, mais si tu fais un bruit, tu seras renvoyée chez toi en petits morceaux.

Il relâcha lentement son emprise sur ma bouche.

— Laissez-moi partir.

Je pris une grande inspiration. L'odeur de sa sueur me fit presque vomir et je regrettai d'avoir ouvert la bouche.

Il me tenait toujours par-derrière dans une prise d'étranglement, sa lame de vingt-cinq centimètres luisant dans le soleil.

— Où ? dit-il entre ses dents.

Que je lui dise ou pas, il me tuerait. Martinez n'avait pas de conscience.

Je fermai les yeux, me souvenant de mes jours à l'université et des cours d'autodéfense offerts par le service de sécurité du campus. Je donnai un coup de coude dans le ventre de Martinez et envoyai en même temps mon pied derrière moi, le frappant à l'aine.

Son couteau tomba sur le sol et résonna dans la ruelle. Martinez glapit de douleur.

Je ne regardai pas en arrière et espérai avoir gagné quelques secondes pour fuir. Je me glissai dans une rue animée, me perdant dans la foule. Malheureusement, ma peau blanche se détachait comme une goutte de lait sur un comptoir noir.

Quand je jetai un coup d'œil en arrière, Martinez était sorti de l'allée et balayait la rue des yeux. Je me précipitai en avant, vers l'endroit où j'avais garé la Miata de Gabe. Quand je vis finalement la voiture, je me figeai.

Deux hommes se tenaient à côté d'elle, attendant. C'étaient les seules personnes qui portaient des jeans et des pulls à manches longues. Leurs regards méfiants se déplaçaient d'une personne à l'autre. L'un d'eux parlait dans un téléphone portable, et son expression n'était pas joyeuse.

Derrière moi, bien qu'il ne m'ait pas encore vue, Martinez était plus proche que jamais.

Je fus attirée dans une autre ruelle dans un mouvement rapide et une main plus douce me recouvrit la bouche et le nez.

— Chut, murmura Gabe à mon oreille.

Le soulagement me submergea et je m'affalai contre lui.

Il retira sa main.

— Il est ici, dis-je, la poitrine haletante. Il m'a attrapée.

— Je sais, j'ai vu. Fais un signe de tête si tu vas bien et si tu peux bouger.

Je hochai la tête.

— Ne fais pas de bruit et suis-moi. Je ne le laisserai pas te faire du mal, Sam.

Gabe me fit passer par une porte maintenue ouverte par une canette. Il lui donna un coup de pied et me tira à l'intérieur. Une odeur de pain frais remplissait la boulangerie.

— Mary, vous ne nous avez pas vus, dit-il à une femme plus âgée portant un tablier.

— Bien sûr que non, M. Silver.

Une touche de rose teinta ses joues.

Il l'embrassa rapidement sur la joue et me tira. Nous venions tout juste de passer les toilettes quand la porte s'ouvrit. Gabe se précipita derrière un rideau et m'attira dans un cellier rempli de sacs de sucre et de farine. Il posa son doigt sur mes lèvres.

Mon corps trembla dans ses bras.

— Quand je la retrouverais, je la découperai centimètre par centimètre, dit Martinez. C'était comme s'il parlait à travers ses dents serrées.

— Et gaspiller une chair aussi délicate ? dit quelqu'un d'autre.

Ce devait être un des hommes du parking.

J'avais l'impression qu'ils étaient à moins d'un mètre du rideau. Je n'avais jamais été autant effrayée.

— Malmène-la un peu. Glisse-toi sous sa robe courte et baise-la jusqu'à ce qu'elle te supplie d'arrêter.

— Non, jusqu'à ce qu'elle ne puisse même plus supplier ! rigola Martinez. Trouve-la ou tu seras celui que je découperais. Dépêche-toi de pisser !

Ils entrèrent tous les deux dans les toilettes et j'expirai.

— Viens.

Gabe me tira vers l'arrière de la boulangerie.

Nous montâmes en courant deux volées de marches. Il poussa une porte en métal et je couvris mes yeux pour me protéger du soleil lumineux.

— Sommes-nous sur le toit ? demandai-je.

— Oui. Allons-y.

Je le suivis sur le goudron en fusion. Mes sandales s'enfonçaient dans la couche chauffée de la substance gluante noire. À chaque pas, elle se collait un peu plus à mes semelles.

— Nous allons sauter, dit-il en pointant le bout du toit.

— Je ne peux pas.

— Sam, tu n'as pas le choix. C'est moins large que ça en a l'air.

Le toit de l'autre côté semblait plus bas que celui sur lequel nous étions.

— À trois.

Faisant cinq pas en arrière, Gabe compta.

— Un, deux, trois.

M'élançant en avant de toutes mes forces, j'enjambai la ruelle. Ma jupe s'envola dans les airs, m'exposant. Gabe avait raison. Le saut paraissait plus intimidant qu'il l'était réellement.

Nous atterrîmes en toute sécurité et il tira sur mon bras pour m'abaisser afin de sauter dans un chariot rempli de tonneaux. Une odeur de fruits et de bois se mélangeait. Un ballottement de vin résonna alors que l'impact de notre saut bouscula les barils. La délicieuse odeur s'intensifia. Après un autre bond, une passerelle en mosaïque nous ouvrit la voie.

— Il est ici.

Mes jambes faiblirent.

Martinez balayait les rues du regard à la distance d'un terrain de foot. Il ne lui faudrait pas longtemps pour me repérer dans ma robe à fleurs.

— Viens.

Gabe me conduisit à l'avant du chariot. Il monta sur une moto garée discrètement, son emplacement obscurci par le véhicule duquel nous avions sauté, et me tendit un casque.

— Sérieusement ? demandai-je.

Des papillons agitèrent leurs ailes dans mon estomac.

— Oui, sourit-il.

— Y a-t-il quelque chose que tu ne saches pas faire ? demandai-je.

— Je ne crois pas.

Moi non plus.

Les sangles du casque se serrèrent sous mon menton comme si elles avaient été adaptées pour moi à l'avance. Je passai une jambe sur le siège et enroulai mes bras autour de Gabe.

— Accroche-toi bien. Et ne t'inquiète pas au sujet de ta jupe. Nous n'aurons bientôt plus de public.

Gabe mit le contact. Un grondement vibra entre mes jambes. Je jetai un œil à travers le renfoncement séparant la paroi et le chariot.

L'attention de Martinez se tourna vers nous au son du moteur, mais Gabe mit les gaz et nous disparûmes dans un virage. La moto se glissa entre les ruelles les plus étroites et les passages les plus bas jusqu'à ce que nous atteignions la périphérie de la ville. Le moteur rugit alors que Gabe lui donnait plus de vitesse et ma robe claqua derrière moi comme les ailes d'un oiseau sauvage surpris.

Nous passâmes des bâtiments de faible hauteur, accélérant vers les collines et les vallées. Je me demandai si Martinez nous suivrait et je serrai Gabe plus fortement, m'appuyant contre son dos.

Au bout de vingt minutes, Gabe tourna à droite dans une petite forêt. Passant par l'entrée cachée, nous roulâmes le long d'un chemin étroit jusqu'à ce que les arbres s'ouvrent à une plage magnifique où il se gara.

Le ronflement du moteur s'arrêta. J'enlevai le casque de ma tête.

La plage s'incurvait de chaque côté, formant une baie parfaite. Comment diable se débrouillait-il pour m'emmener dans les endroits les plus exotiques que j'avais jamais vus ? Une eau turquoise parfaite, légèrement ridée par le vent, se jetait contre le rivage.

— Tu es magnifique sur une moto.

Il embrassa mes lèvres de façon inattendue.

Il n'est pas en colère ? L'humeur enjouée de Gabe me déconcertait et je fronçai les sourcils. *Ne devrait-il pas être en colère ? Et comment m'a-t-il trouvée ?*

— Tu ne crois pas qu'il aurait été plus sage de rentrer à la maison au lieu de venir nager ? demandai-je.

— Qui a dit que nous n'allions pas à la maison ?

Il prit ma main et m'entraîna vers la plage où deux bateaux à moteur oscillaient sur l'eau, attachés au ponton. L'un d'eux était occupé par un homme torse nu qui se prélassait sur sa proue.

Ma mâchoire se décrocha. Le corps de cet homme pouvait se comparer à celui de Gabe. Heureusement, ce dernier était derrière moi, incapable de voir mon visage. Je déglutis péniblement en le fixant.

— Monte Sam.

La voix de Gabe était sévère mais aimante. Il était en colère après tout. Peut-être qu'il attendait patiemment le bon moment pour me laisser entendre sa fureur.

— Et la moto ? demandai-je.

— Ne t'inquiète pas. Tristan va s'en occuper.

L'ex de Kendra ? Le Dieu sculpté portait un short de bain rouge qui tombait sur ses hanches, découvrant autant de son beau triangle qu'il le pouvait sans montrer ses parties privées. Un chapeau de paille ombrait son visage. C'était le genre de couvre-chef qu'aurait porté un natif, mais cet homme n'en était certainement pas un. Le frère Cross arborait un tatouage d'épines identique à celui de Gabe et j'aurais parié ma vie qu'ils partageaient tous les deux le même entraîneur personnel.

Qui avait-il dans leurs gènes qui rendaient leurs corps si appétissants ? Tristan devait être sur l'île depuis plus longtemps. Son bronzage naturellement doré avait un éclat de bronze, rendant la cicatrice de sept centimètres sur sa poitrine, juste au-dessus du cœur, beaucoup plus vibrante. Je combattis l'envie de la toucher, me demandant ce qui lui était arrivé.

Il souleva son chapeau et s'assit.

— Tout va bien ?

— Oui. Nous l'avons semé en ville, dit Gabe.

Tristan sauta du bateau dans l'eau jusqu'aux genoux et pataugea vers nous. Je me demandai pourquoi il n'avait pas utilisé le ponton, mais cela ne me dérangea pas de regarder la façon dont ses muscles fléchissaient alors qu'il coupait à travers l'océan.

J'enlevai mes sandales et montai sur le bateau.

Les deux hommes se donnèrent l'accolade et Gabe lui chuchota quelque chose à l'oreille.

— Comment va K ? demanda Tristan.

— Mieux. Elle met tout le monde autour d'elle dans le pétrin, comme d'habitude, dit Gabe en me regardant. Sois prudent, Tristan. C'est un vrai sournois, ce fils de pute. Je ne sais pas comment il nous a retrouvés.

Mais les yeux de Tristan étaient fixés sur moi.

— Elle a une belle bouche.

Une flamme familière brûla dans ses yeux.

— Elle est à moi, l'avertit Gabe.

— Si jamais tu veux partager...

— N'y pense même pas, Tristan.

— C'est sérieux à ce point ? Toi ?

— Contente-toi de t'occuper de ce salaud, ou je le ferai.

— Ne t'approche pas de lui, Gabe. Même si tu veux le voir mort, il nous est plus utile vivant. Il a laissé une bonne piste derrière lui que nous pouvons utiliser.

— Très bien, assure-toi seulement qu'il s'en aille.

— Tu es sûr qu'elle n'est pas intéressée ?

Tristan hocha la tête vers moi à nouveau, ses yeux en feu. Une cicatrice décorait sa lèvre supérieure incurvée dans un sourire en coin qui disait *'je peux répondre à tes besoins les plus fous'*.

Une chaleur se propagea dans mon ventre.

— Non, dit Gabe en secouant la tête. Tu ferais mieux d'aller voir à l'académie de police. En fait, demande à voir l'agent Green. Elle a déjà vu Martinez.

— Très bien. Ravi de vous avoir rencontrée, Samantha, dit Tristan en me tendant la main. Prenez bien soin de ce mec.

Je serrai sa main, consciente de la façon dont il prononçait mon nom. Chaque syllabe roulait sur sa langue comme s'il lui faisait l'amour, exactement comme Gabe le faisait. Des frissons partirent de mes oreilles pour se nicher entre mes jambes. Son contact me rappelait également celui de Gabe. Doux, mais ferme en même temps. Qu'y avait-il chez ces hommes qui poussaient les femmes à succomber à tout ce qu'ils disaient ? Plus je regardais Tristan, plus je me demandais ce qui s'était passé entre Kendra et lui.

— Ravie de vous avoir rencontré également, dis-je.

Tristan quitta le rivage et se dirigea vers la moto.

— Accroche-toi.

Le feu était de retour dans les yeux de Gabe alors qu'il sautait dans le bateau.

Je quittai le pont avant pour m'asseoir dans l'un des deux sièges.

— Pas un mot au sujet de Tristan à Kendra, compris ? dit-il avant de mettre le moteur en marche.

— Oui.

Le ton de la voix de Gabe aurait convenu à un professeur grondant un enfant récalcitrant de dix ans. Les regrets de l'avoir déçu brûlaient dans mes veines. J'aurais préféré qu'il me réprimande ou qu'il crie au lieu de ne pas mentionner ce que j'avais fait. C'était de la torture ! *Et c'est exactement pourquoi Gabe n'a rien dit,* pensai-je.

Le vent détacha mes cheveux et je pris l'élastique pour refaire ma queue de cheval.

Gabe se tenait dos à moi. Chaque fois qu'il poussait la poignée des gaz en avant ou tournait le volant, ses muscles répondaient.

J'aurais aimé avoir le courage de me lever et le serrer dans mes bras, de m'excuser jusqu'à ce qu'il m'ait pardonné, mais je ne savais pas comment il réagirait.

Le ciel d'un bleu parfait entré rejoignait l'océan devant moi. Mes bras me démangeaient. Le premier signe d'un coup de soleil colorait de ma peau. Je serrai les mains sur les côtés du siège. Si Gabe accélérait encore, je m'envolerais hors du bateau. Et nager dans un océan était la dernière chose dont j'avais envie.

Après quinze minutes, il arrêta le moteur et le bateau ralentit lentement jusqu'à l'arrêt.

Je parcourus des yeux les vagues bleues. Nous étions au milieu de l'océan, sans signe de terre à l'horizon. Je m'assis bien droite, m'attendant à la fureur de Gabe, me demandant s'il finirait par me donner en pâture aux requins, pour que je puisse rejoindre mon père.

Il croisa les bras sur sa poitrine et s'appuya contre le volant, patientant.

— Nous n'allons pas à la maison ?

Ma voix tremblait.

— Si, mais j'ai besoin de parler avec toi dans un endroit d'où tu ne pourras pas t'échapper.

Ce n'était pas bon signe. Ce n'était vraiment pas bon signe. L'océan sans fin paraissait moins menaçant que les yeux flamboyants de Gabe, mais je n'étais pas très tentée de m'aventurer dans les eaux infestées de requins non plus. Les poils sur mes bras se dressèrent alors que le souvenir de mon père mourant me traversa l'esprit.

— Je devrais te punir, finit-il par dire.

— Comment vas-tu me punir ?

— J'ai dit que je devrais, pas que je le voulais.

L'ombre d'un sourire apparut sur son visage.

— Je suis désolée, dis-je.

— C'était stupide de ta part de t'enfuir comme ça.

— Je ne pensais pas qu'il serait en Nouvelle-Zélande, et encore moins sur cette île.

— Moi si. Pourquoi n'es-tu pas venue me parler Sam ? Il aurait pu te blesser. Ou te tuer.

— Je suis désolée. Je pensais que je pourrais tout arranger pour toi et pour Kendra.

— Ne sais-tu pas que Kendra a un talent pour persuader les gens de faire ce qu'elle veut ?

Aussi sérieux que Gabe voulût paraître, une pointe d'amusement teintait sa voix.

— Lui as-tu crié dessus ?

— Ouaip.

Gabe s'avança et s'accroupit devant mon siège. Il prit mes mains dans les siennes.

— Vas-tu la punir ? demandai-je.

— Clara a menacé de venir aux États-Unis avec elle et de s'"y installer.

— Oh.

— Kendra avait quelques pilules cachées dans la chambre de Tristan. Le sevrage qu'avait commencé Clara est perdu. Il faudra du temps pour contrôler sa dépendance. Même si elle ne plane pas, elle en a plus besoin que de ses amis. L'argent que tu allais retirer aurait acheté plus de drogue d'un revendeur local qui traite avec Martinez. Voilà comment il nous a retrouvés.

— Ce n'était pas pour le rembourser ? demandai-je.

Il secoua la tête.

— J'aurais aimé le savoir plus tôt. Je suis désolé.

N'étais-je pas celle qui devrait s'excuser ? Où trouvait-il autant de compassion ?

— Que va-t-il se passer maintenant ? demandai-je.

— Tristan s'en occupe. Jusqu'à ce que Martinez soit parti, tu ne peux pas quitter la maison sans que je le sache.

Les sourcils de Gabe se haussèrent tandis qu'il examinait mon visage.

La façon dont il parlait me rappela lorsque mes parents me disaient que je les avais *déçus*. Je restai assise en silence, laissant la culpabilité dévorer mon cœur. Et pourtant, quelque part, entre ses froncements de sourcils, j'avais l'impression que Gabe avait compris pourquoi j'avais fait ça. Il n'en était pas heureux, mais il comprenait.

Gabe enroula ses bras autour de moi et posa la tête à mes genoux.

Je fis passer mes doigts dans ses cheveux, massant doucement son cuir chevelu.

— Je suis désolée de t'avoir déçu.

Je laissai échapper un reniflement.

— Hé, ne pleure pas. Je ne supporte pas quand une femme pleure.

Gabe essuya mes larmes avec son doigt.

— Tu es tellement attentif et affectueux, et tu ne te fâches pas.

— Oh, je me fâche, crois-moi. Je gère ma colère tous les jours. Je ne peux pas et ne laisserais plus jamais quelqu'un te blesser.

Je regardai profondément dans ses yeux et sentis ma bouche s'ouvrir. La façon dont il parlait impliquait un engagement à long terme. Combien de temps notre aventure durerait-elle ? Était-ce encore une aventure ?

Il releva mon menton.

— Tu sais ce que ta bouche me fait.

— Je sais.

Je l'ouvris à nouveau puis souris faiblement. Je pris son visage entre mes paumes et pressai mes lèvres contre les siennes.

— Pardonne-moi, chuchotai-je contre elles.

Gabe se leva, m'entraînant avec lui.

— Je l'ai déjà fait. Tu es trop innocente pour voir les machinations de Kendra.

Il m'embrassa à nouveau. Le désir sur sa bouche approfondissait le baiser chaque seconde.

Innocente ?

Mordillant ma lèvre, je tirai sur l'ourlet de la chemise de Gabe et la fis passer par-dessus sa tête. J'enroulai le cordon de son short autour de mon doigt et tirai pour le détacher. Le vêtement tomba au sol, dévoilant son membre durci.

Il embrassa mon nez et mes joues, puis revint sur mes lèvres.

Je courbai ma paume autour de son sexe. Son doux tressautement me mit l'eau à la bouche alors que sa chair chaude grossissait dans ma main.

Gabe frotta ses lèvres contre les miennes, et sa langue rejoignit la danse.

Ma main commença à étirer sa peau de haut en bas. Un gémissement s'échappa de sa bouche. Son sexe devenait plus chaud et plus dur à chaque caresse. Ma respiration s'approfondit jusqu'à ce que je m'éloigne, verrouillant mon regard avec le sien.

Ses yeux argentés étaient comme des orbes de feu, étincelants de luxure. Avec sa bouche à quelques centimètres de la mienne, ses lèvres tracèrent doucement le rebord de ma bouche.

Sa virilité était imposante et je touchai la pointe humide de son érection avec mon pouce. L'odeur de son liquide pré-éjaculatoire me fit frissonner alors que je faisais passer mon doigt sur son gland une fois de plus.

Lentement, je me rassis sur le siège tandis que Gabe restait debout, son gland rouge se tendant vers moi. Ma main s'enroula autour de sa hampe et je la caressai lentement de haute en bas. La veine épaisse qui allait de la base à la pointe pulsa plus largement. L'océan balançait le bateau et j'imitai le rythme des vagues. C'était tellement bon que Gabe me fasse confiance pour le toucher et le caresser. Pour le moment, tout ce que je voulais, c'était lui montrer le genre de plaisir qu'il méritait.

Quand arriva la vague suivante, je léchai mes lèvres et posai ma bouche sur son bout. Je fis tourner ma langue sous la crête.

Gabe contracta ses fesses, libérant un doux gémissement et je le pris en moi aussi profondément que je le pus.

— Oh mon Dieu.

Le chuchotement de Gabe résonna à travers l'océan.

Les mouvements de balancement du bateau se mesuraient à mes

impitoyables coups de langue. Je l'avalai plus et contractai mes lèvres autour de son sexe, le massant lors de mes allers-retours, serrant ma bouche autour de lui.

Les mains de Gabe trouvèrent ma tête, grattant doucement mon cuir chevelu avec ses doigts, se tenant à mes cheveux comme pour garder sa position stable. Son goût parfait m'excitait. Mon entrejambe était humide.

Je pris ses testicules dans ma paume, les pressant doucement de haut en bas, laissant leur peau se contracter. Chaque poussée supplémentaire frappait le fond de ma gorge jusqu'à ce que je ne puisse pas en prendre plus. J'avais des haut-le-cœur mais je tins bon. De la salive coula sur mon menton.

Les poussées de Gabe s'accélérèrent. Il ne pouvait plus s'enfoncer aussi profondément avec un rythme aussi élevé.

Ses jambes se ramollirent et sa semence chaude remplit ma bouche. La crème épaisse coula dans ma gorge. J'avalai jusqu'à la dernière goutte. C'était beaucoup plus doux et moins salé que ce que j'avais pensé, et pour la première fois de ma vie, je ne ressentis pas le besoin de cracher. Gabe avait le goût parfait pour mes papilles.

— Je savais que cette bouche t'attirerait des ennuis, Samantha.

— Si c'est ce que tu appelles des ennuis, je vais m'assurer de l'ouvrir plus souvent.

CHAPITRE 17

Quand nous retournâmes à la maison, Gabe réprimanda Kendra, mais ne me dit rien.

— Si tu te soucies de Sam, tu la laisseras en dehors de tes machinations, Kendra. Tout ce que tu as fait, c'est rendre une situation déjà difficile encore pire ! Martinez sait que nous sommes sur l'île, et il ne s'arrêtera pas de nous chercher.

Des frissons courraient le long de mes bras chaque fois que Gabe disait son nom. Le regard de cet homme vulgaire avait gelé tous les os de mon corps, puis les avait réduits en poussière. La puanteur de cigare lorsqu'il avait serré ses doigts jaunis autour de ma bouche avait laissé un goût amer sur mes lèvres. J'avais brossé mes dents quatre fois depuis mon retour à la maison.

— Comment m'as-tu trouvée ? lui demandai-je plus tard, dans sa chambre.

— Tes breloques, Sam.

Je regardai le bracelet que Gabe m'avait donné. Les diamants brillaient alors que je tournais mon poignet, laissant la lumière de la lampe passer au travers.

— Chacune a un mouchard.

Je laissai mon regard sur les ornements brillant en diamant.

— Pourquoi as-tu besoin de me suivre ?

Je fronçai les sourcils, n'appréciant pas le fait que Gabe sache où je me trouvais à tout moment. N'est-ce pas un peu trop possessif ? Pourtant, je n'aurais pas pu être plus heureuse qu'il m'ait aidée à échapper aux griffes de Martinez.

— Pour la même raison que j'en ai eu besoin aujourd'hui. Quand on traite avec de la racaille, on n'est jamais trop prudents. J'ai fait l'erreur d'être trop sûr de moi une fois. Je ne le ferais plus, dit Gabe en boutonnant sa chemise blanche.

Pour la première fois, je remarquai qu'il s'habillait avec des vêtements raffinés. Un costume avait été pendu sur la porte lorsque nous étions revenus.

— Tu vas quelque part ?

J'examinai les muscles parfaits des cuisses de Gabe et écarquillai les yeux en voyant comment le bas de sa chemise couvrait discrètement la courbe délicieuse que j'avais dégustée cet après-midi. Il portait des chaussettes noires et, même à moitié habillé, il était l'homme le plus séduisant du monde. Bien que je le préférais les pieds nus, les chaussettes ajoutaient du piquant à son apparence.

— Oui.

Une étincelle brilla dans l'œil de Gabe, mais il resta d'un calme olympien et n'eut pas l'air de vouloir me dire où il allait.

— Vas-tu me dire où ?

— J'ai un rendez-vous.

L'étincelle se transforma en une petite flamme.

Je plissai les yeux.

— Avec toi. Tu me dois un dîner, ajouta-t-il en se dirigeant vers moi.

Il se pencha sur le lit et m'embrassa. Un goût frais de dentifrice s'attardait sur ses gencives.

J'enroulai mes bras autour de son cou et l'attirai sur le lit, ouvrant mes lèvres plus largement. Fermant les yeux, ma langue exigeante se déplaça le long de celle de Gabe, l'autorisant à posséder ma bouche pour lui faire savoir que j'étais sienne et que je ne le trahirais plus jamais.

Lorsqu'il rompit finalement le baiser, j'étais à bout de souffle.

— Tu n'es pas en colère contre moi ? murmurai-je contre sa bouche.

— Oui et non.

Il m'embrassa à nouveau, puis se leva.

— Tu es trop innocente pour savoir dans quoi tu t'embarquais. Je vais faire en sorte, après ce soir, que tu n'aies plus jamais peur de me dire tout et n'importe quoi.

— Et comment vas-tu faire cela ?

— La confiance, Samantha. J'ai besoin que tu me fasses une confiance aveugle, que tu saches que tu seras toujours en sécurité avec moi.

— Je le sais.

— Nous verrons, dit-il.

La flamme mystérieuse dans ses yeux me captivait.

— Trop innocente, dis-tu ?

Je rampai au bord du lit, tendais le bras entre ses jambes et glissai ma main sous son slip.

— C'est tout ce que tu as retenu de ce que je viens de te dire ? demanda-t-il en riant.

Je ne pus résister et courbai ma paume autour de lui. Je déplaçai ma main le long de son sexe qui durcissait, prenant ses testicules en coupe, ressentant la chaleur de son membre doux, le massant doucement ; appréciant la sensation de son excitation grandissante.

— Peut-être qu'innocente n'est pas le mot approprié, gémit Gabe en bataillant avec le bouton du haut de sa chemise.

Il finit par abandonner et baissa sa main sur mon poignet.

Il sortit ma main de son slip et la porta à ses lèvres pour l'embrasser.

— Garde cette pensée pour ce soir. La prochaine fois que tu me prendras dans ta bouche, ce sera parce que tu le veux et non pas parce que tu te sens coupable.

— Mais...

— Pas de mais. Je te connais mieux que toi-même.

— Je le voulais.

— Pas pour la bonne raison.

Gabe avait-il raison ? Avais-je voulu lui plaire afin qu'il oublie ma trahison ? C'était ce que j'avais fait avec Casey pour le rendre heureux. Mais Gabe était différent. Je n'ai jamais autant apprécié un sexe que celui de Gabe.

— Samantha, j'apprécie ce que tu as essayé de faire, je l'ai même énormément apprécié. Mais pour le moment, il faut que tu t'habilles.

Il embrassa mon nez et se dirigea vers le placard. Il en sortit un cintre. Du satin blanc glissa sur le sol.

— Je n'ai qu'une seule requête, dit-il.

À cet instant, on aurait dit que les yeux de Gabe avaient volé le feu de l'enfer.

— Oui ?

— Ne porte pas de soutien-gorge.

Il m'avait pardonné pour tout à l'heure, et je jurai de lui montrer que j'avais envie de lui pour les bonnes raisons.

— Comme tu veux.

Je sautai hors du lit et me précipitai vers la robe décolletée.

— Elle est magnifique. Comment sais-tu qu'elle m'ira ?

— Oh, Sam. S'il te plaît.

Si Gabe voulait jouer à des petits jeux, j'étais partante. Il fallait que j'oublie ce qui s'était passé un peu plus tôt avec Martinez et que je fasse confiance à Gabe pour me protéger. Je tirai sur la ceinture de mon peignoir et le laissai glisser sur le sol. Consciente du regard de Gabe qui suivait le déhanchement de mes fesses, je me dirigeai d'un pas léger vers la salle de bain.

— Si tu n'avais pas ta culotte, je te prendrais tout de suite, dit-il.

Je savais qu'il mentait. Quoi que Gabe ait prévu ce soir, c'était pour lui la priorité ; sinon, même ma culotte n'aurait pu l'empêcher de me prendre. Avec cette pensée en tête, je retirai ladite culotte et glissai la dentelle blanche dans la poche du pantalon de Gabe qui avait été mis de côté sur une chaise. Je fis rapidement passer la robe par-dessus ma tête. Mon cœur faisait des bonds.

— Des promesses, toujours des promesses, lui dis-je.

Du côté de Gabe du comptoir en marbre, un nouveau joyau attira mon attention. Je pris le gouvernail de voilier en argent entre mes doigts et m'appuyai contre la porte, incapable d'en détacher mon regard.

— Ce n'est pas pour moi, murmurai-je, sachant Gabe ne m'aurait acheté qu'une breloque qui signifiait quelque chose pour nous deux.

— Non, Sam. Ça ne l'est pas. J'avais oublié que je l'avais.

Gabe entra dans la salle de bain, les yeux froids comme s'il les avait trempés dans de la glace.

— Appartenait-il à Jo ? demandai-je.

— Non, mais cela aurait dû.

Il s'approcha et ouvrit sa paume.

— Tu y as mis un mouchard ? demandai-je en déposant doucement la breloque dans sa paume.

— Oui, mais c'était déjà trop tard. Je n'ai pas eu l'occasion de lui donner.

Il ouvrit un tiroir et la déposa dans une boîte en argent. Le récipient avait un petit médaillon à l'avant et un nœud fait de la même matière que la boîte métallique. C'était très beau : l'endroit parfait pour le repos de la breloque.

— Ça ne devrait pas être dans un tiroir, Gabe, dis-je en secouant la tête.

— Je n'ai pas encore trouvé le bon endroit. Tu es magnifique, Samantha.

La glace dans ses yeux commença à fondre comme il changeait rapidement de sujet et scannait mon corps de haut en bas.

Gabe ne connaissait peut-être pas l'endroit approprié pour le superbe bijou, mais moi si. Dès qu'il sortit de la salle de bain, je pris subrepticement la breloque et la glissai dans la poche de mon pantalon de jogging que je laissai soigneusement plié sur une chaise.

— Kendra vient-elle avec nous ? demandai-je en sortant de la salle de bain.

Gabe se tenait devant le miroir, luttant pour redresser sa cravate.

— Le périmètre de Kendra a été changé pour ce soir à l'intérieur de la maison.

— Pourquoi ?

— Parce que contrairement à toi, je n'ai pas confiance en elle. Tristan sera ici plus tard pour lui parler.

— Tu ne crois pas que tu es trop sévère ?

— Sam, Martinez est un homme dangereux. Il t'aurait tuée aujourd'hui.

— Je comprends, Gabe.

Face à l'envie soudaine d'être réconfortée, je courus vers lui et me jetai dans ses bras.

Il me tint fermement contre lui.

— Je ne le laisserais pas te faire de mal, je te le promets, dit-il avant d'embrasser le sommet de mon crâne.

L'étreinte m'apaisa et je me demandai comment j'avais pu vivre jusqu'ici sans Gabe. Pour la première fois de ma vie, j'avais l'impression d'être prise en charge de la façon dont une femme était censée l'être.

J'expirai et regardai dans les yeux de Gabe.

— Tu ne t'es pas rasé, dis-je en touchant sa joue. Tu veux que je t'aide à le faire ?

— Non, répondit-il en secouant la tête et en souriant. J'ai laissé le chaume pour une raison.

Je me demandai ce qu'il voulait dire, mais sa cravate de travers attira mon attention.

— Viens là.

Je pris le nœud et le redressai à l'avant de son cou. La lotion après-rasage de Gabe était un mélange de senteurs musquées, me rappelant une forêt et l'odeur de la mousse fraîche et des pins. Son arôme de Cupidon secret.

Il prit mon visage entre ses mains et embrassa mon nez.

— Tu es prête ?

— J'ai seulement besoin de me maquiller un peu et je serai prête à y aller.

— Non, laisse ton visage naturel. Je l'aime de cette façon.

Il lissa ma joue avec le dos de sa main et retourna dans la salle de bain.

Quinze minutes plus tard, je me tenais avec Gabe près de la piscine, regardant de droite à gauche pour essayer d'avoir un aperçu de la surprise, mais rien n'était en vue.

— Allons-nous quitter la maison ? demandai-je.

— Oui, mais la sécurité sera à son maximum.

Jusqu'à maintenant, je n'avais rien vu de la sécurité dont il parlait, bien que je n'aie aucun doute que des gens étaient toujours à proximité.

— Vont-ils me faire une fouille au corps ? demandai-je en me mordillant la lèvre.

— Je suis le seul qui te fera une fouille au corps ce soir, Samantha.

Mon ventre se contracta tandis que j'essayais de contrôler mon excitation. La dernière chose que je voulais, c'était m'asseoir avec ma robe blanche sans sous-vêtements et laisser une tache humide sur mon derrière.

Gabe nous fit contourner la piscine, sur un sentier qui menait vers la baie. De petites lumières blanches encastrées dans la pierre allumaient notre chemin vers la plage. Devant nous, l'océan était englouti par la nuit noire.

Un bateau amarré nous attendait.

— Où allons-nous ?

Je le regardai, impatiente.

— À notre r...

Il fit une pause.

— À un simple dîner, Samantha.

Un léger tiraillement dans mon ventre montra mon désaccord. Rien, au sujet de Gabriel Silver, n'était simple.

— J'ai aimé la façon dont le bateau nous a bercés cet après-midi, ajouta-t-il.

Le souvenir du sexe de Gabe durcissant dans ma bouche me provoqua à nouveau des picotements dans tout le corps. Il avait raison. Les vagues avaient balancé le bateau en rythme avec les coups de son gland au fond de ma gorge. Mes mamelons commencèrent à se raidir à ce souvenir. Je n'avais jamais autant aimé faire une fellation à quelqu'un.

Lorsque nous atteignîmes la rive, j'enlevai mes sandales et marchai sur la plage. Les grains de sable encore chauds du soleil de l'après-midi réchauffèrent mes pieds. Dans l'océan, je remarquai une petite lumière clignotante. Elle disparaissait, puis réapparaissait dans un rythme particulier.

— Là-bas.

Gabe désigna l'endroit où la lumière jaillissait. Avec le clic d'un bouton dans sa poche, un yacht s'illumina avec des lumières partout sur ses côtés. La vedette élégante brillait sur la mer noire.

Ma mâchoire se décrocha.

— Est-ce où nous allons ?

— Oui, dit Gabe en tapotant mon menton. Mais j'espère que le vent va un peu augmenter pour lui insuffler un balancement ou deux.

Comme s'il l'avait entendu, le vent souffla dans mes cheveux. Gabe les repoussa gentiment derrière mon oreille.

— Je n'ai pas besoin du vent pour me balancer, dis-je en serrant sa main.

— Je n'en doute pas.

— Allons-y alors.

Je commençai à traverser la plage pour me diriger sur le ponton.

— Attends. Je me rappelle que quelqu'un a demandé un Sex on the Beach.

Le souvenir de notre nuit avec Kendra au Kissed paraissait si lointain.

— En effet, j'en avais demandé un, pas vrai ?

Je m'arrêtai à mi-chemin, me souvenant de notre nuit au club. Une nouvelle étincelle s'alluma au fond de mon ventre.

— Et je tiens toujours mes promesses, dit-il en se penchant en avant.

Ses doigts s'enfoncèrent dans mes côtés alors qu'il me prenait dans ses bras. Le vent refroidit mon dos nu et Gabe fit remonter sa main le long de ma colonne vertébrale, attirant ma tête vers sa bouche.

Je me moulai contre son corps, sentant ses muscles durcir contre la soie de ma robe. Mais même ce fin tissu était de trop entre nous. Il me dirigea vers la droite et mes pieds nus se posèrent sur une couverture sur le sable. Gabe abaissa lentement mon corps sans jamais quitter ma bouche.

Ses mains pressantes se glissèrent sous l'ourlet de ma robe. Il la souleva sur mes cuisses jusqu'à ce qu'il touche ma hanche, puis s'arrêta.

— Tu ne portes pas de culotte.

— Regarde dans ta poche, dis-je en me mordillant la lèvre.

Gabe y plongea la main et porta le petit morceau de tissu blanc à son nez. Il inspira profondément.

— Tu étais excitée à la maison.

— Je le suis toujours.

— Il n'y a pas grand-chose qui me surprend encore, Samantha. Mais toi, tu le fais tous les jours.

Il fouilla dans son autre poche. Le bruit d'un papier qu'on déchirait résonna comme s'il ouvrait une grande enveloppe.

Je me redressai sur mes coudes en espérant pouvoir voir son sexe, mais l'obscurité le consumait. Si ça n'avait pas été pour son souffle qui réchauffait mon visage, je n'aurais pas su qu'il était là. La vue m'étant retirée, mes autres sens prirent le dessus.

Avec son baiser suivant, je sus qu'il ne s'arrêterait pas avant d'avoir fini. La rudesse de son corps et son besoin de m'avoir se montraient dans chaque contact et grognement. Son pantalon était à moitié baissé et ma robe était relevée jusqu'à ma taille, exposant la moitié inférieure de mon corps.

Gabe s'enfonça en moi jusqu'à la garde en un seul mouvement. J'agrippai ses bras et pressai mes pieds dans la couverture couverte de sable. Nos corps entrèrent en collision dans notre hâte d'être connectés. J'étais reconnaissante pour la couverture sous mes fesses parce que vu la façon dont elles frottaient le sol, j'aurais eu des abrasions. Ses coups impitoyables étaient presque primitifs. C'était comme s'il voulait revendiquer chaque partie de moi. Il respirait lourdement, chaque centimètre de lui se perdant en moi à chaque poussée.

— Oh mon Dieu ! cria-t-il en se figeant avant de s'écrouler à côté de moi, encore tremblant.

Je posai ma tête sur sa poitrine, et son cœur battit contre mon oreille.

— Tu me fais me sentir vivant, dit-il.

— Parce que tu l'es.

Je fermai les yeux et écoutai le ralentissement du rythme de son cœur, heureuse de l'avoir comblé autant qu'il m'avait comblée.

— Je suis sérieux Sam. Je ne peux pas imaginer ma vie sans toi. Tu es incroyable.

Il embrassa le sommet de mon crâne.

Mon cœur se figea. Les mots qu'il avait prononcés contenaient des promesses pour lesquelles ni lui ni moi n'étions prêts. Pourtant, j'étais d'accord avec Gabe. Je ne pouvais pas imaginer de ne pas l'avoir dans ma vie. Si je l'avais perdu aujourd'hui, comme j'avais perdu Kevin, il aurait fallu m'interner dans un asile d'aliénés.

— Moi non plus.

Je resserrai mon bras autour de sa taille.

— Maintenant, que dirais-tu d'aller voir ce yacht ?

Je ne pouvais pas nier que j'étais toujours curieuse de voir comment le yacht nous balancerait pendant que je le prendrais dans ma bouche. Gabe m'aida à me relever de la couverture et rajusta ma robe pour moi. Je le suivis le long du ponton vers la vedette que nous avions utilisée plus tôt dans la journée.

— La prochaine fois, je commanderai un Sex on the Beach avec un petit plus.

— Quel petit plus ?

— Je veux rester ici toute la nuit.

— Et je m'accouplerai avec toi toute la nuit, mais nous avons un rendez-vous là-bas.

Regarder Gabe par-derrière alors qu'il manœuvrait le bateau me rappela une scène d'un film de James Bond. Le dos de 007 était éclairé par la faible lumière émanant du tableau de bord. Cet homme avait une façon de me faire sentir comme si je vivais dans une réalité différente où je pourrais oublier Martinez.

À bord, des lumières avaient été accrochées sur chaque coin du navire, longeant ses bords lisses et ses courbes, le décorant comme un arbre de Noël. Un autre clic sur un des mystérieux boutons de Gabe et une musique douce commença à jouer.

Gabe se tenait derrière moi et son souffle brûlant réchauffa ma nuque. Un frisson d'excitation parcourut mon corps, se concentrant entre mes jambes.

Avec le bout de son doigt, il traça une ligne le long de ma colonne vertébrale, dessinant les creux et les bosses de mes vertèbres.

— Je peux sentir ton excitation, Samantha.

— Il n'y a qu'une chose que je veux faire ce soir.

Qu'est-ce que c'est ? demanda-t-il.

Je me tournai en souriant et abaissai ma main sur son entrejambe.

— Tu sais parfaitement ce que c'est.

— Aha, et je veux danser avec toi.

Il prit ma main dans la sienne, plaça l'autre sur le bas de mon dos, et commença à se balancer au son à la musique lente.

Appuyant ma tête sur son épaule, je me souvins de notre première nuit ensemble au club. Cela semblait tellement lointain.

— Je te fais confiance, Gabe.

— Pleinement. J'ai besoin que tu me fasses entièrement confiance Sam. Je veux que tu te sentes suffisamment à l'aise avec moi pour tout me dire. Même si quelqu'un tente de te convaincre du contraire. C'est la seule façon pour moi de te garder en sécurité.

Je ne m'étais jamais sentie autant en sécurité que dans les bras de Gabe. Le vent s'était transformé en une légère brise. Nous dansâmes pendant un moment, la musique et les douces vagues berçant nos corps dans un rythme lent.

Lorsque nous nous séparâmes, je plongeai mon regard dans les yeux éblouissants de Gabe.

— Je ne mérite pas tout cela. Tu devrais être en colère contre moi.

Étais-je digne de cet homme bienveillant qui, au lieu de me réprimander, m'avait amené sur ce beau yacht ?

— Tu mérites d'avoir tout ce que tu désires. Et je n'ai jamais dit que je n'étais pas en colère.

— Tu as une drôle de façon de le montrer. J'aurais dû être honnête avec toi. Je suis désolée, Gabe.

Je baissai mes mains et les posai sur sa fermeture éclair. Le son qu'elle fit alors que je la faisais descendre était excitant.

Gabe s'arrêta de danser.

— Tu n'as pas besoin de faire ça pour te faire pardonner, Sam.

Il porta mes mains à ses lèvres.

— Mais je le veux.

J'étais certaine que la flamme dans les yeux de Gabe s'était transférée dans les miens.

— Je ne veux pas que tu te sentes obligée de me rendre heureux parce que tu as fait quelque chose de mal.

Était-ce ce que j'avais fait ? Je voulais me faire pardonner par Gabe. Je lui étais redevable. Je ne lui cacherais plus jamais rien. Il avait besoin de le savoir. Et lui montrer combien il était important pour moi de la manière la plus intime qui soit était la seule que je connaissais. L'avoir dans ma bouche me ferait sentir qu'il acceptait mes excuses.

— Je veux que tu me donnes du plaisir parce que c'est ce que tu veux et non pas parce que tu as l'impression de m'être redevable, continua-t-il.

— Je veux simplement te rendre heureux, pas te contrarier, dis-je.

— Je sais. Ma façon de gérer ton escapade n'est peut-être pas ce à quoi tu t'attendais. La seule façon pour moi de résoudre ce problème est de vous garder en sécurité. J'espère qu'après ce soir, tu me feras entièrement confiance et que tu comprendras pourquoi j'ai besoin de toujours savoir où tu es. Tourne-toi, Samantha.

Ses yeux flambaient comme si quelqu'un les avait alimentés avec de l'essence.

Je lui tournai le dos.

Un léger chatouillement longea mon cou alors qu'il enlevait mon foulard de mes épaules. Il poussa mes cheveux sur le côté et embrassa mon cou le long de la racine de mes cheveux. La bretelle de ma robe glissa tandis que Gabe la faisait descendre avec ses dents. Une douce brise refroidit les traces légères de la salive qu'il avait déposée.

Mes mamelons se durcirent.

Se déplaçant de l'autre côté, Gabe fit descendre la seconde bretelle et ma robe glissa sur le pont. Son inspiration haletante derrière moi me fit sourire.

— Tu es belle, Samantha.

Gabe faisait l'amour à chaque lettre de mon prénom avec sa langue.

— Fais-moi face.

Nue, ne portant que mes talons blancs et le bracelet de breloques, je tournai sur mes orteils. Gabe porta ses mains à son cou pour défaire sa cravate. Il dénoua le nœud et jeta le morceau de tissu dans l'océan.

— Que fais-tu ? Nous nous sommes mis sur notre trente-et-un pour rien ?

— Changement de plans, Samantha. Les requins auront plus l'utilité de mes vêtements ce soir que j'en aurai.

Il saisit l'encolure de sa chemise et tira dessus. Les boutons s'envolèrent, rebondissant sur le pont, leur écho rapidement réduit au silence par le bourdonnement de l'océan.

Ma mâchoire se décrocha. Sa poitrine parfaite montait et descendait et je me déplaçai pour l'embrasser. Je fis courir mes lèvres le long de ses pectoraux.

Ses mains s'emparèrent de mes hanches, ses pouces dessinant des cercles autour de l'os de ma hanche.

Je baissai la chemise de ses épaules et la jetai par-dessus bord.

— Holà. Que vais-je porter pour rentrer à la maison ?

— Moi.

Je me hissai sur la pointe des pieds et mordillai le lobe de son oreille. Le léger chaume sur ses joues irritait le côté de mon visage.

Une flamme mystérieuse apparut dans les yeux de Gabe. Je savais qu'il me voulait, mais quelque chose le maintenait distant.

— Ah, cette bouche semble solitaire.

— Elle n'en a pas que l'air, dis-je en baissant les yeux pour descendre la fermeture éclair son pantalon.

Il me laissa le faire glisser sur ses hanches et se retrouva en sous-vêtement.

Un autre baiser et j'étais certaine que le bout de son sexe apparaitrait par-dessus son boxer, mais avant que j'aie eu la chance d'abaisser ma bouche pour goûter le délicieux gland, Gabe prit mon visage entre ses mains et piqueta mes lèvres avec les plus doux des baisers.

Il taquina mes lèvres si doucement que je pensais m'être perdue dans un rêve.

Je ne remarquai pas qu'il nous avait entraînés sur le côté du bateau.

— Tu ressembles à une pécheresse, Samantha.

— Alors péchons, répondis-je en souriant, intriguée quant à ce que Gabe avait prévu.

— Maintenant, reste ici et attends.

Le yacht se balança un peu. Le bourdonnement de l'océan apaisait mes sens.

Gabe recula et enjamba le rail sur le rebord de l'embarcation.

— Que fais-tu ?

Je me précipitai vers lui, mais avant que je l'atteigne, il écarta les bras sur les côtés et tomba en arrière dans l'océan noir.

Je me penchai sur le bord. L'eau ondulait là où il avait disparu.

— Gabe !

Sa tête sortit finalement de l'eau, et les deux étincelles dans ses yeux rayonnaient vers moi.

Des frissons d'anciens souvenirs m'inondèrent. L'eau claire tachée du sang de mon père, l'odeur de sel et de fer, de poisson et de chair en même temps. C'était trop. Pourquoi Gabe me faisait-il ça ? Je ne pouvais pas le perdre. Je ne pouvais pas vivre ça à nouveau.

— Gabriel Argent, reviens ici maintenant !

Je scrutai l'océan pour un aileron venant à notre encontre, mais dans l'obscurité, je doutai de voir un requin avant qu'il ait à moitié dévoré mon détective privé.

— Rejoins-moi, dit-il en riant.

— Tu te moques de moi ? Je ne peux pas... je t'en prie, sors de l'eau, le suppliai-je en me sentant impuissante.

— Aie confiance en moi Sam.

Lui faire confiance ? Était-il sérieux ? Après que je lui ai raconté ce qui était arrivé à mon père ?

— Y a-t-il des requins dans l'océan ? demandai-je.

— Oui.

Ma gorge se serra.

— Alors s'il te plaît, sors de l'eau, Gabe.

— Je te promets que tu es en sécurité avec moi Sam. Saute.

Je scrutai à nouveau l'eau, me rappelant mon vœu de ne jamais mettre un pied dans l'océan. Mais, si j'étais certaine d'une chose, c'était de la promesse de Gabe. Il ne m'aurait jamais demandé de sauter s'il n'avait pas été certain que j'étais en sécurité.

Il vaudrait mieux que je ne serve pas de plat principal pour notre premier dîner officiel.

Je pris une profonde inspiration, enlevai mes talons et sautai par-dessus bord. La chaleur de l'eau me surpris. Des bras forts me tirèrent à la surface tandis que mes jambes s'agitaient. Un goût de sel couvrit ma bouche.

— Pouvons-nous sortir maintenant ? demandai-je.

— Sam, regarde-moi. Tu es en sécurité ici.

— Mais... les requins.

— Ne t'inquiète pas au sujet des requins. Regarde-moi dans les yeux, Sam. T'aurais-je laissé sauter si tu avais été en danger ?

— Non.

Je secouai la tête, sentant la chaleur de Gabe se propager lentement en moi.

L'adoration que je pouvais lire dans ses yeux me submergeait.

— As-tu confiance en moi ?

Ses yeux argentés apaisaient mes nerfs.

— Oui.

— Tu as sauté dans des eaux infestées de requins avec moi. Pourquoi ?

— Parce que tu me l'as demandé.

Il pressa ses lèvres sur les miennes et enroula ses bras autour de moi. Je laissai s'échapper le dernier fil qui liait la tension dans mon corps et laissai les douces vagues nous porter. Lorsque nous nous écartâmes, les nuages s'étaient dissous et la lune brillait sur la surface de l'eau.

— Et j'espère que tu feras tout ce que je te demanderai à partir de maintenant. Cela signifie ne pas faire confiance à Kendra. Du moins pas encore.

— Je comprends. Comment se fait-il que tu n'aies pas peur des requins ? demandai-je. Les as-tu attirés ailleurs pour qu'ils ne viennent pas nager ici ?

— Non, dit-il en riant. Tu ne peux pas le voir, mais il y a une cage tout autour de nous.

J'expirai et regardai sur les côtés et derrière moi, mais Gabe avait raison. Je ne voyais pas de cage.

— C'est ce que tu avais prévu ?

— Oui, suivi d'un dîner et d'un dessert.

Il sourit, embrassant le bout de mon nez.

— Qui a-t-il pour dessert ?

— Toi.

— J'espérais que tu dirais ça.

Je pressai mon corps contre le sien, souhaitant que nous soyons déjà de retour sur le pont pour que je puisse profiter de toute sa nudité.

— M. Silver ? appela Charlie depuis le yacht.

Gabe nagea devant moi, cachant mon corps.

— Je vous avais demandé d'être invisible.

La tension dans la voix de Gabe me fit m'accrocher à ses bras par-derrière. Il avait l'air prêt à sauter hors de l'océan et tordre le cou de l'homme pour nous avoir interrompus. S'était-il trouvé sur le bateau depuis le début ? C'était la première fois que je voyais un élément du dispositif de sécurité de Gabe. M'avait-il vue nue, offrant mon corps à son patron ?

— Monsieur, le protocole a été rompu. Votre présence est requise à la maison.

Et sans un mot de plus, l'homme disparut.

Quoi que signifiât le 'protocole', cela amena de l'inquiétude sur le visage de Gabe.

— On dirait que le dessert va devoir attendre.

— A-t-il été là tout le temps ? demandai-je.

— Charlie est mon bras droit. Il est toujours à proximité, mais il n'est pas censé être vu lorsque je ne veux pas qu'il le soit.

Il fronça les sourcils.

— Je suis désolé si cela t'a mis mal à l'aise.

Gabe prit ma main et commença à nager vers la poupe du bateau.

— C'est bon.

— Viens. Je te promets que je me ferai pardonner pour ça.

Il m'aida à monter sur l'échelle en aluminium.

— Il y a un peignoir qui t'attend sur le pont.

À bord, je me recouvris du vêtement moelleux. Gabe enleva son boxer trempé et enroula une serviette autour de sa taille.

— Attends-moi ici. Je ne serai pas long.

Je m'assis sur les sièges rembourrés et agrippai le devant de mon vêtement.

Gabe se rendit dans la cabine principale. La conversation à l'intérieur était étouffée par les rafales du vent. Les mots que je pus entendre au sujet d'une brèche de sécurité me firent agripper les bords du siège. À l'horizon, sur ma gauche, au milieu de l'océan, une nouvelle lumière brilla.

Dès que Gabe franchit la porte, il regarda vers la droite.

— Maintenant ! cria-t-il en se précipitant à mes côtés.

Il portait un pantalon de survêtement, mais pas de chemise.

Les moteurs rugirent et Gabe m'attrapa juste avant que Charlie lance le yacht à toute allure et se dirige vers le rivage.

— Est-ce Martinez ? demandai-je.

— Je ne sais pas, répondit-il en enroulant son bras autour de moi.

Le vent fouettait mes cheveux mouillés, éclaboussant d'eau salée nos visages. Gabe regardait en arrière et je suivis son regard. La lumière derrière nous était plus proche que jamais.

— Sommes-nous en danger ? demandai-je par-dessus le vent.

Le peignoir que je portais n'était plus suffisant pour me tenir chaud maintenant.

Gabe m'attira plus près.

— Nous devrions être en sécurité, dit-il en serrant le côté de mon bras.

Je m'appuyai contre sa poitrine.

— Devrions ?

— L'équipe pour les détourner a été envoyée. Nous serons bientôt à la maison.

Une fois que Charlie eut amarré le bateau, Gabe m'aida à en sortir. Les lumières de la maison étaient toutes éteintes.

Charlie remit les gaz, éteignit les lumières et fila au loin dans l'obscurité. Je me demandai comment il savait où il allait.

— Viens, dit Gabe en tirant sur ma main. Je vais te faire du thé.

Sans le chemin de lumières pour nous guider, je suivis ses pas.

— Qu'est-il arrivé ici ? Pourquoi toutes les lumières sont-elles éteintes ? demandai-je.

Même la piscine était noire. Si la lune n'avait pas brillé et le bras de Gabe ne m'avait pas guidée, je serais tombée dedans.

— Quelqu'un s'est un peu trop approché.

Il poussa la porte vitrée à l'arrière de la maison et entra le premier.

— Gabe ? Sam ? Est-ce vous ?

La voix tremblante de Kendra retentit derrière le comptoir de la cuisine.

— Oui. Tu vas bien, K ?

— Les lumières se sont éteintes. Que se passe-t-il ?

— C'est juste une précaution, K. Je ne veux pas que quiconque voie la maison en ce moment.

Il ferma la porte derrière lui et appuya sur un bouton sur son téléphone. Un double bip retentit dans la pièce et je sursautai.

— Qu'est-ce que c'est ?

— Le système d'alarme fonctionne sur l'alimentation de secours.

Il me tira vers le comptoir de la cuisine et ouvrit un tiroir.

— Nous allons utiliser des lampes de poche le temps que la sécurité vérifie les lieux. Amène celle-là dans la chambre à côté de la mienne et restes-y, dit-il à Kendra. Essaie de ne pas l'allumer à moins que tu en aies besoin.

Il lui tendit une lampe de poche en même temps qu'il m'en donna une.

— Tu penses qu'il est ici ? demanda-t-elle.

— Je ne sais pas, et je ne veux pas courir de risque. Allons-y.

Kendra prit ma main d'un côté et Gabe prit l'autre. Nous nous précipitâmes à l'étage et Kendra tourna dans la chambre à côté de la nôtre.

— Verrouille derrière toi, lui ordonna-t-il. Ne sors pas à moins que je te le demande, tu comprends ?

— Oui, chuchota-t-elle.

Il m'attira dans notre chambre.

— J'ai beaucoup de travail à faire. Tu veux bien m'attendre au lit ?

— Bien sûr. Tu m'inquiètes, Gabe.

— Je te promets que tout ira bien. Je ne vais pas quitter cette pièce. Maintenant, va au lit et réchauffe-le pour moi.

C'était la première fois que je voyais de la chair de poule sur les bras de Gabe.

Il cliqua sur une touche de son ordinateur portable et baissa la lumière de l'écran.

J'enlevai mon peignoir et sautai dans le lit. Les draps frais agressèrent mon corps.

Gabe resta assis à son bureau pour ce qui me parut être des heures. Le cliquetis de son clavier devint répétitif et commença à m'endormir, comme les vagues de l'océan. Je forçai mes yeux à rester ouverts, espérant que les prochains clics seraient les derniers et que je pourrais sentir le corps de Gabe se blottir contre moi, mais ça n'arriva pas.

De temps en temps, Gabe fronçait les sourcils. À deux heures du matin, la lampe sur son bureau s'alluma. La lumière de la piscine en bas se refléta jusqu'à notre étage, et je sus que Gabe se sentait enfin suffisamment en sécurité pour rétablir l'électricité.

Quelque part entre quatre et cinq heures du matin, son corps frais se colla au mien dans le lit. Il s'enroula autour de moi, me tint serré contre lui et s'endormit.

J'accueillis avec soulagement la sécurité de son étreinte et retournai à mes rêves.

MA PEAU me démangeait alors que je me réveillai avec l'odeur du café frais. Gabe était profondément endormi et je ne voulais pas le réveiller. Je l'embrassai puis allai prendre une douche. Ensuite, j'enfilai un short et un tee-shirt et descendis au rez-de-chaussée sur la pointe des pieds.

Dans la cuisine, Kendra était assise au comptoir, chuchotant à quelqu'un que je ne pouvais pas voir.

— Salut. Gabe dort encore, dis-je.

— Salut, répondit Kendra en se tournant.

Il y avait un éclat particulier sur son visage que je n'avais pas vu depuis très longtemps.

Lorsqu'elle se déplaça sur le côté, je vis Tristan assis derrière le comptoir de la cuisine, les yeux fatigués et assombris par la douleur. Il avait l'air d'avoir passé toute la nuit debout, lui aussi.

— C'est Tristan, dit-elle.

— Ravi de vous rencontrer, dit-il en me tendant la main comme s'il me rencontrait pour la première fois.

Même dans son état d'épuisement, Tristan était aussi séduisant qu'il l'était la veille. Parfaitement bronzé, ses yeux sombres brillaient dans la lumière matinale avec une étincelle similaire à celle de Gabe.

— Bonjour Tristan.

— J'amène Kendra régler une dette ou deux. Gabe sait qu'elle vient avec moi. S'il vous plaît, dîtes-lui qu'elle sera de retour cet après-midi. Je le contacterai rapidement, dit-il.

— Qu'en est-il de ta cheville ? demandai-je en regardant le pied de Kendra où le bracelet noir était censé être.

Elle fit tournoyer le lien en métal sur son index.

— Je suis libre !

— Seulement pour quelques heures, lui rappela Tristan. J'ai promis à Gabe que tu serais de retour pour le dîner. Il a travaillé dur la nuit dernière pour organiser cette rencontre.

— Ça me va, déclara Kendra.

La façon dont elle regardait Tristan me fit penser à celle dont j'admirais Gabe. Était-elle encore amoureuse de lui ?

CHAPITRE 18

Le sol sous la plante de mes pieds les refroidissait. La chaleur condensée de mes empreintes restait sur le marbre derrière moi pendant quelques secondes. Des frissons d'excitation me parcoururent. J'espérai que ma surprise pour Gabe allait fonctionner. Après une longue nuit, c'était à son tour de se détendre. Un petit bol de fruits frais ainsi qu'un tube de chantilly reposait sur le comptoir. Je sautai sur la surface froide et m'assis, patientant.

Étirant mes jambes, je commençai avec mes orteils, décorant chacun d'eux avec une touche de chantilly. Une myrtille reposait au centre de chaque monticule. Puis vint la partie difficile. Me soutenant sur mes coudes, je déposai de la chantilly sur mon triangle fraîchement épilé. La fraîcheur de la mousse blanche me chatouilla alors que j'imaginais la bouche de Gabe en train de la lécher. Une cerise embellit la pointe inférieure de la forme. Je me couchai à plat sur le comptoir et versai de la chantilly sur mes mamelons avant de placer une fraise sur chacun d'eux.

M'examinant dans le miroir au-dessus, je ne reconnus pas la femme qui s'y reflétait. Le sex-appeal rayonnait de ses yeux, comme une déesse. Ses courbes parfaites en sablier me firent ouvrir la bouche, et je compris pourquoi Gabe m'avait toujours demandé de la fermer. L'ouverture parfaitement ronde faite par mes lèvres semblait inviter un homme à y entrer.

Le réveil sur la table de chevet de Gabe se mit à sonner.

— Sam ? appela-t-il.

— Je suis en bas, criai-je.

Gabe serait là dans quelques minutes.

Bientôt, j'entendis le bruit de pas nus qui descendaient l'escalier. Je voulais regarder sur ma droite pour voir la réaction de Gabe, mais si je bougeais, les fleurs que j'avais éparpillées sur mes cheveux tomberaient.

Je l'entendis s'arrêter. Les ombres sur les fenêtres s'obscurcirent et le bruit d'une inspiration profonde amena un sourire sur mon visage.

— Et si quelqu'un d'autre était entré ? dit-il en s'approchant du comptoir.

Je vis son beau reflet au-dessus et remarquai immédiatement son excitation devant mon offrande.

— Il n'y a personne. Tristan a emmené Kendra avec lui. Ils ont pris Clara avec eux pour qu'elle puisse faire quelques courses. En plus, nous n'avons pas eu notre dessert hier. Et je suis pratiquement sûre que tu as mentionné que je devais porter mon costume de naissance pour le petit déjeuner.

Je me mordis la lèvre.

— J'espère que tu as faim.

Gabe fit traîner un doigt le long de ma peau, sous la courbe de ma poitrine, sur mon ventre, mes cuisses, mes genoux puis vers mes pieds.

— Plus que tu ne le sauras jamais, Samantha.

Il baissa la tête sur mes orteils et lécha la chantilly sur chacun d'eux. Ses mains se posèrent sur la plante de mes pieds et commencèrent à les masser.

La sensation de chaque coup de langue et doux suçotement sur mes orteils mit feu mon corps, se concentrant en un seul endroit.

J'espérai que la chantilly sous la cerise ne fondrait pas avant que Gabe y arrive.

Il appuya sur les mêmes points de pression qu'il avait touchés dans la baignoire, ceux qui m'avaient déclenché des picotements entre les jambes. Je me demandai si j'arriverais à tenir suffisamment longtemps.

— Tu ne joues pas franc-jeu, l'accusai-je en riant.

Les fraises sur mes seins montaient et descendaient.

— Qui a parlé de jouer le jeu, Samantha ? Trouves-tu que tu es juste en couvrant les parties les plus délicieuses de ton corps ?

Je ne pouvais pas m'empêcher de rire encore une fois alors qu'il terminait le dernier orteil.

— Je devrais réclamer ce genre de petit déjeuner tous les matins.

Les mains de Gabe remontèrent ma jambe jusqu'à mes cuisses. Il se hissa sur le comptoir et s'assit sur mes jambes.

Au plafond, je vis son érection et je n'étais pas sûre que cela soit dû au reflet, mais elle semblait encore plus grosse que d'habitude.

Agrippant mes hanches, Gabe baissa la tête et attrapa la cerise avec ses dents. Il s'accroupit à quatre pattes sur moi et la porta à ma bouche.

J'acceptai le fruit et le baiser qui vint avec lui. Le goût de la chantilly coulait de la bouche de Gabe à la mienne, et la pression en dessous de ma taille augmenta. Chaque partie de mon corps était douloureuse sous le besoin que j'avais qu'il nettoie l'endroit où avait reposé la cerise. Gabe ne s'était pas rasé ce matin, ce qui ne lui ressemblait pas. Il savait très bien ce que je pensais des hommes non rasés. Attendait-il que je le fasse pour lui ?

— Partager est un geste d'affection, dit-il en revenant à son point précédent.

Il baissa la tête sur l'os de ma hanche, l'embrassa, puis fit traîner sa langue juste au-dessus de la ligne de chantilly jusqu'à mon autre hanche, embrassant celle-là également. Sa barbe de trois jours chatouilla mon ventre.

— Tu ne t'es pas rasé ? dis-je.

— C'est exact.

— Attends-tu que je le fasse pour toi ?

— Non, tu en connaitras la raison très bientôt.

Il retourna sur ma hanche et je la soulevai un peu plus haut.

— Serais-tu impatiente ? Y a-t-il quelque chose en particulier que tu aimerais que je fasse Sam ?

En entendant la joie dans sa voix, je me demandai soudain si tout ceci était une bonne idée. C'était de la torture. J'avais pensé que je serais celle qui aurait le contrôle de la situation.

— Oui.

— Dis-le.

— Mange-moi.

— Et ?

Il m'embrassa plus bas.

— Lèche-moi.

— Et ?

Ses lèvres touchèrent le haut de la ligne du triangle blanc.

— Fais-moi jouir.

— Tes désirs sont des ordres.

Sur ces mots, sa langue plongea dans la chantilly, léchant tout pour en obtenir le prix. Il remonta mes pieds et je fus forcée de plier les genoux. Gabe posa sa bouche entre mes jambes et son chaume chatouilla l'intérieur de mes cuisses, ce qui augmenta la sensation de l'avoir là.

À cet instant, je compris pourquoi il ne s'était pas rasé. Chaque mouvement de son visage contre ma chair me frottait doucement, envoyant de nouveaux délices vers le centre de mon corps. Je gémis au premier contact de sa langue sur ma peau fraîche. La sensation de sa pleine bouche était insoutenable.

Ses lèvres se refermèrent autour de moi tandis qu'il commençait à dévorer son dessert. Il m'étira avec ses doigts, faisant traîner sa langue entre mes replis jusqu'à mon ouverture. Il glissa un doigt en moi et je me contractai autour de lui, soulevant à nouveau mon bassin vers lui. Comme un expert, il retourna sur mon clitoris gonflé.

Dans le miroir au-dessus de nous, j'admirai les muscles de son dos et la façon dont sa tête montait et descendait. Sa main gauche serra ma hanche alors que je tressautais contre son visage. Je voulais mettre mes mains sur sa tête, faire courir mes doigts dans ses cheveux, et l'appuyer plus fermement sur moi, mais je ne pouvais pas abîmer les décorations de mes seins. Je pressai la plante de mes pieds sur le comptoir. Mes paumes étaient bien à plat sur la surface du meuble, me maintenant stable sous lui.

Il fit danser sa langue plus rapidement, aspirant de temps en temps comme s'il voulait nettoyer les dernières gouttes de chantilly qui s'étaient glissées entre mes replis. L'air chaud de son souffle rafraîchit la brûlure que je ressentais sur la pointe de mon clitoris et au coup de langue suivant, je jouis en tremblant.

Gabe me lécha de haut en bas, attendant que les vagues d'électricité qui me parcouraient le corps s'apaisent et que mes membres se détendent. Il retourna alors sur mon clitoris, l'embrassant et se nourrissant des derniers vestiges de mon orgasme.

Mes jambes s'effondrèrent sur comptoir de la cuisine. Normalement, j'aurais dû être épuisée, mais maintenant, tout ce que je voulais, c'était sentir Gabe en moi.

Ses lèvres se déplacèrent sur mon mamelon. L'étau de sa bouche et la douce odeur de fraise remontèrent le long de mon corps. Il nettoya ma poitrine à grands coups de langue, tirant ma chair durcie avec ses dents.

La morsure envoya une pointe de plaisir qui partit de mes seins pour se loger entre mes jambes, et Gabe se déplaça de l'autre côté. Cette fois, il leva la fraise avec ses dents et l'apporta à ma bouche. Le jus sucré coula de sa langue à la mienne alors qu'il me donnait le fruit. L'érection de Gabe glissa le long de ma cuisse alors que j'écartais mes jambes pour lui.

Il revint sur ma poitrine et y fit travailler sa bouche, tirant mon mamelon avec ses dents. Je sentis que je devenais de plus en plus humide pour lui à chaque contact de ses lèvres.

— Je te veux en moi, Gabe, chuchotai-je.

Un grognement primitif remonta du fond de sa gorge. Il se redressa en entendant mon invitation. Sa bouche recouverte de chantilly se pressa à la mienne et il se glissa en moi, m'emplissant entièrement dès la première poussée. L'intensité de son baiser et sa bouche pleine de désir me fit me fondre dans son corps tandis qu'il se pressait contre moi tout en imprimant un mouvement de va-et-vient à ses hanches.

Je glissai sur le comptoir en granit. La surface froide apaisa pour un instant le feu de mon corps.

Gabe ne voulait pas lâcher ma bouche. Son baiser était profond et fervent, comme si c'était la dernière fois qu'il m'avait.

Je resserrai mes jambes autour de ses hanches, m'attachant à lui avec mes membres comme s'ils étaient les attaches que je désirais maintenant et qui nous lieraient ensemble de façon permanente.

Il me prit dans ses bras et me souleva. Avec mes jambes autour de lui, il se mit à genoux, tenant mes fesses.

Je me pressai contre lui alors que ses plongées affamées s'enfonçaient complètement en moi, stimulées par mes hanches qui décrivaient des cercles. Je le tins dans mes bras, me sentant me resserrer autour de son sexe.

Il poussa une dernière fois, se déversant en moi.

— Oh mon Dieu !

Il éloigna sa bouche de la mienne pour vocaliser sa libération.

J'embrassai sa joue, son nez, son menton. Gabe ne me lâcha pas et je maintins mes bras autour de son cou.

— Je ne serais jamais rassasié de toi, dit-il.

— Idem, chuchotai-je.

— Je pense que nous avons dépassé le stade de l'aventure, et c'est... c'est...

— ... effrayant, terminai-je.

Il hocha la tête en me regardant dans les yeux.

— Ça l'est.

Gabe me souleva dans ses bras ainsi que du comptoir pour me poser doucement sur le sol.

— Tu es le meilleur petit déjeuner que j'ai jamais eu.

— Tant mieux.

J'enfilai mon peignoir.

— Je ne crois pas que je pourrai manger sur ce comptoir sans penser à vous deux.

Le parfum de rose de Kendra flotta dans la cuisine.

Je me glissai derrière Gabe tandis qu'il attrapait un torchon de cuisine et l'enroulait autour de sa taille, tenant le court tissu dans son dos.

— Ne vous inquiétez pas, je ne vous ai pas regardé. Bien que je doive dire que j'aurais aimé l'avoir fait.

Elle examina le désordre que nous avions mis.

— Je croyais que tu ne devais pas rentrer avant cet après-midi, dis-je.

— Le plan de Tristan ne s'est pas déroulé aussi bien qu'il le pensait. Il t'attend devant la maison, Gabe.

Elle croisa les bras. Le malaise apparent dans son langage corporel me fit redouter qu'une autre surprise nous attende.

— Tu sembles aller beaucoup mieux, K.

Gabe maintenait une attention sévère sur notre amie.

— Je me sens mieux, en effet. Je serai à la piscine. Ne t'inquiète pas, je ne compte aller nulle part.

— Tu fais ça, et je te traquerai pour Tristan et je t'enfoncerai un émetteur dans la gorge.

— Je ne le quitterais pas comme ça. Pas encore une fois, tu devrais le savoir.

Elle passa devant nous pour se rendre dans la cour sans regarder en arrière.

Je ne sais pas si c'était à cause de mes nerfs ou de l'entrée surprise de Kendra, mais j'éclatai de rire.

— Qu'y a-t-il de si drôle ? demanda Gabe.

— Je ne sais pas. Nous. Ça.

Je pointai du doigt les restes blancs de la Chantilly.

Il me prit dans ses bras et m'embrassa durement sur les lèvres.

— Je serai bientôt de retour, dit-il en enfilant son bas de jogging.

Je resserrai mon peignoir et je me dirigeai vers la piscine pour voir Kendra. Elle était assise sur une chaise longue, les genoux remontés contre sa poitrine.

— Où êtes-vous allés ? demandai-je.

— Tristan voulait payer ma dette. Cela n'a pas fonctionné. Martinez a de nouveaux ordres et Tristan essaie d'avoir un coup d'avance sur lui.

— Qu'est-ce que ça veut dire ?

Je m'assis à côté d'elle.

— Je ne sais pas. C'est ce dont ils sont en train de parler.

— Est-ce que vous êtes… en couple ?

— Non. C'est juste un très bon ami.

Le visage de Kendra s'éclairait lorsqu'elle parlait de Tristan.

— Mais tu l'aimes toujours ?

— Ça m'a passé. Nous étions trop compliqués ensemble.

Gabe ouvrit la porte de l'arrière-cour. Son visage sérieux me dit tout ce que j'avais besoin de savoir.

— Kendra, tu vas avec Tristan. Sam, tu ne dois pas me quitter d'une semelle.

— Gabe, que se passe-t-il ?

— Tristan a intercepté un appel. Martinez a reçu l'ordre de tuer Kendra.

CHAPITRE 19

Tristan et Kendra partirent. Gabe dit que son cousin la garderait en sécurité pendant la nuit. Demain, lorsqu'ils seraient prêts et que plus d'agents de sécurité seraient arrivés, les hommes partiraient à la poursuite de Martinez.

Je n'aimais pas ça. Je restai dans mon jogging rose, apportant du thé à Gabe tandis qu'il était assis devant son ordinateur. Et c'est ainsi que la journée se passa, Gabe tapotant sur son clavier et moi passant mon temps à m'inquiéter.

— Je ne veux pas que tu partes demain, dis-je dans la soirée, faisant une pause dans ma lecture.

Pendant qu'il travaillait, j'avais lu dans le lit.

— Je le dois Sam. Tu ne devrais pas t'inquiéter.

— Je ne veux pas te perdre.

Je mis mon Kindle de côté sur un oreiller.

— Tu ne me perdras pas. Je suis bon dans mon travail.

— Je n'en doute pas, Gabe. Mais là, c'est personnel.

— Ça l'est. Je ne permettrai plus jamais que quelqu'un que j'aime soit blessé.

Mon souffle se figea et ma bouche s'ouvrit.

Après quelques secondes, Gabe arrêta de taper sur son clavier et releva sa tête de l'écran.

— Qu'est-ce que tu as dit ? demandai-je à voix basse avec ma main près de mes lèvres.

Il pivota sur sa chaise avec un regard stupéfait sur son visage.

— Je ne les laisserai pas blesser quelqu'un que j'aime.

— Tu m'aimes ?

Je n'arrivais pas croire ce que j'avais entendu, mais mon cœur sauta de joie.

— Je... oui.

— Qu'en est-il du 'sans attaches', Gabe ? Nous n'avons même pas eu de premier rendez-vous. Je pensais que tu ne voulais que d'une aventure, comme moi.

Ma voix tremblait tandis que Gabe s'avançait vers moi.

— Si tu veux de moi, je veux les attaches, les liens, les chaînes et les menottes si c'est ce qui te gardera à mes côtés.

— Les menottes ?

Mes sourcils se haussèrent.

— Absolument tout, dit-il en souriant. Tu as une façon d'effacer la douleur et la perte de mon esprit. Je veux à nouveau vivre quand je suis avec toi.

Gabe me prit dans ses bras et embrassa le sommet de ma tête. Il y laissa ses lèvres pendant longtemps.

— Je ne sais pas quand et je ne sais pas comment, mais je suis tombé amoureux de toi. Tu me donnes envie d'être un homme meilleur.

Je pris une profonde inspiration. Ce qu'il avait dit était si bien et si parfait. J'avais peur de me réveiller. Une vie sans Gabe ne valait pas la peine d'être vécue. Était-ce ce à quoi le véritable amour ressemblait ? Comme si vous étiez prêt à mourir pour l'autre personne ? Comme si vous étiez prêt à sauter dans le feu ou dans des eaux infestées de requins pour eux ? Après Kevin, jurant de ne jamais aimer à nouveau, j'avais verrouillé mes émotions. Mais maintenant, je me rendais compte que Gabe avait percé mes défenses et volé mon cœur.

— Je t'aime aussi, Gabriel.

Il toucha mes lèvres des siennes et m'allongea sur le lit.

— Je ne laisserai personne te faire du mal.

Ses yeux brillaient d'un nouvel éclat que je n'avais jamais vu auparavant. C'était un mélange parfait d'amour, de luxure et de désir infini.

Lorsque nous fîmes l'amour ce soir-là, j'essayai de me souvenir de chaque caresse, du son de chacun de ses souffles, et du rythme de son cœur qui pulsait. Je voulais me souvenir de cette première fois que nous faisions l'amour en étant consciente de ce que cela signifiait, comme si c'était notre dernière fois. Et je suis heureuse de l'avoir fait. Cela me donna quelque chose à quoi me raccrocher lorsque la Grande Faucheuse vint frapper à ma porte.

CHAPITRE 20

Ma tête bourdonnait et une odeur d'œufs pourris et de chaussettes sales remplissait mes poumons. *Chloroforme.*

Le battement dans ma poitrine s'accéléra et j'ouvris les yeux pour ne voir que des ténèbres. Les refermant rapidement, je fouillai ma mémoire. J'avais eu du mal à m'endormir. Gabe m'aimait. Mon exaltation avait maintenu mon adrénaline à un niveau très élevé. Nous avions fait l'amour quatre fois avant d'être rassasiés. Gabe s'était endormi, et j'étais allé dans la salle de bain. J'avais enfilé mon jogging pour descendre afin d'aller chercher un verre d'eau.

Avant que je descende, quelqu'un était entré dans notre chambre et avait frappé Gabe sur la tête.

Gabe ! Je me rappelais avoir crié, mais le son avait été étouffé par un tissu appliqué sur ma bouche. Un vase était tombé d'une table. Un vent frais avait soufflé à travers une fenêtre brisée. Puis tout avait disparu pour ne laisser que l'obscurité.

Je pris une grande inspiration et ouvris à nouveau mes yeux. J'agitai ma main devant mon visage, mais je ne pouvais pas la voir.

— Gabe ? chuchotai-je en laissant retomber mes mains sur mes côtés.

La surface sous mes paumes était rugueuse. J'étendis le bras et rencontrai un mur.

Ma respiration devint difficile.

— Non, cela ne peut pas être en train d'arriver.

Mon autre main frappa un mur du côté opposé. Essayant de contrôler la peur qui envahissait mon corps, je suivis la ligne du mur jusqu'à ce que j'arrive à un coin. Mes paumes volèrent vers le plafond au-dessus de ma tête et se pressèrent contre la surface dure.

L'odeur de terre et de souillure devenait plus réelle chaque minute. Un autre souvenir défila dans ma tête. Une voix familière avait ri quand je m'étais réveillée pour la première fois, les mains liées derrière mon dos, mes jambes attachées avec une corde. Son nœud irritait mes chevilles et je pensai au bracelet de cheville de Kendra, souhaitant en porter un pour que Gabe puisse me traquer. J'agrippai mon poignet gauche, mais mon bracelet de breloques avait disparu. Le bâtard devait l'avoir volé.

Je me souvins de la voix rauque de Martinez.

— L'histoire se répète, Mme Connor, avait-il dit avec amusement.

Le relent de cigares faits maison m'avait piqué le nez.

Je n'avais pas été en mesure de dire où nous allions, mais les fréquentes bosses sur la route et les craquements sous les roues de la voiture m'avaient fait comprendre que c'était un endroit isolé. Je m'étais évanouie.

— Au secours ! criai-je maintenant. Aidez-moi !

Je glissai en avant, mais mes pieds touchèrent le bout du périmètre. Je cognai mes genoux sur le plafond bas en essayant de me remettre dans ma position initiale. Je tendis un bras derrière ma tête, redoutant ce que je savais déjà, et trouvai un autre mur.

— Gabe ! Aide-moi, s'il te plaît.

Je laissai échapper un long cri et laissai la rivière de larmes couler.

Je me demandai combien de temps j'avais avant d'étouffer dans cette boîte, enterrée sous terre.

— Gabe ! Gabe, réveille-toi !

La voix paniquée de Kendra vibra dans les tympans de Gabe. Ses doigts se crispèrent son bras jusqu'à ce qu'il ouvre les yeux.

Lumière du matin filtrait à travers la fenêtre, l'aveuglant. Le soleil étincelait dans le verre brisé éparpillé sur le plancher en bois de sa chambre. Gabe sortit de son lit comme mu par un ressort.

— Sam ?

Il courut sur le plancher et le verre entailla ses pieds.

— Elle est partie ! cria Kendra. J'ai déjà appelé Tristan. Qu'est-il arrivé ici ?

— Samantha !

— Elle n'est pas ici, Gabe.

Kendra se précipita à ses côtés et toucha l'arrière de sa tête.

— Tu es blessé.

— Je vais bien.

Il leva la main pour toucher l'endroit qu'avait touché Kendra. Un hématome s'était formé et il pouvait sentir une entaille humide sous ses doigts. Il se tourna vers Kendra.

— Et toi, tu vas bien ?

— Oui, je n'ai pas entendu ni vu quoi que ce soit. Je suis allée nager après que Tristan m'ait déposée ce matin. Il y a du sang dans la cuisine.

Elle se glissa dans la salle de bain et fit couler de l'eau froide sur une serviette qu'elle tendit à Gabe.

— Pas beaucoup, Gabe. Tes fenêtres ont été brisées. Je l'ai vu de la cour arrière et j'ai couru jusqu'ici.

— Je me moque des fenêtres. Où est Samantha ?

Kendra le prit par les épaules.

— Quelqu'un l'a enlevée, elle a disparu !

La poitrine de Gabe se vida comme si tout l'air avait été éliminé de ses poumons. Son cœur s'arrêta alors que les paroles de Kendra s'incrustaient en lui. Un sentiment nauséeux dans le creux de son estomac l'avertit d'une situation désastreuse. Le même sentiment qu'il avait eu lorsque Jo avait été enlevée.

— Comment ont-ils passé la sécurité ?

Gabe scruta la pièce alors qu'il laissait ses instincts prendre le relais.

— Je ne sais pas, mais l'heure sur certains des appareils clignote.

— Ils ont coupé l'électricité. Et les générateurs. Quelle heure est-il ?

— Huit heures.

— Tristan ?

— Il sera là dans cinq minutes.

Elle secoua la tête.

Gabe laissa tomber la serviette barbouillée de sang sur le sol et se précipita de son côté du lit, fouillant dans le tiroir.

— Que fais-tu ? demanda Kendra.

— Je peux suivre Sam.

Il attrapa son téléphone portable et l'espoir fissura la glace autour de son cœur. Il tapa quelques chiffres.

— Elle est ici ! Samantha !

Il courut vers la porte de la chambre, la plante de ses pieds entaillée laissant une traînée de sang derrière lui.

Kendra le suivit alors qu'il courait au rez-de-chaussée.

— Gabe, c'est impossible, j'ai fouillé toute la maison.

— Non, elle doit être ici. Ses breloques ont un dispositif de traçage.

Gabe se figea à nouveau. Dans la cour arrière, au-delà de la porte de verre, quelque chose brillait au soleil. Il regarda l'application de son téléphone qui pointait dans le même sens. Le sentiment d'angoisse revint dans son estomac, des remontées acides l'assaillant tandis qu'il se précipitait dehors.

Le bracelet de Samantha reposait sur la table du patio, avec une note.

Il ne pouvait plus bouger. Le seul espoir de Gabe de trouver Samantha venait de s'envoler.

— Qu'est-ce que c'est ? demanda Kendra en sortant sur le patio.

Gabe fixa la note, incapable de forcer ses pieds à avancer.

Kendra courut vers la table et la ramassa.

— L'histoire se répète, lut-elle. Qu'est-ce que ça veut dire ?

La bile remplit sa gorge.

— Ils vont l'enterrer vivante, comme ils l'ont fait avec Joanne, dit-il avant de vomir.

~

Une respiration difficile alimentait mes poumons avec un filet d'air. Je ne pouvais plus pleurer et mes yeux me piquaient. Du sang coulait de mes jambes à force d'avoir frappé le bois avec mes genoux. Taper sur le plafond bas, encore et encore, était un instinct de survie et je n'avais pas pu m'arrêter jusqu'à ce que mes jambes n'aient plus de force. Mes paumes étaient douloureuses, et le bout de mes doigts palpitait. Ils avaient été recouverts d'échardes quand je les avais fait glisser sur le bois à la recherche d'une charnière ou d'un autre type d'ouverture. Je m'étais coupé la paume sur un clou qui dépassait. La lacération me brûlait.

J'agrippai mon poignet nu où mon bracelet de breloques était censé être. Ma main avait fait le même mouvement toutes les deux minutes, à la recherche d'un espoir que je savais ne pas être là. Toute force avait quitté mon corps. Les battements de mon cœur ralentissaient pour devenir plus calmes. L'odeur de la mort m'entourait.

Je commençai à réciter un Je vous salue Marie.

~

— GABE, cela fait combien de temps ? demanda Tristan en sortant de sa Bentley, vêtu d'un jean et d'un tee-shirt blanc.

Kendra se tenait silencieusement dans le coin, consciente de tous les mouvements que faisait Tristan. Des sensations d'un passé depuis longtemps oublié se précipitaient à travers son corps. Son ex-petit ami avait toujours le même effet sur elle que lorsqu'ils sortaient ensemble, et pendant un instant, elle regretta sa décision de le quitter. À un moment où elle avait eu besoin d'un engagement, Tristan n'avait pas pu lui offrir. Maintenant, elle savait qu'il ne le pourrait pas pendant une longue période. Elle avait tailladé le cœur de son ex-amant d'entailles profondes, à l'intérieur comme à l'extérieur.

— Je ne sais pas. Nous sommes allés au lit peu après deux heures, dit Gabe.

— Tu l'as traquée ? Salut Kendra.

— Tristan.

Quand son cœur se calma, elle réussit à s'approcher et lui donna un baiser rapide sur la joue. Ses membres tremblaient. Kendra voulait réprimander Tristan pour avoir encore une fois impliqué Gabe dans ses affaires, mais ce n'était pas le bon moment, et ce n'était pas de la faute de Gabe si Sam avait été enlevée. Cet honneur lui appartenait, à elle.

— Le bâtard lui a enlevé son bracelet.

— Merde !

Un téléphone sonna dans la poche de Gabe. Il regarda l'écran puis Tristan avant d'appuyer sur le haut-parleur.

Une voix rauque retentit.

— On dirait que quelqu'un n'a pas appris sa leçon.

Kendra sentit ses genoux trembler. Tristan s'approcha pour la soutenir.

— Où est Samantha ? demanda Gabe.

— Plus près que tu le crois, répondit Martinez en riant. Dis à ta petite junkie que c'était censé être elle, mais elle n'était pas à la maison. C'est la prochaine sur la liste.

Tristan arracha le téléphone des mains de Gabe.

— Écoute-moi, salopard ! Dis-nous où elle est et nous réglerons le paiement.

— Il est trop tard pour ta petite pute.

— Je le jure, je vais te trouver et t'arracher la gorge, menaça Gabe.

— Cela ne réglera pas la dette non plus. Tu sais bien que je ne suis que le messager.

— Alors prends ce message. On vient vous chercher, toi, ton patron, et le patron de ton patron.

Un clic, suivi d'un silence mortel.

— Merde !

Gabe regarda Tristan.

— Je suis tellement désolée, Gabe. Cela aurait dû être moi.

Kendra ne pouvait plus contenir ses larmes. Ce qui était arrivé était de sa faute. Pourquoi fallait-il qu'elle soit si paumée ? Pourquoi n'avait-elle pas écouté Gabe et Tristan quand ils avaient essayé de l'aider ?

— Je suis tellement désolée.

— Laisse-moi réfléchir ! cria Gabe. Il doit y avoir un moyen !

— Fais-moi voir ça, dit Tristan en pointant l'application de traçage.

Gabe lui remit l'appareil.

— Cela ne sert à rien. Le bracelet est ici.

Gabe ramassa la chaîne, la tenant fermement dans sa main. Il savait que Samantha ne l'aurait pas retiré d'elle-même. Le bâtard était plus intelligent que ce que Gabe avait cru.

Plissant le front en tapant quelque chose sur le téléphone portable, Tristan ne prêta aucune attention à Gabe. Sa bouche se recourba.

— Où est la breloque en forme de gouvernail de Joanne ? demanda-t-il.

— À l'étage, pourquoi ?

— Parce que tu l'avais équipé d'un dispositif de traçage, mais tu ne lui as jamais donné.

— Qu'est-ce que cela a à voir avec Sam ?

— La balise est activée, et la breloque n'est pas à l'étage.

~

COMBIEN DE TEMPS CELA FAIT-IL ? me demandai-je. Étais-je encore en vie ? Je le croyais, mais je savais également que je n'avais plus que quelques minutes. Il n'y avait pratiquement plus d'air. La chaleur de mon souffle dans cette boîte déposait des gouttes de sueur sur mon visage.

Mes oreilles bourdonnaient avec des bruits de l'extérieur. Ils n'avaient pas dû m'enterrer profondément, mais tout de même suffisamment pour me tuer. Je bougeai un peu ma jambe douloureuse. Un nouveau coup fit vibrer le caisson dans lequel j'étais étendue. Ils avaient probablement dû me cacher sur un chantier de construction.

Quelle cruelle façon de mourir ! Au moment où j'avais trouvé mon chemin dans la vie, où j'avais compris ce dont j'avais besoin et ce que je désirais, j'allais mourir. J'avais enfin trouvé l'amour pour le perdre. Et Gabe subirait cette perte une fois de plus. Et s'ils l'avaient pris lui aussi ? Était-il encore en vie ?

Le martèlement au-dessus de moi devenait de plus en plus fort chaque fois que je pensais à l'extérieur. Accumulaient-ils plus de terre au-dessus de moi ? Mes poumons me brûlaient, privés d'oxygène. Je savais que je n'avais plus que quelques inspirations en moi. Je pris une petite bouffée d'air, presque un râle. J'ouvris les yeux une fois de plus, pris une dernière inspiration et vis la première étincelle de lumière m'accueillir au paradis.

~

— ELLE N'EST PAS LOIN.

Gabe avait insisté pour conduire.

— Contente-toi de nous y amener, Gabe.

Tristan avait toute confiance en son cousin, mais même lui n'aurait pas osé aller aussi vite que ce qu'affichait le compteur. Peut-être n'avait-il pas été poussé aussi loin que l'avait été Gabe. Reconnaissant qu'ils soient sur l'un des rares chemins de terre droits de l'île, Tristan gardait le regard fixé sur le point clignotant du téléphone portable de Gabe.

— Fais-moi confiance, dit ce dernier en serrant le volant.

— Là !

Tristan pointa une route latérale.

Gabe appuya sur le frein. Il bloqua les pneus comme de la colle sur la peau. Une odeur de fer chauffé et de poussière les entoura.

— Nous devons aller à pied à partir d'ici.

Tristan scruta la plaine rocailleuse sur la droite.

— Hors de question.

Gabe mit les gaz et tourna à droite.

— Je ne peux pas la perdre.

Le fond de la voiture raclait contre les pierres.

— Nous aurions dû prendre ton Hummer, Gabe.

— Pas assez rapide. Elle n'a pas le temps. Je t'achèterai une nouvelle Bentley pour ton mariage, dit Gabe en riant, mais son angoisse faisait trembler sa voix.

— Alors tu veux dire jamais ?

Tristan rit lui aussi, s'accrochant alors que la voiture rebondissait de haut en bas. Cela rappela à Tristan une nuit qu'il avait passée avec Kendra, longtemps auparavant, dans un motel avec un lit vibrant et une poche pleine de monnaie. Il avait souvent revécu le souvenir de leur rupture, mais en fin de compte, elle n'était pas pour lui. Elle avait laissé de profondes cicatrices dans son cœur, et être avec elle était trop compliqué.

— Ne dis pas ça. Tu n'as seulement pas encore rencontré la femme qu'il te faut.

— Samantha est vraiment très importante pour toi, pas vrai ?

Tristan sentit ses dents s'entrechoquer alors que de petites pierres étaient broyées sous les roues.

— C'est la bonne, Tristan. Si elle meurt, je mourrai aussi.

— Elle ne mourra pas. Arrête-toi ici.

Tristan désigna une petite zone où un tas de terre fraîche commençait à sécher sous le soleil.

De la poussière s'élevait au-dessus du sol et Gabe bondit hors de la voiture.

— Sam ! Tiens bon, Sam ! S'il te plaît, tiens bon.

Il s'accroupit et commença à creuser la terre à mains nues.

— Gabe, pousse-toi !

Tristan creusa le sol avec une pelle.

Gabe récupéra l'autre bêche dans le coffre et se précipita pour déplacer la terre. Ils creusèrent sans relâche, le soleil brûlant leur dos. Au bout de quelques minutes, ils frappèrent une surface dure. Les deux hommes se mirent à genoux et enlevèrent la terre restante qui recouvrait le cercueil de fortune.

Gabe glissa le bord de sa pelle sous le couvercle et l'ouvrit, enlevant deux des planches du milieu.

Le visage pâle et les lèvres bleues de Sam le dévastèrent. Il plaqua sa bouche sur la sienne et insuffla un souffle de vie dans ses poumons.

Tristan s'activa sur la planche suivante.

Gabe souffla à nouveau dans la bouche de Sam. Elle ne bougea pas. Était-il arrivé trop tard ? Il écouta son cœur, mais il n'entendit rien ni ne sentit ses battements.

— Sors-la, Gabe.

Tristan enleva la dernière planche et ils tirèrent le corps inerte de Sam hors du caisson.

Gabe lui donna une autre bouffée d'air et cette fois, elle haleta en remplissant ses poumons.

Ses yeux s'ouvrirent à peine, mais lorsqu'ils le firent, elle sourit.

— Tu m'as trouvée.

— Oui. Laisse cette belle bouche ouverte, Sam. Respire.

Gabe la souleva dans ses bras et la porta à la voiture.

— Comment ? demanda-t-elle.

— C'est une longue histoire. Rentrons à la maison.

Sam appuya sa tête contre la poitrine de Gabe.

CHAPITRE 21

— Je sais que ta famille et ton travail vont te manquer. Mais c'est la meilleure chose à faire, dit Gabe en sortant ma valise du coffre de la voiture.

J'examinai la maison, sa taille semblable à celle où nous avions séjourné en Nouvelle-Zélande. À la place des murs de verre, des poutres en bois empilées supportaient la structure, leurs longueurs horizontales courant à chaque extrémité où elles s'entrelaçaient avec l'autre côté dans les coins. La maison de style cottage sentait le pin et le bois fraîchement coupé. Au-dessus du toit en bardeaux incliné, de la fumée s'échappait en de petits nuages d'argent dans le ciel étoilé.

— C'est beau.

Des conifères entouraient la propriété. C'était un endroit idéal pour une maison.

— Propriété de l'entreprise Cross ? demandai-je.

— Non. Celle-là est à moi.

Gabe me conduisit à l'intérieur et déposa les bagages.

Toutes les lumières avaient été allumées, mais je n'eus pas le loisir de regarder ce qui m'entourait. Gabe me tira rapidement à travers la maison vers la cour arrière, me serrant la main alors qu'il ouvrait la porte.

Mon souffle se figea. Au-delà de la piscine à débordement en forme de haricot et d'un bain à remous à gauche, les lumières de Vienne brillaient dans le lointain. La scène me rappela notre nuit avec Kendra, bien que je n'aurais jamais échangé une autre minute avec n'importe qui, sauf Gabe.

— Es-tu sûr que tout va bien se passer pour Kendra ? demandai-je.

Après qu'ils m'avaient sauvée, Gabe et moi nous étions envolés pour venir ici. Gabe avait dit que c'était plus sûr comme ça. Il ne m'avait même pas laissée retourner à mon appartement. Il s'était assuré que tous mes biens étaient envoyés ici.

— Elle est en sécurité. Tristan prend soin d'elle et du club.

— Et Martinez ?

— Il va avoir ce qu'il mérite, ne t'inquiète pas. Nous sommes en sécurité ici.

Des frissons coururent le long de mes bras. Gabe attrapa une couverture sur une chaise et l'enroula autour de mes épaules.

— J'aime beaucoup cet endroit.

Mon souffle laissa une trace dans l'air.

— Je ne sais pas comment tu as réussi à convaincre mon patron de me donner des congés, mais je te remercie.

— Eh bien, quand votre famille est propriétaire de l'entreprise, il est plus facile de convaincre les gens.

— À quel genre de famille appartenez-vous, M. Silver ?

— À celle dont j'aimerais que tu appartiennes un jour. Ouvre-la.

Il désigna une boîte sur une table près de la piscine.

Intriguée, je m'avançai. Cela semblait trop grand pour contenir ce que je croyais qu'il avait caché pendant la semaine qu'il avait fallu pour que mon corps guérisse d'avoir été enterré vivant. Je tirai sur le ruban d'argent et soulevai le couvercle. À l'intérieur se trouvaient deux verres à liqueur, une bouteille d'Amaretto, de la liqueur de café et de la crème irlandaise, nichés dans un papier de soie.

— Un orgasme ? demanda Gabe.

— Ce n'est pas le genre que j'avais en tête, cependant cela fera l'affaire, dis-je en riant.

Les yeux d'argent de Gabe brillèrent.

— Fais attention à ce que tu demandes, Samantha. Allons dans la cuisine, d'accord ?

— Oui, nous avons effectivement quelques bons souvenirs impliquant la cuisine, répondis-je en riant.

Les étincelles dans les yeux de Gabe devinrent encore plus lumineuses alors que nous retournions à l'intérieur. J'eus le souffle coupé. Sur le comptoir de la cuisine, une autre boîte attendait. Celle-ci faisait la moitié de la taille de la première, mais elle n'était pas encore assez petite.

— Pour moi ?

— Ouvre-la, dit-il en souriant.

J'étais impatiente de voir ce qui m'attendait à l'intérieur. Mes doigts détachèrent le ruban avec précipitation, et je retirai le couvercle. À l'intérieur, une breloque en argent en forme de gouvernail de voilier brillait avec des diamants montés entre chaque barre en argent.

— Oh Gabe ! Je ne peux pas accepter. C'est à toi, et cela signifie beaucoup pour toi.

— Tu es tout pour moi.

Il sortit sa propre chaîne en argent, où une roue identique était accrochée.

— Cela t'a gardé en vie.

— Je l'avais prise pour faire quelque chose de spécial pour toi.

— C'est déjà spécial. Puis-je, Samantha ?

— Oui.

Je tendis la main et Gabe accrocha la nouvelle breloque sur mon bracelet. Le contact de ses doigts sur mon poignet me rappela combien de fois j'avais cherché mon bracelet pendant que j'étais enterrée dans la caisse.

— Tu es en sécurité maintenant Sam. Je te le promets.

— Je sais.

Je me mis sur la pointe des pieds et l'embrassai.

Nous n'avions pas fait l'amour depuis que Gabe m'avait sauvé. J'avais passé une semaine dans une clinique privée où les infirmières avaient pris soin de mes blessures et de tous mes besoins. Mais il y avait un besoin que seul Gabe pouvait satisfaire, et je ne pouvais plus attendre pour qu'il le fasse.

— Laisse-moi te montrer la chambre, chuchota-t-il.

— Tu sais, j'ai l'intention de baptiser chaque pièce de cette maison, lui dis-je en abaissant ma main sur son entrejambe.

Gabe répondit avec une impulsion contre ma paume. Ses yeux flamboyaient.

— Je l'espère, dit-il en me soulevant dans ses bras.

Prenant mes lèvres, il domina ma bouche.

J'enroulai mes jambes autour de sa taille. Gabe tenait mon derrière, ses doigts s'enfonçant dans mes fesses alors qu'il me portait sur le tapis blanc moelleux au pied de la cheminée rougeoyante.

Il m'allongea sur le sol et dénoua mes chevilles qui étaient enroulées autour de lui. D'un mouvement fluide, il retira mon pantalon.

Je fis passer mon sweat-shirt par-dessus ma tête.

— Pas de soutien-gorge ?

Mes seins de la taille de ses mains étaient prêts depuis des heures. Gabe avait été trop nerveux dans l'avion et dans la voiture pour les caresser comme il le faisait habituellement.

— Je voulais te surprendre.

— Tu as réussi.

Il abaissa sa bouche sur mon mamelon gauche et lécha doucement tout autour, me taquinant comme s'il me faisait payer pour avoir gardé le secret.

Je soulevai ma poitrine jusqu'à ce qu'il ne puisse plus me résister, et il prit le mamelon entier dans sa bouche, étirant la chair tendre avant de la relâcher. Il déposa une traînée de baisers le long de la vallée peu profonde entre mes seins et s'occupa de celui de droite de la même façon.

Il s'agenouilla entre mes jambes. Le seul vêtement restant sur mon corps était ma culotte de dentelle, mais Gabe se contenta de regarder.

Je me relevai sur mes coudes.

— Tu hésites, dis-je en fronçant les sourcils. Pourquoi ?

— Je ne veux pas te faire mal.

Il toucha les blessures fraîchement cicatrisées sur mes genoux du bout des doigts.

— Je vais bien, Gabe. Ce ne sont que des éraflures. Et j'ai vraiment, vraiment besoin de toi.

Pendant un instant, il fixa l'escalier puis son regard revint sur moi. Il fit passer mon pull au col en V par-dessus sa tête, exposant ses pectoraux parfaits.

Je m'assis. Le chemin délicieux de son nombril jusqu'en dessous de sa ceinture m'appelait. Je fis courir mon doigt le long de la douce piste qui disparaissait sous sa ceinture. Sous sa fermeture éclair, une autre impulsion me salua quand j'ouvris le bouton.

— Que veux-tu que je fasse ?

Le feu était de retour dans ses yeux.

— Lève-toi, dis-je.

Il m'écouta.

Le bruit de sa fermeture éclair qui descendait était alléchant, et je sentis ma culotte s'humidifier. Je baissai son pantalon et me levai pour venir à sa rencontre.

Son corps rayonnait sous le feu de la cheminée, s'harmonisant avec la nuance de ses yeux.

Je pris la main de Gabe, la guidant entre mes jambes.

— Oh mon Dieu, Samantha.

Il ferma les yeux. Ses doigts étalèrent mon humidité.

Je baissai son boxer et le libérai. Je saisis son sexe, le caressant doucement de haut en bas, les hanches de Gabe aidant le mouvement. J'écartai les jambes, laissant ses doigts faire leur magie.

Gabe s'agenouilla et enleva ma culotte avec ses dents. Il me souleva dans ses bras.

J'enroulai mes bras et mes jambes autour de son corps.

— Où allons-nous ? demandai-je.

— À l'étage. Et nous n'en descendrons pas pendant trois jours.

Je ris.

La chambre était encore plus grande que celle de la Nouvelle-Zélande. Une cheminée et un mur de verre avec des stores entre deux plaques de verre séparaient la pièce de la salle de bain privative.

Il me déposa devant le lit. Une boîte en argent scintillait dans la lumière. C'était la même boîte que Gabe avait autrefois utilisée pour ranger la breloque en forme de gouvernail de voilier.

— Ouvre-la.

Il me poussa gentiment vers l'avant.

J'hésitai en tenant dans ma main la boîte qui avait exactement la bonne taille. Avec une profonde inspiration, je soulevai le couvercle tout en me mordant la lèvre.

— C'est vide.

Je me tournai brusquement pour lui faire face. Gabe avait mis un genou à terre.

— Il se peut que j'aie oublié de la mettre dedans.

Entre ses doigts, il tenait une bague avec un diamant qui brillait encore plus que ses yeux argentés.

Je retins mon souffle.

— Samantha, nous n'avons même pas eu de premier rendez-vous, mais j'aimerais que tu me fasses l'honneur d'accepter des rendez-vous seulement avec moi pour le restant de tes jours. Veux-tu m'épouser ?

Je jetai mes bras autour de son cou.

— Oui Gabe. Je le veux.

Comme par hasard, c'est à ce moment que son téléphone se mit à vibrer dans sa poche.

— Ton minutage est toujours aussi parfait, le taquinai-je.

Il regarda l'écran.

— Il faut que je réponde.

Gabe se dirigea lentement vers la fenêtre avec le téléphone déjà collé à son oreille. Après son *bonjour* initial, son corps se figea. Un air froid souffla vers moi d'où il se trouvait. Il baissa la main et se retourna lentement. Son visage était pâle.

— Quel est le problème ? demandai-je.

— Kendra a été kidnappée.

Cher lecteur,

Wow ! Je parie que vous ne l'aviez pas vue venir, celle-là ! Gabe et Sam non plus, mais Kendra leur réserve toujours énormément de surprises.

Maintenant que Kendra s'est fait enlever, elle est sur le point de leur infliger de nouvelles migraines. Avec un cartel de la drogue bien déterminé à la punir, tout ce qu'elle croyait au sujet de sa famille, de son travail et de sa vie va être mis à l'épreuve.

Cela dit, vous pouvez observer le déroulement de ces événements depuis les coulisses dans Cicatrices profondes (Tome 1 de la Trilogie Cicatrices).

Heureusement pour Kendra, l'ancienne policière Allie Green est sur l'affaire. Malheureusement, ce n'est pas si facile de travailler pour l'alléchant Tristan Cross, le détective privé prenant bien vite la direction des opérations en bon mâle dominant qu'il est.

Déterminée à se venger de son passé, Allie a bien du mal à trouver un équilibre entre sa vie personnelle et professionnelle. Ce nouveau patron aux abdos de mannequin, et dont les baisers lui mettent les jambes en coton, l'empêche de se concentrer sur ce qu'elle fait. Et quand votre vie est en jeu, le manque de concentration peut se révéler fatal.

Allie et Tristan parviendront-ils à sauver Kendra sans que leur relation n'en fasse les frais ?

Découvrir leur prochaine aventure dans Cicatrices profondes, Tome 2 de la Trilogie des Cicatrices.

Cordialement,

Lacey Silks

CICATRICES
profondes
USA TODAY BESTSELLING AUTHOR
LACEY SILKS

DE LA MÊME AUTEURE

Éblouie par l'Argent (Introduction à la série des Cicatrices)
Cicatrices profondes (Tome 1)
Cicatrices fraîches (Tome 2)
Cicatrices guéries (Tome 3)

Titres en anglais

Crossed (prequel to the Crossed Series)
Layers Crossed (Book 1)
Double Crossed (Book 2)
Crossed Off (Book 3)

When Things Go Wrong (short prequel)
Cheaters Anonymous (Book 1)
Loyal Cheaters (Book 2)
Broken Cheaters (Book 3)
Chloe (Book 4)

Perfectly Equipped (short prequel)
Perfectly Seduced (Book 1)
Perfectly Kissed (Book 2)
Perfectly Loved (Book 3)

My First, My Last
Yours and Mine
Right In Front of You
Only You

Run With Me (prequel)
SinWithMe (Book 1)
Play With Me (Book 2)
Baby Me (Book 3)

À PROPOS DE L'AUTEURE

Lacey est une auteure de romance érotique. Ses histoires proviennent de sa vie, de ses rêves et de ses fantasmes. Lacey aime faire rougir ses lecteurs et qu'ils vivent l'histoire comme s'ils en étaient les protagonistes. Faire ressortir les émotions les plus sensibles du lecteur à travers des histoires réalistes la satisfait plus que... d'accord, pas vraiment, mais vous avez compris où nous voulions en venir. Elle aime le rose sur les joues d'une femme, les hommes avec de grands pieds et la lingerie sexy, surtout quand elle est arrachée du corps. Son vêtement préféré est le costume de naissance.

Quand elle ne pense pas à écrire des histoires torrides, ce qui se présente rarement, Lacey aime le camping et skier avec sa famille (pas en même temps bien sûr). Elle est une femme heureuse en ménage, avec deux enfants qui adorent aller à la bibliothèque. C'est une lève-tôt par nature, mais elle aime les aventures nocturnes avec son mari qui lui fournissent une bonne base pour ses livres.

Si vous avez aimé cette histoire, merci de laisser un commentaire sur le site où vous avez acheté le livre. Tous les auteurs dépendent de l'appui de leurs lecteurs pour trouver un public. Faites en sorte que votre opinion compte !

www.LaceySilks.com

REMERCIEMENTS

Mon voyage dans le monde de l'édition a été l'expérience la plus incroyable que j'aurais pu souhaiter. Il y a eu des larmes, des rires et de nombreuses nuits blanches. Je ne sais pas vraiment d'où vient l'adrénaline, mais je suis contente qu'elle coule dans mes veines quand j'en ai le plus besoin.

Je suis reconnaissante d'être entourée par tant de personnes aimantes qui m'ont aidée et soutenue. Ma vie, mes rêves et mes fantasmes sont toujours intimement entrelacés dans mon écriture et je me sens bénie d'être en mesure de la partager avec tous mes lecteurs.

J'adore vos e-mails et j'adore votre enthousiasme. Croyez-moi quand je dis cela, non seulement j'écris pour moi-même, mais aussi pour vous. Il n'y a rien de mieux que de savoir que vous avez apprécié mon travail.

Pour ma famille, je ne pourrais pas faire ce que j'aime sans vous. Merci de votre soutien constant, votre foi et vos encouragements.

Maman, ton attitude optimiste a déteint sur moi. Papa, ton humour est contagieux. Mike, 'All You Need Is Love'. Désolé de t'utiliser comme barman dans la plupart de mes livres. Maya et Alex, vous êtes ma raison de vivre. Vous êtes ma vie.

Je suis reconnaissante envers mes éditeurs, mes bêtas lecteurs et mes amis de la planète Kindle pour leurs précieuses critiques, leur soutien et leur amour.

14807928R00148

Printed in Germany
by Amazon Distribution
GmbH, Leipzig